KB110773

아주 사적인
기담 전람회

아주 사적인
기담 전람회

초판 1쇄 인쇄 | 2022년 11월 28일
초판 1쇄 발행 | 2022년 12월 5일

지은이 | 이현구
펴낸이 | 박영욱
펴낸곳 | 북오션

경영지원 | 서정희
편 집 | 고은경·조진주
마케팅 | 최석진
디자인 | 민영선·임진형
SNS마케팅 | 박현빈·박가빈

주 소 | 서울시 마포구 월드컵로 14길 62 북오션빌딩
이메일 | bookocean@naver.com
네이버포스트 | post.naver.com/bookocean
페이스북 | facebook.com/bookocean.book
인스타그램 | instagram.com/bookocean777
전 화 | 편집문의: 02-325-9172 영업문의: 02-322-6709
팩 스 | 02-3143-3964

출판신고번호 | 제 2007-000197호

ISBN 978-89-6799-722-9 (03810)

실화 소설
이현구

아주 사적인
기담 전람회

Bookocean

차례

귀신 들린
집

1

"일단 춘천으로 가자. 거기서 팀 좀 다듬고 다시 서울로 올라오면 되지. 몇 개월 바람 쐰다 생각하고 마음 편하게 먹으면 돼."

춘식은 애써 태연함을 가장했다. 부천 마지막 업소에서 일을 내린 지 벌써 50일이 지났다. 춘식의 비즈니스 능력을 의심하고 있던 기타와 베이스는 일을 내린 지 보름도 되지 않아 다람쥐처럼 빠르게 팀을 이탈했다. 노는 날이 더 길어지면 나머지 멤버들도 버티기 힘들 것이다. 탈퇴한 멤버들은 의리보다 생존을 우선시했다. 생존이라는 명제 앞에 의리라는 단어는 바싹 마른 낙엽처럼 순식간에 바스러져 바람결에 흩어졌다. 춘식은 이탈한 그들을 탓하지 않았다. 지금은 춘천이 아니라 광주나 부산이라도 일단 비즈니스를 잡아야 할 판이다. 춘식은 춘천이라도 감지덕지했지만, 멤버들 생각은 다를 수 있다. 춘식은 침묵으로 불만을 표현하는 멤버 사이에 앉아 마른침을 삼켰다.

"그러면 언제부터 일 들어갈 수 있나요?"

지훈이 춘식에게 물었다.

"다음 주 월요일부터 일 들어간다."

"아니, 지금 기타하고 베이스도 없는데 언제 멤버 구하고 연습합니까? 우리 레바리(레퍼토리) 곡들만 따져도 오십 곡은 맞춰야 할 텐데 일주일 안에 연습은커녕 멤버나 구해지면 다행이죠."

지훈은 짜증이 밀려왔다. 보수는 다른 팀보다 적게 받게 되겠지만 일은 꾸준히 하게 해주겠다는 춘식의 말을 믿고 팀에 합류했다. 다른 멤버들은 춘천이 됐든 평양이 됐든 말없이 마스터 뜻에 따르겠다는 듯, 묵묵히 춘식의 말만 듣고 있었다.

"기타하고 베이스는 이미 구해 놨다. 밤무대 초짜들이긴 한데 실력은 꽤 있는 녀석들이니까 좀 가르치면 잘할 거다."

춘식은 지훈을 달래기 위해 애썼다. 다른 멤버를 다독거리는 것도 중요하지만, 팀 얼굴을 담당하고 있는 지훈이 이탈하게 되면 수습하기 힘든 상황으로 내몰리게 된다.

"그리고 여자 싱어도 하나 더 올릴 거니까 그렇게 알고 있어. 모래부터 연습하러 나올 거야."

춘식이 말하자 지훈은 눈을 동그랗게 뜨고 춘식을 바라봤다.

"여자요? 남자가 아니라요?"

"그래, 여자. 앞으로 우리 팀은 남자 원 싱어, 여자 투 싱어 체제로 갈 거다."

춘식은 간결하게 지훈의 말을 자르려 했다.

"아니, 형님 잠시만요. 이건 너무 하시잖아요. 가뜩이나 아영이 화음 들어가는 것도 힘든데 또 여자 싱어라니요. 그러지 말고 남자로 구해 주세요. 요즘 남자 쓰리 싱어로 가는 팀들도 많은 마당에 왜 갑자기 여자 투 싱어로 가려고 그러세요?"

말을 뱉고 난 지훈은 내뱉은 말투에 짜증이 묻어 나온 게 아닐까 하는 생각이 슬며시 들었다.

"야, 인마. 쓸만한 남자 싱어 구하기가 말처럼 쉽냐? 쉬워? 그럼 네가 구해와 보든지. 그럼 내가 오디션도 보지 않고 무대 올릴 테니까. 가뜩이나 아영이랑 너 힘들까 봐 싱어 하나 더 간신히 구해 왔더니 하는 말이 그거냐? 춘천 업소에 50분 스테이지 다섯 꼭지 올라가야 하는데 너랑 아영이 둘이 다섯 구다리(스테이지) 다 채울래? 너 목 남아나겠어? 춘천 내려가기 싫으면 가지 마. 그냥 팀 깨자, 팀 깨. 나도 힘들어서 못 해 먹겠다."

결국 춘식은 버럭 화를 냈다. 울컥대는 성질을 참지 못하고 지훈에게 소리쳤지만 막상 소리쳐 놓고 보니 지훈의 반응이 걱정돼 앞에 놓인 술잔만 바라봤다. 다른 멤버는 문제 되지 않지만, 지훈이 그만두겠다고 하면 차원이 다른 문제가 발생한다. 춘식은 소리 지르고 10초도 되지 않아 괜히 욱한 마음을 드러냈다는 후회에 휩싸였다.

"아니, 형님. 그렇게 흥분하시지 마시고."

춘천에 가게 되든 평양에 가게 되든 상관없이 술만 마시고 있던 철규가 험악해진 분위기를 해결하기 위해 끼어들었다.

"지훈이도 50분짜리 다섯 개 돌릴 생각하니까 막막해서 그런 거겠죠. 형님이 이해해 주세요. 그리고 지훈이 너 인마, 형님이 그래도 네 생각해서 어떻게든 좋게 좋게 갈 수 있는 쪽으로 마음 써주고 계시면 '감사합니다' 하고 인사는 못 할망정 왜 형님 앞에서 역정을 내고 난리야?"

철규는 목소리를 높이지 않고 천천히 또박또박 말했다. 철규의 목소리는 동굴에서 울려 나오는 듯 굵고 두터웠다.

"아뇨. 제가 역정을 내는 게 아니라……"

지훈은 말을 하다 끝맺지 않았다. 다만 천장을 한번 바라봤고, 한참 천장만 응시하다 '휴우' 하고 한숨을 내뱉은 게 다였다.

"아닙니다. 형님. 제가 드린 말씀이 역정처럼 들리셨다면 죄송합니다."

지훈은 춘식에게 정중히 사과했다. 춘식은 지훈의 공손한 말투를 듣자 한결 마음이 놓였다.

"그래그래, 네 마음 안다. 너도 답답하니까 그러는 거지. 팀원 바뀌면 네가 제일 힘들고 고생스럽다는 거 모르는 사람이 어딨겠니? 마음 좀 내려놓고 일단 춘천 가서 팀 좀 다시 단단하게 재정비하자. 그냥 잠시 놀러 간다고 생각해. 바람 좋고 경치 좋잖니. 몇 개월 바람 쐬고 다시 서울로 올라오자."

지훈은 소주잔을 들어 술을 넘겼다. 마음속 불만이 많아 뻗대긴 했지만, 지훈도 당장 일을 시작하지 않으면 갚아야 할 대출금 연체가 시작될 판이다. 애초 부천 업장에서 일을 내렸을 때 기타나 베이스처럼 한시라도 빨리 팀을 떠나는 게 현명한 판단이었을지도 모른다. 그들은 다람쥐처럼 재빠르게 의리를 내던졌지만 지훈은 그러지 못했다. 자신마저 떠나면 팀이 붕괴될 것이 불 보듯 뻔했기 때문에 발목이 잡혀 버렸다.

"일주일 정도만 쉬게 될 거다. 금방 일 들어오니까 걱정하지 말고 목이나 좀 다듬고 있어."

부천 업장에서 팀을 내릴 때 춘식은 지훈에게 그렇게 말했다. 일주일이라고, 일주일만 쉬면 다른 업소에 금방 비즈니스가 될 거라고. 일 주는 이 주가 됐고 이 주는 삼 주가 됐다. 그때마다 춘식은 지훈에게 전화를 걸어 '글쎄, 페이가 너무 안 맞아서 말이다' 라던가 '얘기된 업소가 있긴 한데 손님들 질이 너무 좋지 않다는구나. 조금만 참고 좀 질 좋은 업소 나타날 때까지 기다려 보자' 등의 말로 회유했다. 지훈도 기타나 베이스처럼 눈치가 없는 건 아니었으나 그래도 차마 춘식을 배신할 수 없는 노릇이었다. 지훈은 '생존'과 '의리'라는 선택지에서 우유부단했다. 빨리 비즈니스가 이루어지지 못한 것에 대한 춘식의 핑계를 딱히 말하는 대로 믿었던 것도 아니다. 아무리 그래도 그렇지, 서울이나 경기도도 아닌 춘천이라니. 지훈은 맥이 빠졌다.

"아무튼 춘천으로 가는 것으로 결정됐으니까 내일 두 시까지 연습실로 다 모여. 기타하고 베이스까지 모여서 레바리 맞춰봐야 하니까 악보들도 잘 챙기고."

"아니, 근데 신생 업소유? 아니면 우리 전 팀이 있는데 내리고 들어가는 거유?"

팀 내 춘식 다음으로 나이가 많은 영길이 춘식에게 물었다.

"우리 전 팀이 있지. 이번 주까지 하고 내리기로 했대. 그런 건 왜 물어봐?"

난데없는 영길의 질문에 춘식은 짜증을 냈다.

"아니, 알 건 알아야지. 뭔가 잘못해서 내리는 건지, 업소가 까탈스러워서 내리는 건지 알 건 알아야 우리도 무대 올라가기 전에 사전 준비를 하죠."

춘식의 짜증 난 소리에 영길은 볼멘 목소리로 되받았다.

"몰라, 그건. 아, 무슨 이유가 있겠지. 내가 그것까지 어떻게 알아. 조건만 좋으면 장땡이지. 업소 페이도 쎄. 다른 업소보다 훨씬 더 많이 받고 가는 거니까 그렇게 알고 있어."

의뭉스러운 춘식의 말투가 지훈에게 물음표를 던졌다. 춘식은 제법 꼼꼼한 사람이다. 새로 비즈니스가 되면 업소 분위기가 어떤지, 손님 계층은 어떤지, 업소 간부들 스타일은 어떤지, 전 팀은 무슨 이유로 무대를 내렸는지 세세히 조사해 팀원들에게 말해 주던 사람이었다.

"어쨌건 내일부터 늦지 않게 나와. 일주일 동안 레바리도 맞추고 의상도 새로 맞추고 하려면 시간 없어."

2

팀에 새로 합류한 기타 철준과 베이스를 맡게 된 도형은 학생 같은 이미지를 뿜어냈다. 철준은 물이 빠진 건지 색이 바랜 건지 구별되지 않는 통 넓고 허름한 청바지에 두꺼운 실로 짜인 회색 카디건을 입고 있었다. 청바지는 빨래를 하는 건지 아니면 그냥 빨지도 않고 계속 입는 건지 판단하기 어려웠고, 회색 카디건은 보풀이 잔뜩 올라와 들러붙어 있었다. 지훈은 철준과 도형의 행색을 보고 난감한 마음이 들었는데 더 놀란 건 지훈의 기타였다. 허름하고 여기저기 홈이 생긴 하드케이스를 열자 황금색 깁슨 레스폴이 튀어나왔다.

"너 지금 이거 무대에서 네가 치겠다고 가져온 거니?"

춘식이 난감한 표정을 지으며 철준에게 물었다.

"예. 깁슨은 무대에서 치면 안 되나요?"

철준은 자신이 왜 그런 질문을 받아야 하는지 이해하지 못하겠다는 표정으로 말했다.

"아니다. 안 될 건 없지. 안 될 건 없는데 너 이거 밤무대에서 톤 잡을 수 있어? 라인으로 뽑아줘? 네가 아직 경험이 없어서 잘 모르나 본데 깁슨은 밤무대에서 톤 뽑기가 까다롭다. 볼륨을 주면 하울링이 심하고 볼륨을 뺏으면 그냥 벙벙거려. 잡을 수 있겠니?"

춘식은 마뜩잖은 표정으로 철준에게 물었다.

"아뇨. 마이크 직결로 뽑을 거예요. 걱정하지 않으셔도 됩니다. 금방 세팅할게요."

철준의 자신 있는 말투에 춘식은 그저 허허 웃었다.

"그래 뭐, 나도 오랜만에 레스폴 들으면서 귀 호강 좀 해보지 뭐."

철준이 삼십 분 정도 톤 세팅을 끝내고 다운 피킹으로 첫 음을 낼 때, 지훈의 심장은 '쿵' 하고 울렸다. 철준의 레스폴은 깊고 둔중하지만, 위아래로 날뛰는 스케일을 따라 정확하고 날렵한 소리를 냈다. 그 소리는 밥벌이 수단으로 타협을 허하지 않았고, 그저 편하게 시간을 메우기 위한 스트로크도 용납하지 않을 것 같다. 지훈이 놀란 눈으로 춘식을 바라보자 춘식은 얼굴에 웃음을 가득 머금은 채 지훈에게 귓속말했다.

"물건 하나 들어온 것 같다. 톤 잘 뽑네."

연습 둘째 날 새로운 여자 싱어 지수가 합류했고, 일주일 동안 곡을 맞추기 위한 강행군이 이어졌다. 지훈은 새로 합류한 철준과 도형, 지수를 미용실로 데려가 머리를 다듬게 했다.

춘식의 팀이 춘천에 내려가게 된 날은 4월 중순이었다. 새벽 네 시에 춘천 업소에 도착해 악기를 세팅하고 음향 체크를 마친 후 두어 곡 연습을 마치자 아침 10시가 넘었다. 새벽 내 잠 한숨 못 자고 춘천에 내려와 아침까지 짐을 나르고 세팅한 멤버들은 파김치가 되었다. 모든 음향 세팅이 끝나자 업소 간부 중 한 명이 멤버들을 숙소로 안내했다.

그곳은 강원대 맞은편 쪽 골목 안에 위치한 단층의 평범한 가정집이었다. 꽤 넓은 마당이 인상적이었고 외형으로 유추해 보아 80년대 지어진 것으로 보였다. 지훈이 내부로 들어가자 현관 왼편으로 가장 큰방이 존재했고, 현관 정면으로 중간 크기 방이 두 개, 현관 좌측으로 한 명이 겨우 생활할 수 있는 정도의 작은방이 있었다. 중간 방 하나에 다락방이 딸려 있다. 거실과 부엌도 제법 널찍하여 여러 명이 같이 생활하기 무리가 없을 것 같다. 특이한 건 화장실 두 개가 나뉘어 있었는데 지을 때부터 두 개로 지었던 것인지, 집을 짓고 난 후 두 개로 나눈 것인지 명확해 보이지 않았다. 다만 그런 식으로 화장실 두 개를 나란히 만들어 놓은 것으로 보아 한때 대학 자취생들을 받기 위해 집을 개조해 놓은 것이 아닐까, 하는 생각이 들었다. 문제는 그렇게 둘로 나누어진 화장실 중간에 작게 불투명 유리로 된 창문이 하나 달려 있다는 것이었다. 멤버들은 도대체 둘로 나누어진 화장실 중간에 왜 창문이 달려 있는지 이해할 수 없었다. 춘식은 재빨리 방을 배정해 줬다.

큰 방은 춘식이 생활하기로 했고, 여자 싱어 둘은 중간 방 하나에 배정했다. 나머지 남자 멤버들은 제법 큰 중간 방에, 드럼을 담당하는 철규는 코를 심하게 곤다는 이유로 제일 작은 방에 혼자 생활하는 것으로 결정되었다.

"일단 짐은 나중에 풀고 저녁에 무대 올라가야 하니까 요기 좀 하고 바로 눈 좀 붙이자. 눈이 천근만근이다."

춘식은 어느샌가 김밥과 순대, 떡볶이가 가득 담긴 검정 비닐봉지를 들고 있었다. 그는 거실 한가운데 음식들을 풀어 놨고 멤버들은 음식 주위로 몰려들었다.

"확실히 대학가 근처라 음식값이 싸네."

춘식은 만면에 웃음이 가득했다. 비록 춘천이지만 여차 휴식기간이 길어졌으면 팀이 깨졌을 수도 있는 상황이었다. 절박한 상황에 마침 춘천 업소가 급하게 팀을 찾는다는 연락을 받았고, 팀 페이도 서울지역에서 받는 것 보다 훨씬 높은 금액으로 계약이 이루어졌다. 춘식은 내심 '천만다행'이라는 생각이 들었다. 춘천 업소에 관해 석연치 않은 몇 가지 소문을 듣긴 했지만 마음속에서 금방 지워 버렸다. 그때 소주를 따던 철규가 말했다.

"그런데 우리 전 팀은 왜 내리는 거예요? 내가 일찍 내려와서 걔네 무대에 서는 거 봤는데 꽤 잘하던데?"

철규는 종이 잔에 소주를 부어 한 잔씩 돌리며 말했다.

"그래요? 잘하는데 왜 내렸을까? 업소랑 무슨 트러블이 있었나?"

철규가 건네는 소주잔을 받으며 지훈이 대수롭지 않게 대답했다.

"그게요. 제가 춘천 내려오기 전에 인터넷 카페에서 봤는데요……."

팀에 새로 합류한 여자 싱어 지수가 말하다 말꼬리를 흐렸다. 팀에 새로 합류한 후 꼭 필요한 말 외에는 전혀 입을 떼지 않던 지수가 입을 열자 멤버 모두 지수를 바라봤다.

"숙소에서 자꾸 귀신이 나왔대요. 귀신이 너무 괴롭혀서 더 못 버티고 나간다고."

지수는 멤버들의 시선이 부담스러웠는지 시선이 거실 바닥으로 향했다.

"숙소에서? 귀신? 그러면 여기네?"

철규가 소주잔을 든 채 지수에게 되물었다. 지수는 말없이 고개를 끄떡였다. 철규는 지수 말에 크게 웃음을 터트렸다.

"야, 그놈들 배가 부른 놈들이구나. 귀신이 무서워 팀 내릴 정도면 아직 배가 한참 덜 고파봤던 놈들 맞네."

철규가 대수롭지 않은 듯 호기를 부리자 나머지 멤버들도 따라 웃었다.

"귀신은 무슨 얼어 죽을 놈에 귀신. 귀신이 무섭냐, 배곯는 게 무섭냐? 귀신 무리 속에 파묻히더라도 나는 그냥 여기서 일할란다."

철규는 순대 내장을 소금에 찍어 먹으며 말했다. 이미 두 달 동안 아이 양육비를 보내지 않았다고 이혼한 전처에게 엄청난 시달림을 당하고 있었다. 춘천이 됐든 부산이 됐든 장소는 어차피 혼자 사는 철규에게 아무런 문제가 되지 않았다. 춘천에서 일하게 되었다는 말을 들었을 때 철규는 내심 뛸 듯 기뻤다. 다른 멤버들의 시무룩한 반응은 알 바 아니었다. 철규는 춘천으로 가게 되었다는 말을 듣는 순간 집에 있는 낚시 장비를 하나도 빠짐없이 꼼꼼히 챙겨야겠다고 생각했다.

"그런데 팀을 내릴 정도면 별것 아닌 일이 아니었던 것 같은데 우리도 뭔가 해야 하지 않을까요? 굿을 한다거나 액막이를 한다거나 뭐 그런 거. 카페 글 읽어 보니까 꽤 심하게 당했던 것 같은데."

지수가 한동안 머뭇거리다 말했다. 지수 말이 채 끝나기도 전에 철규가 다시 끼어들었다.

"뭐? 굿? 얘가 정신이 나갔구나? 너 귀신 같은 미신을 믿어? 야! 정신 차려. 굿 같은 거 한번 하려면 무당들한테 돈을 얼마나 뜯겨야 하는지 알아? 그거 다 무당들 장삿속이야. 멀쩡한 대낮에 얘가 무슨 귀신 씻나락 까먹는 소리를 하고 있어. 귀신 나오면 내가 다 두들겨 패줄 테니까 걱정하지 마."

민소매 셔츠를 입고 있던 철규는 자신의 두툼한 팔뚝을 공중에 흔들어 댔다. 드럼을 배우기 전 학창 시절 유도 선수였다는 철규의 우람한 팔뚝은 그 말이 허황된 말이 아니었음을 증명했다.

3

팀이 무대에 올라가고 일주일 동안 평온한 일상이 이어졌다. 업소를 찾는 손님은 발 디딜 틈 없이 연일 밀어닥쳤다. 합을 맞춘 시간이 짧아 서걱거리던 음악도 하루하루 연주가 이어지자 허술

하게 쌓았던 벽돌 사이에 모래가 들어차듯 단단해지기 시작했다. 지훈은 특히 철준의 기타 소리가 좋았다. 철준의 기타는 오래된 밤무대 생활로 정형화되고 안일하게 연주하는 다른 기타리스트와 달랐다. 지훈이 눈빛으로 신호를 주면 박자를 당기기도 했다가 늦추기도 했다. 무대 위 앰프에서 뿜어져 나오는 톤은 강렬했지만 밸런스를 얼마나 정교하게 잡았는지 지훈의 귀를 쏘지 않았다. 연일 같은 곡을 부르며 몸을 혹사하는 무대에서 철준의 기타는 지훈의 열정에 조금씩 기름을 부어주는 격이었다. 게다가 예민한 성격의 다른 기타리스트들과 다르게 수더분한 성격도 지니고 있었기에 둘은 자주 어울리게 되었다. 그래 봐야 숙소 앞 위치한 연탄구이 닭발집에서 일 끝난 새벽 한잔 기울이는 게 다였지만, 그래도 마음 나눌 인연이 한 명 더 생긴다는 건 기쁜 일이 아닐 수 없다. 일주일 정도 시간이 흘러 어느 정도 춘천에 적응이 되자 지훈은 '여기도 나름 나쁘지 않네!'라는 생각을 하게 되었다. 4월의 날씨가 너무 춥다는 것만 빼면 꽤 괜찮은 동네라는 생각이 들었다.

생각지도 않았던 문제가 생긴 것은 그즈음이었다.

일이 끝난 새벽 숙소로 돌아와 지훈과 철준이 한잔하고 나면 철준이 어디로인가 꼭 사라졌다. 술자리가 끝난 후 숙소로 돌아와 지훈이 샤워하고 나오면 숙소에 있어야 할 철준이 사라지고 없는 것이다. 그렇게 사라졌다 오후 서너 시쯤 되면 어슬렁거리며 다시 숙소에 돌아와 있었다. 지훈은 대수롭지 않게 생각하다 이런 날들이 계속 이어지자 불안한 느낌이 들기 시작했다. 오후 무렵 철준이 숙소로 다시 돌아올 때면 등이나 어깨에 마른 풀들이나 낙엽 같은 것들이 잔뜩 붙어 있는 건 예사고, 가끔 손등이 긁혀 피가 나 있거나 머리도 잔뜩 헝클어진 상태로 들어오기 일쑤였다.

"너 도대체 나랑 술 마시고 어디 다녀오는 거냐? 난 또 어디 피시방 같은 데 있다 들어오는 줄 알았더니 그게 아닌가 보네? 어깨에 잔뜩 묻혀 들어오는 낙엽들은 뭐고, 머리는 또 왜 그렇게 헝클어져 있냐? 도대체 어디 다녀오는 거야?"

어느 날 오후, 너털거리며 들어오는 철준과 집 앞에서 마주친 지훈이 물었다.

"어? 형. 왜 나와 계세요? 아니 난 그냥 좀, 산책 좀 하다 왔어요."

"야 인마, 산책은 무슨 산책이야. 너 나랑 술 마시고 새벽에 나갔다가 지금 들어오는 거잖아? 산책을 대여섯 시간이나 하고 오는 놈이 어딨어? 그리고 지금 네 행색을 봐라. 이 모양으로 산책하고 왔다 그러면 세상에 누가 믿어?"

지훈이 다그쳐 묻자 철준은 당황한 표정으로 재빨리 숙소로 들어가며 말했다.

"아뇨. 형, 진짜 산책하고 온 거 맞아요."

지훈은 황급히 숙소로 들어가는 철준의 뒷모습을 보며 어떤 일이 철준에게 일어나고 있다는 느낌이 들었다.

그날 저녁 지훈은 춘식에게 말했다.

"형님. 아무래도 철준이가 좀 이상해요."

"왜?"

"아니, 우리 일 끝나면 저랑 둘이 나가서 소주 한잔하고 들어오거든요. 그런데 그렇게 숙소로 들어온 다음 녀석이 꼭 사라져요. 물론 저희가 다시 일 나가기 전에 숙소로 돌아오기는 하는데, 온몸이 상처투성이에 전신에 낙엽이나 이상한 것들을 잔뜩 묻히고 들어오네요."

지훈의 말을 들은 춘식은 시선을 아래로 향한 채 깊은 생각에 잠겼다.

"그래. 안 그래도 나도 알고 있었다. 너한테 언제 한번 언질을 줘야겠다고 생각하고 있었지. 그것도 그렇지만 요즘 들어 철준이 눈빛이 자꾸 이상해 보여서 그게 더 신경이 쓰인다."

지훈의 말을 들은 춘식은 영문 모를 말을 했다.

"눈빛이요? 눈빛이 왜요?"

지훈은 눈을 커다랗게 뜨고 춘식에게 되물었다.

"아니 그게, 뭐랄까 이게 말로 설명하기 좀 애매한데. 철준이 눈빛이 좀 이상해. 어딘가 초점 없이 허공을 바라보고 있는 것 같기도 하고 그러다 갑자기 섬뜩한 광기 같은 게 눈에서 나오는 것 같기도 하고. 이런 말 하면 좀 우습지만 난 요즘 철준이 눈빛만 봐도 몸이 오싹거린다."

의외의 말을 듣게 된 지훈은 철준의 눈빛을 떠올렸다. 신경 쓰지 않아 지훈이 몰랐을 수도 있지만 아무리 그래도 눈빛에 광기가 어린다는 표현까지 쓰는 건 심하다고 생각했다.

"에이, 아녜요. 형님. 그 정도는 아닌 것 같은데 형님 신경이 예민해지셨나 봐요."

지훈은 웃으며 아무렇지 않다는 듯 말을 받았다. 그러자 춘식은 정색하고 말했다.

"지훈아 너 무대 몇 년 섰니?"

"무대요? 아니 그건 갑자기 왜……"

"내가 무대 위에 서서 밥 벌어 먹고산 지 벌써 삼십 년이 넘었다. 별의별 일을 다 겪어 봤단 말이다."

"예. 알고 있죠."

춘식은 나이로 따지자면 지훈의 아버지뻘이었다. 지훈은 춘식을 처음 만났을 때 '선생님'이라는 호칭을 썼지만 춘식이 정색하고 호칭을 형님으로 바꾸어 부르게 했다.

"너 무대에 올라가면 거기 사람만 서 있는 것 같지?"

춘식은 낮은 목소리로 말했다. 지훈은 갑자기 온몸에 오싹 소름이 올라왔다. '이 형님이 갑자기 무슨 말을 하는 거야.' 지훈은 춘식이 무슨 의도로 말을 하는지 이해하기 힘들었다.

"아니다. 내가 널 데리고 무슨 말을 하는 거냐. 그건 그렇고 아무튼 당분간 철준이 네가 잘 감시해라. 쟤가 네 말은 잘 듣고 따르더라. 그리고 당분간 일 끝나고 술 마시러 나가지 마라. 숙소 안에서 마셔. 부엌도 넓고 좋잖니."

춘식은 다시 다정한 목소리로 돌아와 있었다.

"예. 형님. 그렇게 할게요."

지훈은 바로 대답했다.

"그래. 내가 뭔가 찝찝한 게 있긴 한데 그걸 얘기할 수는 없을 것 같고, 아무튼 당분간 너는 철준이만 잘 지켜봐. 부탁한다."

춘식이 지훈의 어깨를 툭툭 두들기자 지훈은 꾸벅 고개를 숙였다. 춘식과 지훈이 이야기를 마칠 즈음 철규가 낚시 장비를 잔뜩 들고 숙소로 들어왔다. 그즈음 철규는 틈만 나면 여기저기 낚시하러 다녔다.

"너 또 낚시 다녀오냐?"

춘식은 낚싯대를 들고 오는 철규에게 말했다.

"예. 형님. 여기 아주 낚시 천국이에요. 여기저기 그냥 아주 낚시할 때가 널렸어요. 널렸어."

아닌 게 아니라 벌써 철규의 얼굴은 처음 춘천에 내려올 때 보다 더 까맣게 그을려있었다.

"적당히 해. 적당히. 너 그러다 저번처럼…… 아니다 됐다."

춘식은 무언가 말을 하려다 말았다.

"저번에 뭐요? 아, 이 형님 또 자꾸 옛날얘기 꺼낸다. 거 쓸데 없이 옛날얘기는 왜 자꾸 꺼내려고 그러세요. 지훈이도 있는데."

춘식의 말에 철규가 발끈해 대들었다. 지훈은 무슨 말인지 이해하기 힘들었다.

"그래, 그래. 알았다. 아무튼 일 나갈 시간 돼 가니까 빨리 준비해."

춘식의 말을 듣는 둥 마는 둥 철규는 작은 방으로 휙 들어가 버렸다.

그날 일을 마치고 숙소로 돌아오자 춘식은 멤버들을 모두 거실로 모았다. 지훈은 춘식의 지시에 따라 숙소로 돌아오며 닭발과 순대, 족발, 떡볶이 같은 음식들과 소주를 들고 들어갔다.

"우리가 춘천 온 지 이 주 정도 지났는데 나 믿고 따라와 아무

사고 없이 잘 지내줘서 고맙다. 이 시간에 어디 갈 데도 마땅찮아서 그냥 숙소에서 간단하게 회식 겸해서 이야기나 좀 하려고 자리 만든 거니까 많이들 먹어.”

“이야, 아니 우리 큰형님이 웬일이셔? 오래 살다 보니 별일 다 겪어 보네.”

춘식의 야식 파티에 철규가 너스레를 떨며 술잔을 돌렸다. 멤버들은 오랜만에 마음 편히 둘러앉아 야식을 먹으며 이야기를 나눴다.

“그리고 철준이는 앞으로 한동안 일 끝나고 숙소 돌아온 후에 외출 금지야. 술 한잔하고 싶으면 지훈이랑 부엌에서 마셔. 알았지?”

춘식은 갑자기 철준에게 외출금지령을 내렸다. 철준에 대한 난데없는 외출금지령에 멤버들은 서로 의아한 눈길을 교환했지만 아무도 외출 금지에 대한 사유를 물어보지 않았다.

“예.”

철준은 춘식의 지시에 별다른 토를 달지 않고 수긍했다. 아영과 지수는 영문을 모르겠다는 듯 둘이 귓속말을 나눴다.

“그런데 저 지훈이 형한테 뭐 하나 부탁 좀 해도 돼요?”

웃음기가 가득한 술자리가 이어지고 있는데 베이스를 담당하고 있는 도형이 말을 꺼냈다.

“제가 처음부터 꾹 참고 있었는데 지훈이 형한테 꼭 할 말이 있어서요.”

“무슨 말인데?”

사람들 시선이 도형에게 쏠리자 작정한 듯 말을 이어 나갔다.

"아니 새벽에 제가 잠들만 하면 꼭 지훈이 형이 밖에서 여자 목소리 흉내 내면서 킥킥대거나 자꾸 이상한 소리로 장난치시는데 이제 좀 그만 하세요. 제가 유치해서 그냥 넘어가려고 했는데 진짜 너무 하시잖아요. 춘천 온 첫날부터 지금까지."

멤버들은 모두 어리둥절한 표정으로 지훈을 바라봤다. 도형은 중간 방에 딸려 있던 다락방을 잠자리로 쓰고 있었다. 춘천에 내려온 첫날, 춘식이 아무리 그래도 다락방에서 어떻게 생활하냐며 만류했지만, 도형은 독방을 써야 잠을 잘 수 있었다. 고집을 부려 다락방을 쓰는 것으로 합의가 되었다. 다락방은 영길, 지훈, 철준이 생활하는 중간 방에 붙어 있었다. 지훈은 입이 벌어진 채 멍한 얼굴로 도형을 바라봤다.

"무슨 소리야? 내가 새벽에 너한테 장난을 왜 해? 나 지금 목이 쉬어서 말도 제대로 나오지 않는데 어떻게 여자 목소리를 흉내 내냐? 왜 내가 그랬다고 생각하는 거야?"

지훈은 정색하고 말했다. 지훈의 정색에 도훈은 당황하기 시작했다.

"네? 아니 철준 형은 새벽마다 밖에 나가 있었고, 영길 형님은 일찍 잠드시니까 그럴 리 없을 것이고, 저는 장난칠 사람이 지훈 형밖에 없을 거라고 생각했는데……"

도훈은 울 것 같은 목소리로 말했다.

"나 아냐. 너 뭐 잘못 들은 거 아냐? 길고양이 우는 소리나 뭐 그런 거?"

"아네요. 분명 여자가 킥킥거리면서 웃는 소리를 내거나 문틈에 대고 정확하게 말하고 그랬어요."

도훈은 결백을 주장하듯 확신에 찬 어조로 말했다. 도훈의 이야기를 들은 지훈이 말했다.

"내가 말은 안 했지만, 이상하게 춘천에 내려온 뒤로 불면증에 시달리고 있거든. 새벽 내내 누워있기는 한데 잠을 자진 못해. 그런데 다락방에 대고 누군가 웃거나 이야기하는 건 한 번도 못 봤는데?"

지훈이 도훈의 주장에 정면으로 반박하자 도훈은 금방이라도 눈물을 쏟을 것 같은 표정으로 변했다.

"아이씨, 형님 여기 숙소 너무 이상해요. 무서워서 못 있을 것 같아요. 저만이라도 따로 방 얻어 나가서 생활하면 안 돼요?"

도훈은 춘식을 바라보고 간절히 물었다. 그때 철규가 버럭 화를 냈다.

"야 인마, 다 큰 놈이 무슨 엄살. 네가 뭔가 착각해도 단단히 하는 거겠지. 무섭긴 뭐가 무서워. 소도 때려잡을 산적 같은 남자들이 몇 명이나 있는데. 이놈이 이거 괜히 쓸데없이 팀 분위기 흐리고 있어."

도훈은 난데없이 철규의 질타를 받자 고개를 떨구고 입을 다물어 버렸다.

"하여간 요즘 어린애들은 이게 문제야. 야 인마, 내가 어렸을 때 일할 때는 인마……"

"됐다. 그런 말까지 뭐하러 하니. 그만 해라."

춘식이 철규의 이어지는 질타를 막았다.

"네가 뭘 착각하거나 잘못 들은 거겠지. 그런 유치한 장난 칠 사람이 우리 팀에 어딨니? 아니면 네가 잠자리가 바뀌어서 잠깐

예민해졌나 보다."

춘식은 도훈을 좋은 말로 달래기 위해 애썼다. 춘천 무대에 오른 지 이제 이 주밖에 지나지 않았다. 벌써 이런 문제가 발생하면 난감하기 짝이 없다. 춘식은 멤버들을 춘천에 데려오기 위해 사용했던 비용이 떠올랐다. 연습실 임대료, 생활이 힘들다는 멤버들을 달래기 위해 선지급한 마이킹. 도훈이 말한 두려움은 안개 같았지만 설령 팀이 잘못됐을 때 발생할 금전적인 문제들은 숫자까지 선명했다.

"야, 야, 너 왜 그래. 좀 천천히 먹어."

지훈이 느닷없이 철준에게 소리치자 멤버들 시선이 일제히 철준에게 쏠렸다. 철준은 바닥에 놓인 닭발을 우적우적 씹어 먹고 있었다. 닭발에 묻혀 있던 소스가 입 주위로 잔뜩 묻어 마치 피가 묻어 있는 것처럼 보이기도 했다. 동공은 의미 없이 허공을 향했고 표정은 공허하게 웃는 낯이었다. 입안에 닭발이 가득 들어 볼때기가 이미 불룩해져 있음에도 불구하고 양손으로 닭발을 잔뜩 집어 들고 꾸역꾸역 입에 밀어 넣고 있었다.

"야, 쟤 왜 저러냐. 쟤 닭발 뺏어."

춘식이 다급하게 소리치자 지훈이 철준의 손에 들려 있는 닭발을 뺏으려 했으나 철준의 손은 무쇠처럼 꿈쩍하지 않았다. 철준의 이상한 행동에 아영과 지수는 '어머, 저 오빠 왜 저래. 무섭게'라거나 '저 오빠 좀 말려 봐요'라고 겁에 질린 목소리를 냈다. 철규는 철준에게 다가가 양손을 붙잡고 흔들었다.

"야, 야. 정신 차려. 너 지금 뭐 하는 거야?"

울뚝불뚝한 근육을 드러낸 철규의 팔뚝이 철준의 손을 움켜쥐고 흔들었다. 철준은 여전히 초점 없이 웃는 표정으로 철규를 바라봤다. 그러다 철준은 자리에서 벌떡 일어나 현관 쪽으로 걸어갔다.

"너 어디 가냐? 철준아. 야, 쟤 못 나가게 말려라."

춘식이 철규에게 말하자 철규는 우락부락한 손으로 철준의 뒷덜미를 잡아챘다.

"야 인마. 큰형님 말씀하시는 거 안 들려? 밖으로 나가지 말라잖아. 이 자식 이거 왜 이래?"

철규가 힘을 줘 잡아당기자 철준은 철퍼덕 엉덩방아를 찧었다. 놀란 멤버들은 토끼 눈이 되어 바라보기만 할 뿐 누구 하나 말을 꺼내지 못하고 바라만 보고 있었다. 철준은 아무렇지 않다는 듯 다시 일어서더니 부엌 쪽으로 터벅터벅 걸어갔다.

"형님. 저놈 저거 아무래도 정상이 아닌 거 같은데요? 저거 저대로 내버려 뒀다가 무슨 일 날 거 같은데."

철규가 춘식을 보고 말하자 춘식은 생각에 휩싸였다.

"그래, 아무래도 쟤 불안해서 안 되겠다. 철규랑 지훈이 너희 둘이 오늘 쟤 좀 밖에 못 나가게 철저히 감시해야겠다. 지금 눈빛이 너무 이상해."

춘식이 철규와 지훈에게 당부하자 지훈은 말없이 고개를 끄떡거렸다. 아영과 지수는 겁에 질려 창백해진 얼굴로 서로 팔짱을 끼고 있었다. 그때 부엌에서 둔중하게 '뿌그적' 하는 소리와 함께 정체를 알 수 없는 물건들이 우당탕거리며 떨어지는 소리가 들려 왔다. 멤버들은 화들짝 놀라 모두 부엌으로 뛰어갔다. 제일 먼저 부엌으로 들어간 지훈은 눈을 의심하지 않을 수 없었다. 부엌 창문은 열려 있고, 방범 쇠창살 두 개가 구부려져 뜯겨 나가 있었다. 부엌에 있어야 할 철준의 모습은 보이지 않았다.

"야야, 철준이 창밖으로 뛰쳐나갔나 보다. 얼른 애 잡아."

춘식이 다급하게 소리치자 멤버들은 우르르 밖으로 뛰쳐나갔다. 모두 흩어져 철준의 모습을 찾아봤으나 흔적도 보이지 않았다. 철준을 찾기 위해 멤버들이 한 시간이나 동네를 헤집고 돌아다녔지만 허사였다. 멤버들은 다시 숙소에 모였다. 춘식은 깊은 고민에 빠진 얼굴로 거실 벽에 기대앉아 있었다.

"일단 기다려 보자. 이제 곧 해가 뜨니까 혹시 모르지. 해가 뜨면 녀석이 제정신이 돌아와 다시 돌아올지. 아무튼 내일 일도 나가야 하니까 어서 정리하고 들어가 자. 정 안 되면 내가 기타 메고 올라갈 테니까."

춘식의 목소리는 힘이 빠져 있었다. 멤버들은 어수선한 자리를 정리하고 잠자리에 들었지만, 지훈은 잠을 이룰 수 없었다.

자리에 누워 뜬눈으로 새벽을 보낸 지훈은 날이 밝자 숙소 앞을 서성이며 철준을 기다렸다. 하릴없이 골목길만 바라보던 지훈의 눈에 골목 입구에서 너털거리며 걸어오는 철준이 보였다. 지훈은 철준을 향해 뛰어갔다. 철준이 입고 있는 회색 스웨터는 어디 긁혔는지 여기저기 구멍이 나 있고, 머리와 옷에는 낙엽이 묻어 있었다. 신발을 신지도 않은 채 여기저기 다녔는지 발은 새카맣게 더러워진 맨발이었다. 철준은 지훈을 보고 안도하는 듯 한숨을 푹 내쉬었다.

"이리 와봐라. 숙소 들어가기 전 나랑 얘기 좀 먼저 하고 들어가자."

지훈은 철준을 끌고 슈퍼마켓 앞에 설치된 파라솔로 향했다. 캔 맥주 두 개를 사 들고 나온 지훈은 철준에게 다그쳐 물었다.

"너 어떻게 된 거야? 너 때문에 지금 숙소가 발칵 뒤집혔어. 여태까지 어디 있다 온 거야? 이 행색은 또 뭐고. 속 시원하게 다 털어 놔봐."

지훈이 묻자 철준은 한숨을 내쉬며 땅바닥을 바라봤다.

"형님. 저 기억이 안 나요."

"기억이 안 난다니? 그럼 어제 네가 형님들이 나가지 말라고 말리는데도 부엌 창살을 다 부순 다음 도망간 것도 기억이 안 나?"

"제가 그랬어요?"

철준은 오히려 놀랍다는 표정으로 되물었다. 지훈은 철준의 표정을 보고 거짓말을 하는 것은 아닐 것으로 생각했다.

"형님. 진짜로 저 하나도 기억이 안 나요."

"그럼 여태까지 어디서 뭐 하고 오는 거야?"

"사실은 형님. 저 춘천 온 후 이상한 일에 시달려요. 그런데 이게 좀……"

철준은 말을 하는 중간에 맥주를 벌컥벌컥 마셨다.

"무슨 일인데. 말을 해야 알지."

"아니, 이상한 게요. 새벽에 형님하고 닭발에 소주 한잔하고 앉아 있으면 영문을 알 수 없는데 자꾸 절에 가야 한다는 생각이 드는 거예요. 처음에는 절에 대한 어떤 이미지가 떠올라요. 햇살이

비치는 기와 모양이라든지, 바람에 울리는 풍경 소리라든지. 그러다 점점 내가 빨리 그 절에 가야 한다는 생각이 들기 시작하는 거예요. 그 생각이 들기 시작하면 도무지 걷잡을 수가 없어요. 당장 절에 가지 않으면 큰일 날 것 같고, 무슨 일이 생길 것 같고. 그런 불안한 마음이 계속 커지는 거예요. 그러다 문득 정신을 차리면 제가 근처 절 마당 같은 데서 자고 있어요."

"뭐? 마당? 절에 있는 마당? 그럼 너 절까지는 어떻게 가는데? 너 인마, 지갑이랑 핸드폰도 다 놔두고 다녔잖아."

"그러니까요! 형. 제가 절까지 걸어가요. 걸어가는 건 기억이 나지 않는데 아마 걸어갔겠죠. 다른 방법이 없잖아요."

철준의 이야기를 듣는 지훈은 온몸에 소름이 돋기 시작했다.

"너 전에도 이런 일 있었어? 창피하게 생각하지 말고. 혹시 병원에 가서 치료받아야 하거나 그런 거 아냐?"

"아녜요. 형. 믿지 못하시겠지만, 저 이런 적 한 번도 없었어요."

철준은 정색하고 말했다.

"여태까지 이런 적이 한 번도 없었는데 춘천 와서 이런 행동을 처음 한다고? 그게 말이 돼?"

"그러게요. 형님. 그것만이 아녜요. 그렇게 잠들면 날마다 이상한 꿈을 똑같이 반복해서 꾸다가 깨요."

"꿈? 무슨 꿈을 꾸는데?"

"꿈에서 제가 어딘가를 하염없이 걷고 있어요. 그러다 여기가 어딘지 정신을 차려보면 제가 바다 한가운데 물 위를 걸어가고 있는 거예요. 그렇게 한참을 수평선까지 걸어가다 보면 거기 알록달록 색칠이 돼 있는 빈 의자가 일렬로 쭉 놓여 있고요. 제가 그 의자들 있는 곳에 다가갈 때쯤이면 갑자기 까마귀 수천 마리가 바닷속에서 튀어나와 날아오르기 시작해요. 그때쯤 한가운데 놓여 있던 의자에서 빛이 나서 의자로 걸어가 보면 의자에 파란색, 빨간색 등 알록달록한 끈이 묶여 있는 방울이 있는 거예요. 그 방울이 너무 예뻐 보여서 잡으려고 손을 내밀 때쯤 꿈에서 깨어나요. 이게 하루 이틀 꾼 꿈이 아니라 춘천 내려온 다음 날부터 같은 꿈을 꿔요."

철준은 목소리에 힘이 빠져 있고 사뭇 울먹거리기도 했다. 지훈은 무슨 말을 해야 할지 멍하게 듣고만 있었다. 이런 문제들은 물리적으로나 과학적으로 해결할 수 있는 대안을 제시할 수 없는 문제다.

"일단 우리 당분간 술을 마시지 말자. 새벽에 잠도 제대로 자지 못하는데 술까지 마셔서 이런 일이 생기나 보다. 뭔가 착각을 하거나 몸이 허해서 그런 걸 거야. 일단 숙소로 들어가자. 들어가서 좀 씻고 일 나가기 전에 한 시간이라도 눈 좀 붙여."

"아니 형님. 저 숙소에서 잠 못 자요."

"잠을 못 자? 왜?"

"다른 사람들이 놀랄까 봐 말하지 않았는데요. 저 숙소에서 며칠 자는 동안 계속 이상한 여자한테 시달려요."

지훈의 등이 찌르르하게 울렸다. 애써 외면하고 부정하려던 현실에 정면으로 맞닥뜨려진 느낌이었다.

"누워서 잠이 올 때쯤이면 이상한 여자가 자꾸 저한테 말을 걸어요. 이런 얘기까지 하면 이상하게 보일 거라는 거 아는데 저도 무서워서 어떻게 할 수가 없어요."

"그게 무슨 말이야. 옆에 나도 있고 영길이 형님도 있는데. 누군가 말을 했으면 영길이 형님이나 나한테도 들렸겠지."

"그러게요. 분명히 어떤 여자가 제 귀에 대고 '자? 잘 거야?'라거나 '그러지 말고 같이 놀자'라고 선명히 말하거든요. 화들짝 놀라서 깨어 보면 방에 영길이 형님하고 형만 있어요. 이러니 미치고 환장할 노릇이죠."

지훈은 도형이 '누군가 여자 목소리를 흉내 내며 장난친다'고 했던 말이 기억났다. 단정 지을 수 없지만 도형에게 장난을 치던 존재와 철준에게 나타나는 존재가 같은 존재일 수도 있다고 생각했다.

"못 믿으시겠죠?"

철준은 허탈한 표정으로 말했다.

"아니. 아닌 게 아니라. 사실 어제 도형이도 그런 말 하긴 하더라. 걔는 나보고 여자 목소리 흉내 내면서 자기가 자는 다락방 바깥에서 자기 놀리지 않았느냐고 물어보는 거야. 그래서 아니라고 말해줬지. 그런데 걔도 장난으로 그런 말 하는 것 같진 않더라."

놀라움을 숨기지 못하는 지훈이 말했다. 지훈의 말을 듣던 철준은 놀란 듯 눈을 커다랗게 뜨고 말했다.

"형님, 사실 저 며칠 전에 그 여자가 다락방에 대고 뭔가 이야기하는 걸 봤어요. 그때는 제가 뭘 잘못 보거나 꿈꾼 거라고 생각했는데……"

철준은 금방이라도 울음을 터트릴 것 같은 표정으로 말했다.

"형님. 이 숙소에 분명 뭔가 있어요. 지수가 그랬잖아요. 우리 전 팀들도 귀신 때문에 팀 내린다고. 전 무서워서 여기 못 있을 것 같아요.”

철준은 남은 맥주를 들이켰다. 지훈은 난감한 표정을 지었다.

“알았다. 무슨 말인지 알았으니까, 나도 큰형님한테 말씀드려서 상의해 볼게. 일단 들어가서 좀 씻어. 너 지금 노숙자라고 해도 믿을 정도로 엉망이야. 들어가서 형님한테 잘 말씀드리고.”

지훈은 철준을 다독이며 숙소로 들여보냈다. 지금 상황으로 철준의 말을 다 믿을 수도, 그렇다고 없었다는 듯 무시할 수도 없는 노릇이었다. 춘식에게 지금 당장 팀을 빼자고 하기에도 상황이 만만치 않았다. 새로 팀을 올린 지 2주밖에 되지 않았는데 팀을 내리자고 하는 것은 팀을 깨자는 말과 다를 바 없었다. 지훈은 홀로 앉아 남아 있는 맥주를 마시며 오가는 사람들을 바라봤다. 그러다 갑자기 자신이 왜 난데없이 춘천까지 와서 이런 상황에 부닥치게 되었는지 난감한 생각이 들었다. 지훈은 핸드폰을 꺼내 어머니에게 전화를 걸었다.

“어머니. 저예요.”

“그래. 안 그래도 내가 전화하려고 했는데, 너 요즘 무슨 일 있니?”

지훈의 어머니는 전화를 받자마자 안부를 물어왔다.

“예. 저야 뭐, 아무 일 없죠. 갑자기 왜 그런 걸 물어보세요?”

“내가…… 아…… 아니다. 갑자기 꿈자리가 뒤숭숭해서 그런다.”

지훈은 피식 웃었다. 지훈의 어머니는 꿈자리가 조금만 사나워도 아들에게 몇 날 며칠 전화를 걸어댔다.

“궁금한 게 있어서 뭐 하나 여쭤보려고 전화를 드렸어요.”

지훈은 철준이 시달리고 있다는 꿈 이야기를 어머니에게 들려줬다.

"그 꿈꾼 애 뭐 하는 애니? 친한 애야?"

"꿈꾼 애? 아니 뭐, 그냥 일하면서 알게 된 동생이에요."

"걔 신 받아야 할 애 같은데. 바다 위를 걸어 다니고, 알록달록한 의자나 방울들이 부르고. 그게 무당 팔자밖에 더 있니? 몸주가 그렇게까지 눈치를 주고 있는데 신내림 받지 않았으면 여기저기 신병으로 꽤 고생하고 있겠네. 걔 어디 이유 없이 아프거나 이상한 행동 하는 거 없어?"

어머니의 말에 지훈은 당황했다.

"아…… 아니에요. 그냥 궁금해서 여쭤본 거예요. 신경 쓰지 마세요."

당황한 지훈은 전화를 빨리 끊고 싶었다.

"얘, 내가 요 며칠 꿈을 꾸는데 말이다. 꿈에 네가 새로 이사 갔다고 나를 놀러 오라고 부르지 않았겠니. 그런데 내가 놀러 갔더니 바닥에 찰랑찰랑하게 물이 찬 집에 들어가더니 거기가 네 집이라는 거야. 너무 놀라서 얘가 왜 이런 데서 살고 있나 생각하고 있는데 글쎄 어떤 쪼그만 남자아이 하나가 집안에서 이방 저방 뛰어다니면서 놀고 있더라. 그래서 물었지, 쟤가 누구냐고. 그랬더니 너는 모르는 애래. 근데 또 마당에서 웃음소리가 들려서 내다봤더니 어떤 처녀가 소복을 입고 머리는 산발을 한 채 웃으면서 뛰어다니고 있지 뭐니. 아이고, 무슨 꿈이 이렇게 정신 사나운지. 너 정말 별일 없는 거지?"

어머니의 말을 들은 지훈은 가슴이 철렁 내려앉았지만 애써 침착함을 가장했다.

"예. 별일 없어요, 뭐 그런 이상한 꿈을 꾸고 그러세요."

지훈은 어머니를 안심시키기 위해 대수롭지 않다는 듯 말했다.

"너, 생각을 해봐라. 괜히 사업한답시고 멀쩡하게 다니던 좋은 직장 때려치고 그렇게 다니면 어미 심정이 어떻겠니. 사업이 말처럼 쉬운 줄 아니. 그렇지 않아도……"

"아, 알았어요. 알았어. 그만 그만. 저 별일 없으니까 다음에 또 전화할게요."

지훈은 황급히 전화를 끊었다. 어머니와 통화 후 지훈의 마음은 봉두난발이었다. 지훈은 숙소로 들어가 거실에 멍하니 앉아 있었다. 4월의 오후 해 질 녘 햇살이 숙소 앞 마당으로 층층이 쌓여 있었다. 아영과 지수의 방에서 드라이기 소리, 화장을 다듬으며 도란거리는 소리가 들려왔다.

'내가 지금 춘천까지 와서 무엇을 하는 거지?' 하는 생각이 문득 들었다. 춘천에 내려와 잠을 제대로 이루지 못해 머리는 몽롱했다. 부족한 수면에 50분짜리 스테이지를 다섯 개나 올라가야 했기에 목은 쉬어 말도 제대로 나오지 않았다. 하지만 무대에 올라 노래는 해야 했다. 말도 제대로 하지 못하는데 노래는 나온다는 사실이 신기했다. 걱정했던 철준이 돌아오자 온몸을 휘감고 있던 긴장감이 일시에 사라졌다. 지훈은 거실 벽에 기댄 몸이 스르르 벽으로 꺼지는 것 같은 기분이 들었다. 그때 마당 쪽에서 고무공 튀기는 소리가 들리기 시작했다. '통, 통, 통' 지훈은 나른한 기분으로 그저 거실 밖 정원을 바라보고 있었다. 그때 마당 오른쪽에서 일곱 살 정도 돼 보이는 어린 남자아이가 공을 튀기며 숙소 마당 쪽에서 놀기 시작했다. 지훈은 이게 꿈인지 현실인지 판단하기 힘들었다. 쏟아지고 있는 황금빛 햇살은 찬연한데 현실감이 떨어졌다. 아이는 공 튀기는 놀이가 즐거운지 좌로 우로 숙소 마당을 휘저으며 놀고 있었다.

"너 뭐하냐? 빨리 일 나갈 준비 해야지."

지훈이 고개를 들어 보니 춘식이 옆에 서 있었다. 지훈은 '네'라고 짧게 대답한 뒤 몸을 일으켰다.

4

그날 무대에서 지훈은 철준의 기타 리프가 자주 빈다는 것을 알아차렸다. 하이 코드 백킹이 자주 빠졌고, 평소 철준이 좋아하다던 애드립 파트도 두리뭉실 은근슬쩍 넘어가는 눈치였다. 지훈은 혹시 철준이 멤버들에게 항명하는 것이 아닌가 생각했다. 무대 위에서 철준을 바라보니 얼굴이 새하얗게 질려 있었다. 기타 백킹이 빠진다고 업소에서 눈치채기는 힘들지만, 무대 위 멤버들은 즉각 알아차렸다. 철준의 기타가 영향을 끼쳤는지 철규의 드럼도 박자가 엿가락처럼 늘어졌다 한겨울 철로처럼 당겨졌다 제멋대로였다. 두 번째 무대가 끝났을 때 지훈은 철준을 무대 뒤 대기실로 불렀다.

"너 왜 그래? 백킹도 제대로 안 치고 멜로디도 엉망진창이고. 형님들한테 야단 좀 맞았다고 항명하는 거야?"

지훈이 낮고 어두운 목소리로 묻자 철준은 울상이 되어 말했다.

"아뇨, 형님. 그게 아니라."

"아니긴 뭐가 아냐. 너 지금 백킹 들어가 줘야 할 곳에 제대로 들어가질 못하잖아. 애드립도 구멍이 숭숭 뚫려 있고. 초저녁 스테이지부터 영길 형님이 너 계속 째려보면서 건반으로 네 파트 메워 주고 계시잖아. 정신 차려."

"형님. 그게 아니라, 제 손가락이 안 움직여요."

철준은 울 듯한 목소리로 호소하듯 말했다. 예상치 못한 철준의 대답에 지훈은 깜짝 놀라 되물었다.

"뭐? 무슨 소리야. 기타 치는 놈이 손가락이 안 움직이면 어떡해."

"그러니까요! 형님. 저 지금 미치겠어요. 분명히 쳐야 하는 순간이라고 머릿속에서 말은 하는데 손가락이 누군가 꽉 잡은 것처럼 꼼짝도 하지 않아요."

지훈은 눈을 커다랗게 뜨고 철준을 바라봤다. 철준은 망연자실한 표정으로 왼손을 들어 멍하게 바라보고 있었다.

"기타가 안 쳐져?"

지훈이 물어보자 철준은 말없이 고개를 끄떡였다. 지훈은 업소 밖에서 하릴없이 앉아 있던 춘식을 찾아갔다. 춘식은 야외 주차장 방지턱 부분에 앉아 담배를 피우고 있다 다가오는 지훈을 바라보며 말했다.

"야, 철준이 저놈 왜 저런 대냐? 치라는 기타는 안 치고 왜 무대 위에서 구경꾼처럼 서 있어? 어제 밖에 나가지 못하게 하고 낮에 야단 좀 맞았다고 뻗대는 거야 뭐야?"

춘식은 붉으락푸르락 얼굴을 붉히며 지훈에게 물었다.

"형님, 큰일 났는데요."

"또 무슨 일? 어째 춘천 와서 하루라도 바람 잘 날이 없어."

"철준이 손가락이 움직이지 않는답니다. 마비된 것처럼 자기 의지와 상관없이 꼼짝도 안 한다네요."

"뭐? 그게 정말이야?"

"예. 지금 얘기 해봤는데 항명이나 거짓말은 아닌 거 같아요. 진짜로 손가락이 꼼짝도 안 한대요."

"허! 이거 참."

춘식은 난감했다. 한동안 두 사람은 말없이 땅바닥만 바라보고 있었다.

"저번에도 이런 일이 있었대?"

"아뇨. 자기도 이런 일은 처음이랍니다."

춘식은 한참을 고민에 휩싸여 생각에 잠겼다.

"아니, 바이올린 전공자나 피아노 전공자가 갑자기 손이 움직이지 않는다는 얘기는 들어 봤어도, 어제까지 무대 위에서 멀쩡히 기타 치던 놈이 오늘 갑자기 손가락이 움직이지 않는 일은 나도 난생처음 겪는다. 지훈아. 너 내일 당장 무대 위에 올릴 수 있는 기타 아는 사람 있냐?"

지훈은 그때 팀이 사라져 집에서 놀고 있다는 기타리스트 현필이 떠올랐다.

"생각나는 사람이 있긴 있는데 전화해봐야 알 것 같은데요."

"그러면 일단 당장 전화해봐. 철준이는 오늘 일 끝날 때까지 무대 상황 보고 결정하도록 하자."

춘식 옆을 빠져나온 지훈은 이전 팀에서 알고 지내던 현필에게 전화했다. 간략하게 안부를 물은 후 춘천팀에 합류가 가능한지 의사를 타진했다.

"너 내일부터 당장 춘천에 내려올 수 있냐?"

"어, 나야 당연히 갈 수 있지. 춘천이 문제냐? 마침 지금 집에 쌀도 떨어졌어. 제주도라도 부르면 갈 판이다."

현필은 지훈의 질문에 흔쾌히 응했다.

"그러면 오전에 최대한 일찍 내려와. 레바리(레퍼토리)는 어차피 거기서 거기니까 볼 거 없을 것이고 우리 팀도 특별히 편곡하거나 그러지 않았어. 사비 돌아가는 부분이나 코다 떨어지는 부분만 사전에 입으로 좀 맞춰보면 될 거야."

"오케이. 그럼 내일 열 시까지 장비 챙겨서 내려갈게."

무려 넉 달을 놓고 있다는 현필은 바로 승낙했다.

새벽 무대가 끝나고 춘식은 철준을 불러 멤버가 교체됨을 통보했다. 철준은 아무런 대답 없이 바닥만 바라보다 고개를 끄떡였다. 춘식에게 교체 통보를 받은 철준은 숙소에 가자마자 짐을 챙긴 후 지훈과 자주 가던 닭발집에 마주 앉았다.

"어쩔 수 있겠니? 그래도 무대가 우리 밥줄인데 네 손가락이 움직이질 않으니 어떡해. 큰형님한테 너무 서운하다 생각 말고 올라가서 좀 푹 쉬어. 쉬다 보면 나아지겠지."

지훈은 철준을 위로했지만, 철준은 오히려 지훈보다 밝은 표정을 짓고 있었다.

"아네요. 형님. 저는 큰형님이 먼저 말씀해 주셔서 너무 좋아요. 사실 춘천 숙소에 들어오면서부터 하루하루가 너무 무서웠거든요."

철준은 잔을 부딪치며 말했다. 철준이 건넨 의외의 말에 지훈은 눈을 크게 뜨고 물었다.

"무서워? 무서울 게 뭐가 있어?"

지훈이 의아해하자 철준은 아차 하는 표정을 지었다.

"아네요. 형님. 그냥 제 기분이 그랬다는 거고요. 나중에 형님 춘천에서 일 마치고 서울로 올라오시면 따로 만나서 한잔해요. 제가 그때 다 말씀드릴게요."

지훈은 더 질문할 수 없었다. 무언가 더 캐물었다가 지훈이 감당하기 힘든 사실들이 철준의 입을 통해 줄줄이 내뱉어질 것 같았다. 지훈은 말없이 소주잔을 들어 올렸다.

"나도 솔직히 할 수만 있으면 여기서 당장 탈출하고 싶다. 목구멍이 포도청인 이유도 있고. 큰형님도 지금 당장 여기서 빼면 당장 팀 박살 나도 이상하지 않을 상황이라 버티시는 것 같고."

지훈이 자조적인 어투로 말했다. 스스로 말을 뱉으면서도 이런 상황에 내몰려 있는 자신이 어처구니가 없어 쓴웃음을 지었다.

"아무튼 형님. 여기 뭐가 있긴 있어요. 형님도 춘천 떠날 때까지 몸조심하세요. 자세한 이야기는 나중에 말씀드릴게요."

지훈은 철준의 당부를 들으며 피식 웃었다.

"그래 뭐. 우리가 이 바닥에서 통보받는 게 하루 이틀 일이냐?

그냥 운 좋았다고 생각하고 털어버려."

숙소로 돌아온 철준은 정리해둔 짐을 차로 옮겨 실은 후 멤버
들에게 새벽에 떠날 것이라 미리 인사드리겠다며 작별을 건넸다.
그가 잠깐 눈을 붙인 후 서울로 출발하기 위해 집을 나선 시각은
오전 일곱 시 삼십 분이 조금 지나 있었다. 지훈은 잠들어 있지
않았던 탓에 부스럭대는 철준의 소리에 일어나 배웅했다. 철준은
춘천 시내를 벗어나 경춘가도 입구를 향해 가고 있었다. 그때 어
쩐 일인지 우측에 있는 자그마한 산 위로 차를 돌려야 한다는 생
각이 강하게 들기 시작했다. 철준은 산 쪽 입구로 차를 돌렸다.
산 아래쯤 적당한 공간에 차를 세워 놓은 후 산을 바라봤다. 그다
지 높지 않아 보였지만 그렇다고 섣불리 마구 올라갈 정도의 높
이도 아니었다. 철준은 저 산 어딘가에서 누군가 자신을 기다리
고 있을 것이라는 생각이 강하게 들었다. 이것저것 생각하고 판
단할 새도 없이 철준의 발은 산을 향해 움직였다. 철준의 걸음은
마음에 소리이자 본능이었다. 한참을 올라가자 아래에서 보이지
않던 작은 밭과 암자가 하나 나타났다. 텃밭처럼 보이는 작은 밭
에서 노년의 여자가 채소를 만지고 있었다. 노년의 여자는 철준
을 보자 밭에서 일어나며 말했다.

"어라? 진짜 왔네."

"네?"

철준은 그녀의 말에 영문도 모른 채 당황스러워 엉거주춤 서
있었다.

"빨리 일로 오소. 아이고, 이 시간에 올 거라더니 진짜네."

노년의 여인은 철준에게 다가가 팔을 끌고 암자로 향했다.

"아니. 저, 죄송한데 사람 잘못 보신 것 같습니다. 저는 우연히 지나가는 사람이고요."

철준은 뒷걸음질 치며 말했지만, 노년의 여인은 막무가내로 철준을 끌고 암자로 향했다.

"아이고, 잔말 말고 빨리 들어가요. 스님, 스님이 말한 총각 왔어요."

철준은 노년의 여인에게 떠밀려 암자로 향했다. 철준은 당황하기 시작했다. 우연히 산에 발을 디뎠다가 꼼짝없이 다른 사람으로 오해받을 판이었다. 암자에 가까이 다다르자 한가운데 모셔져 있는 거대한 불상이 보였다. 오른편에 사랑방으로 쓰이는 듯한 작은 방이 보였고, 방 안에 밥과 여러 가지 반찬이 가득 담긴 상이 놓여 있었다. 그때 사랑채 안쪽에서 적삼을 입은 스님이 걸어 나오며 철준에게 말했다.

"어서 오소. 그런데 식사 들기 전에 일단 부처님께 인사 좀 먼저 드리고 먹었으면 좋겠네."

스님은 법당을 가리키며 말했다. 철준은 얼결에 향을 올리고 부처님을 향해 삼배를 올렸다.

"됐소. 이제 차려놓은 밥이나 먹읍시다."

스님은 밥상을 가리키며 말했다. 철준은 당황스러웠다.

"아니, 스님. 무슨 오해가 있으신 것 같은데 저는 스님이 기다리는 사람이 아니라고요……"

다급한 철준이 말을 이었으나 스님은 손사래를 쳤다.

"아, 됐소. 마. 기다렸던 사람이면 어떻고 기다리지 않았던 사람이면 또 뭐 어떻소. 우예 왔든 내 절에 왔으면 다 내 손님인 거지. 않으소."

스님은 자리에 밥상에 앉기를 강권했다. 철준은 얼결에 밥상에 앉았다.

"많이 드소. 우리 공양주님 손맛이 좋아 웬만하면 입맛에 잘 맞을 거요."

철준은 수저를 들었다. 아닌 게 아니라 밥이며 산채 나물 하나하나 맛이 훌륭했다. 식사가 끝나고 노보살이 차를 들고 오자 스님이 물었다.

"그래 이제 서울로 올라가는교?"

"네? 네. 서울로 올라갑니다."

그러자 스님이 일어나 법당 안에 놓여 있던 대나무 봉을 들고 왔다. 그리고 아무 말 없이 웃는 얼굴로 철준의 왼팔을 '탁, 탁, 탁' 세 번 쳤다. 철준은 스님의 갑작스러운 행동에 당황하였으나 입을 벌린 채 그대로 말없이 지켜만 보고 있었다.

"왼팔이 움직여야 밥 벌어 먹고사는 직업이지요?"

스님은 빙그레 웃으며 철준에게 물었다. 철준은 여전히 입을 벌린 채 고개만 끄떡였다.

"이제 됐소. 아까 보니까 젊은 여자 귀신 하나가 총각 왼팔에 꼭 매달려 히죽히죽 웃으면서 따라 오더만. 이제 됐소. 더 이상 총각 따라다니면서 괴롭힐 일 없으니 잘 올라가시오."

"네?"

철준은 모골이 송연했다. 동공은 확장되고 순간적으로 숨이 쉬어지지 않았다.

"놀랄 것 없소. 어제 내 꿈을 꾸는데 총각이 지금 이 시각에 우리 절 앞마당에서 젊은 여자 귀신한테 쫓겨 같은 자리를 맴맴 돌고 있더이다. 총각 왼팔에 뭔가 값비싼 재물이 든 것 같은 보따리를 들고 있었는데, 여자 귀신이 그게 그렇게 탐이 나는지 꼭 붙들고 가려는 심산 같아 보였어. 꿈에 총각이 서울 올라가야 하는데 이 여자가 자꾸 매달려서 큰일 났다고 내보고 도와달라고 합디다. 그래서 내 공양주 보살님께 총각 식사 부탁 좀 미리 해놨소. 내 법력으로 도와줄 수 있는 게 이게 전부요."

철준은 지금 일어나고 있는 일들이 과학적으로 설명이 가능한 일인가 되뇌어 봤지만 알 수 없었다. 누군가 타인이 철준에게 이런 일이 있었다고 말한다면 콧방귀를 뀌었을 것이다. 말을 마친 스님은 자리에서 일어났다.

"조심히 가소."

5

지훈은 오전에 도착한 현필을 맞이했다. 먼저 멤버들에게 인사시키고 숙소에 관해 설명한 후 연주해야 할 노래들의 악보와 파트별 레퍼토리 순서 등을 알려줬다.

"그런데 전에 기타 치는 친구는 왜 내렸어?"

현필은 지훈에게 물었다.

"응, 철준이라는 친구인데 갑자기 손가락이 움직이지 않는

다네.”

철준은 다른 이야기를 해줘야 하나 고민하다 손가락이 움직이지 않는다는 말만 했다. 상식적으로 설명되지 않는 다른 이야기를 현필에게 했다가 괜한 공포심만 느끼게 하지 않을까 하는 마음이었다.

“손가락? 기타 치는 사람이 손가락이 안 움직여? 어디 다치지도 않았는데 갑자기?”

현필은 이해하기 힘들다는 표정으로 되물었다. 지훈은 어디서부터 어디까지 설명해줘야 할지 몰라 난감했다.

“그게, 하아. 이걸 어디서부터 어디까지 설명해줘야 하나? 얘가 춘천 내려와서 이상한 행동을 하기 시작하더라구. 새벽에 술 마시고 사라져서 절에 가서 잠들지 않나, 날마다 바다 위를 걸어가는 이상한 꿈을 꾼다고 하지 않나, 내려와서 문제가 좀 있었어. 그러다 갑자기 손가락이 움직이지 않는다기에 춘식이 형님이 결정하신 거야.”

지훈은 현필이 쓸데없는 공포심을 느끼지 않게 최대한 순화해서 진실을 이야기해주려 애썼다.

“아, 그래? 그럼 귀신 들린 거네. 난 또 뭐라고.”

현필은 대수롭지 않다는 말투로 답했다. 아무렇지 않은 일인 양 대범하게 대답하는 현필의 말투는 지훈을 놀라게 했다.

“에? 귀신 들린 게 대수롭지 않다는 거야?”

“참나, 귀신이 대수냐? 난 사 개월 동안 집에서 손가락만 빨고 있었는데. 귀신이 무섭냐, 배곯는 게 무섭냐?”

현필은 피식 웃으며 지훈의 어깨를 툭 쳤다. 생각 외의 대답을 들은 지훈은 헛웃음을 지었다.

제대로 된 연습 한번 없이 무대에 올라간 현필은 최대한 볼륨을 줄이고 연주하기 시작했다. 하루, 이틀 시간이 지나 팀 연주에 익숙해지자 조금씩 볼륨을 올려 본인만의 색깔을 입히기 시작했다. 지훈은 자칫 난파될뻔한 팀이 가까스로 제자리를 찾은 것처럼 느껴졌다. 가까스로 기타 파트가 해결되자 드럼을 치는 철규가 문제를 일으켰다. 지훈은 노래하다 드럼 박자가 조금씩 당겨지기도 하고 하릴없이 느려지기도 한다는 것을 느꼈다. 대기실에서 지훈은 철규에게 조심스레 말했다.

"저, 형님. 이런 말씀 드리긴 죄송한데 박자가 조금씩 빨라졌다 느려졌다 하는 것처럼 느껴져요."

조심스러운 지훈의 말에 철규는 정색했다.

"박자? 그럴 리가 있나. 네가 컨디션이 안 좋은 거겠지."

철규는 지훈 의견에 반박했다. 철규 얼굴에 다크 써클이 길게 내려앉아 있었다.

"그런가요? 죄송합니다. 형님. 제가 컨디션이 안 좋긴 안 좋나 봐요."

지훈의 사과에 철규는 아무런 대꾸 없이 고개를 돌려 버렸다. 어색한 휴식 시간이 지나고 다시 무대에 올라가자 이번에는 확연히 느낄 수 있게 박자가 늘어졌다. 조금씩, 조금씩 늘어지기 시작한 박자는 다른 파트들이 드럼에 맞춰 연주할 수 없을 지경까지 이르렀다. 멤버들은 당황해서 철규를 바라봤다.

철규는 왼손을 하이햇 위에 걸쳐 놓고 오른손으로만 기계적으로 드럼을 치고 있는데, 잠자는 건지 눈을 감은 채 고개는 옆으로 떨어져 있었다. 대기실에 앉아 있다 음악이 이상해진 것을 눈치챈 춘식은 잠든 철규를 발견하고 기겁했다. 춘식은 철규에게 다가가 드럼 베이스를 발로 걷어찼다. 난데없는 춘식의 발길질에 철규는 화들짝 놀라 눈을 떴다. 졸다가 갑자기 정신을 차린 철규의 드럼은 브레이크가 고장 난 열차처럼 갑자기 빨라졌다. 그날 무대가 끝나자 춘식은 업주가 미팅하고 싶어 한다는 전갈을 받았다.

일이 끝나고 팀은 숙소에 모여 미팅했다. 특이하게 춘식은 회의를 안방에서 하자고 말했다. 멤버들은 평소 거실에서 하던 회의를 왜 갑자기 안방에서 하자는지 의아했지만, 춘식의 말이라 한마디 대꾸 없이 따랐다.

"다 모였으면 문 닫아라. 방문 닫고 시작하자."

한껏 가라앉은 분위기에 춘식은 무거운 목소리로 말을 꺼냈다.

"오늘 내가 사장 만나고 온 거 다들 알지? 사장이 한마디 하더라. 말도 없이 기타 바꾼 거 하며, 요즘 연주가 엉망이라고 경고하더라."

연주가 엉망이라는 말에 멤버들 눈은 일제히 철규를 향했다. 철규는 짐짓 모르는 척 천장을 바라봤다.

"말이야 점잖게 경고하는데 아무래도 눈치가 이미 다른 팀을 알아보고 있는 것 같기도 하고."

예상은 했지만, 업주가 경고를 내렸다는 말에 멤버들은 마른침을 삼켰다.

"그것도 그건데, 아무래도 난 여기가 너무 찝찝해서 말이다. 오늘 모여 본 김에 얘기 좀 하자. 너희 숙소에서 지내면서 뭐 이상한 거 느끼지 못했니?"

멤버 모두 차마 입 밖에 꺼내지 않던 말을 춘식이 꺼내자 서로 눈치를 봤다.

"나는 아무래도 이 숙소가 너무 이상하다. 저번에 나간 철준이 일도 그렇고 말이다. 사실 말은 하지 않았는데 내가 월요일 새벽마다 집에 다녀오잖니. 그런데 그때 집을 나갈 때마다 어떤 여자가 집 대문 위에 내려서 나를 빤히 쳐다보고 있더구나. 처음에는 웬 미친 여자가 남의 집 대문 위에 올라서 있나 싶었는데, 가만 생각해 보면 사람이 아닌 것 같아."

춘식의 말에 멤버들은 모두 눈을 동그랗게 뜨고 바라봤다.

"아니, 형님. 그런 일이 있었으면 진작 말씀하시지 왜 말씀하지 않으셨어요."

춘식의 말을 듣던 영길은 말했다.

"그런 일을 뭐라고 말할까? 이 집에 귀신이 사는 것 같으니까 나가자고? 춘천 내려온 지 얼마나 됐다고 내가 팀을 내리자고 내 입으로 말해."

춘식이 반박하자 영길은 아무 말도 하지 못했다.

"기왕 말이 나왔으니까 다들 이상한 일 겪은 거 있으면 털어놔 봐. 너희는 아무 일 없었어?"

춘식은 아영과 지수에게 물었다. 그러자 지수가 말했다.

"사실은요, 저도 아영 언니한테만 말했는데 머리 감을 때마다 제 옆 칸 화장실에서 '잘박, 잘박' 물에다 손을 넣고 장난하는 것 같은 소리가 들려요."

예상치 못했던 지수의 말에 멤버들은 지수를 쳐다봤다.

"무슨 소리야. 아영이나 지수가 샤워할 때 옆 칸에 아무도 들어가지 말라고 내가 단단히 얘기했잖아."

춘식은 혹시 불미스러운 일이 발생할까 싶어 아영이나 지수가 샤워하게 될 때 옆 칸 화장실을 이용하지 말라고 엄포를 놓은 적이 있었다.

"그러니까요. 사실 저는 처음에 다른 사람이 장난치는 것 아닐까 생각했는데 그건 아닌 것 같아서, 그런데 철준 오빠까지 이상하니까 차마 말은 못 하겠고 그래서 그동안 가만히 있었죠."

지수는 겁에 질려 있었다.

"저기, 저는 팀에 합류한 지 얼마 되지 않아서 그냥 듣고만 있으려고 했는데요."

팀에 합류한 지 얼마 되지 않은 현필이 입을 열었다.

"우리 팀에 여자는 아영이하고 지수가 다죠? 혹시 숙소에 드나드는 다른 여자가 있거나 하진 않죠?"

"당연하지. 이 숙소에 여자라고는 아영이하고 지수가 다지."

영길이 현필의 말을 받았다.

"그렇죠? 그런데 며칠 전 제가 샤워하려고 화장실 문을 여는데 어떤 여자가 나체로 샤워하다 저를 빤히 쳐다보더라고요. 제가 놀라서 죄송하다 그러면서 얼른 문을 닫았어요."

현필의 말에 아영은 '어머, 어머' 하며 놀라움을 감추지 못했다.

"처음에 저는 제가 모르는 팀에 관계된 사람일 거라고 생각했

거든요. 그런데 가만히 생각해보니 뭔가 이상한 거예요. 생각해
보세요. 발가벗고 샤워하고 있는데 생판 처음 보는 남자가 문을
벌컥 열면 놀라서 소리를 지르거나 몸을 가려야 정상이잖아요."

"그렇지."

지훈은 현필의 말에 동의를 나타냈다.

"그런데 전혀 놀라지도 않았어요. 오히려 마치 문을 열기 기다
리고 있었다는 듯한 느낌이었어요. 심지어 얼굴은 웃고 있기까지
했다니까요."

현필의 말을 들은 지훈은 춘식에게 말했다.

"형님. 아무래도 저희 내려오기 전에 했던 말 있잖아요. 저희
전 팀이 이 숙소 쓰다가 귀신 때문에 나갔다는 말요. 그거 아무래
도 저희 팀도 해당되는 일인 것 같은데요."

지훈의 말에 춘식은 고개를 끄떡거렸다.

"며칠 전에 말이다. 아마 철준이 팀에서 내린 날인가 그다음
날인가 그랬을 거다. 내가 방에서 마당을 멍하니 보고 있는데 철
규가 밖에서 들어오지 뭐니. 그런데 철규 뒤로 곱게 한복 입은
여자가 한 아이를 데리고 들어왔어. 그걸 보고 내가 깜짝 놀라
철규를 혼내러 나갔지. 숙소까지 처음 보는 여자를 데리고 오면
어떡하냐고. 그런데 방문을 열어 보니까 철규 혼자 있는 거야. 내
가 얼마나 놀랐겠니. 나는 정말 선명하게 봤거든. 여자 손에 붙들
려 오던 아이의 손에 쥐어져 있던 공까지 아주 선명하게 기억이
난다."

춘식이 말하자 지훈의 눈이 커다래졌다.

"형님, 혹시 그 공이 파란색 고무공 아닌가요?"

지훈이 묻자 더 놀란 건 춘식이었다.

"맞아. 너도 봤어?"

"저는 그렇게 본 건 아니고요. 어떤 예닐곱 살짜리 남자아이가 숙소 마당에서 파란색 고무공으로 놀고 있는 걸 봤거든요. 저는 그게 꿈인 줄 알았는데……"

지훈은 말을 잇지 못했다. 아영과 지수는 공포에 질려 둘이 끌어안고 있었다.

"원래 귀신들이 무대를 좋아하잖니. 나도 무대 위에서 산전수전 다 겪어 봤지만 이런 경우는 처음인 것 같다. 아무래도 이 숙소가 예사 숙소가 아닌 거 같아. 내일 내가 업주 만나서 얘기하마. 숙소를 바꿔 주든지 아니면 팀을 내리든지 뭔가 수를 내도 내야겠다."

춘식이 말을 마치자마자 그때까지 한마디도 없이 앉아 있던 철규가 버럭 화를 냈다.

"아, 무슨 말도 안 되는 소리를 해요. 세상천지에 귀신이 어딨어! 귀신이. 아니 춘천 내려와서 일한 지 얼마나 됐다고 귀신 때문에 팀을 내리느니 마느니 호들갑들이야, 다 큰 어른들이."

철규는 큰 소리로 역정 냈다. 멤버들은 갑자기 화를 내는 철규를 의아하게 쳐다봤다. 지훈은 철규 눈이 유달리 퀭하고 다크 써클이 아주 짙어졌다고 생각했다. 멤버들 시선이 쏠리자 철규는 안절부절못하는 모양새였다.

"아니 내가 못 할 말 했어? 일을 해서 돈을 버는 게 우선이지, 귀신이니 뭐니 겁에 질려서 팀 내리겠다는 게 정상적인 이야기냐고. 이게 지금 상식적인 이야기야? 무슨 말 같은 소리를 해야지."

멤버들은 평소 같지 않은 철규 언행이 이상하다고 생각했다. 매사 농담과 웃음으로 일관하며 낙천적 성격을 가지고 있는 평소 철규 모습이 아니었다. 철규는 여태까지 춘식의 결정에 이의를 제기하거나 토를 단 적이 없었다. 철규 말이 끝나자 방안에 고요한 적막이 찾아왔다. 멤버들은 대화 내용보다 갑자기 난폭하게 변해 버린 철규 행동이 이해하기 힘들었다. 그때 갑자기 거실에서 '우당탕' 하는 굉음이 들려 왔다. 아영과 지수는 난데없는 굉음에 소리를 질렀다. 지훈은 몸을 벌떡 일으켜 안방 문을 열고 거실로 뛰쳐나갔지만, 거실에는 아무도 없었다. 다만 벽에 기대놨던 지훈의 깁슨 일렉트릭 기타가 거실 한가운데 내동댕이쳐져 있었다. 꽤 힘을 가해 내동댕이친 모양새로 기타는 네크가 부러져 있었다. 지훈을 따라 우르르 거실로 몰려나온 멤버들은 어안이 벙벙해진 표정으로 서로 바라봤다.

"일단 오늘은 이만 정리하고 자자. 나머지는 차차 이야기하는 거로 하고. 지훈아. 저 부서진 기타 좀 정리하고."

춘식의 목소리는 힘이 빠져 있었다.

지훈은 그날도 여전히 잠을 이루지 못했다. 귀신도 귀신이지만 팀을 내렸을 때 발생하게 될 경제적인 문제 때문에 가슴이 답답했다. 자리에 누워 말똥말똥한 정신에 고민만 하다 보니 어느덧 해가 중천에 떴다. 날이 밝자 잠도 이루지 못하고 누워있기보다 산책하기로 했다. 숙소 앞을 걸어 나가자 거리는 5월 캠퍼스를 누비는 대학생들로 북적였다. 5월의 춘천은 해가 지면 겨울이 계속 이어지는 것처럼 느껴졌고, 해가 뜨면 봄을 건너뛰고 바로 여름이 찾아온 듯했다. 지훈은 맥주를 사 들고 슈퍼 앞 파라솔에 앉았다. 하릴없이 의자에 앉아 오월 햇살을 맞고 있자니 현필이 찾아왔다.

"뭐해? 여기서."

생각지도 않던 곳에 있던 지훈을 보자 현필도 맞은편에 자리 잡았다.

"그냥, 이 생각 저 생각하느라."

"해봐야 해결되지도 않는 쓸데없는 생각 굳이 하지 마라. 건강에 해롭다. 티베트 속담 있잖냐. 걱정해서 걱정이 해결되면 걱정이 없겠네."

현필의 말에 지훈은 피식 웃었다.

"맞는 말이긴 한데, 먹고 살아야 하는 것에 대한 고민이 쓸데없는 고민은 아니지."

지훈은 냉소적으로 말을 받았다.

"먹고 사는 걸 고민하는 건 맞는데, 아무리 그래도 귀신들이 우글거리는 소굴에서 살 수는 없지 않냐. 그리고 악기 파트야 갈 데 없어 고민이지만 너는 오라는데 널렸잖아. 쓸만한 싱어는 부르는 게 값인데 네가 뭐가 고민이야."

현필의 말에 지훈은 휴우, 한숨을 쉬었다.

"나는 불면증이라 그렇다 치고, 너는 왜 안 자고 벌써 돌아다녀? 어제 들었던 말 때문에 그래?"

지훈은 현필에게 물었다.

"아니. 이게, 집이 너무 시끄러워서."

현필은 대수롭지 않다는 듯 말했다.

"시끄럽다고? 숙소가? 아니 형님들 다 조용 조용하신 분들인데 시끄러울 일이 뭐 있어?"

"너 숙소에 있으면 여자 소리, 아이 소리, 온통 시끄럽게 떠드는 소리 안 들리냐?"

현필은 별것 아니라는 것처럼 말했다.

"숙소에서?"

지훈은 눈을 커다랗게 뜨고 물었다.

"아니다. 보아하니 이 팀도 여기서 오래 못 있을 것 같은데 신경 쓰지 마라. 쓸데없는 말 그만하고 들어가자."

지훈은 현필이 했던 말에 대한 의미를 물어보고 싶었지만 그만두기로 했다. 지훈과 현필은 나란히 걸어 숙소로 들어왔다. 숙소로 들어가자 거실에 춘식과 아영, 지수가 서 있었다.

"어, 지훈이랑 현필이도 안 자고 있었네. 우리 간단하게 뭐 좀 먹으러 나갈 건데 같이 나갈래? 그리고 아영아, 철규도 지금 안 잘 거다. 철규도 지금 먹으러 나갈 건지 물어봐."

지훈과 현필도 같이 나가기로 동조했다. 그때 철규의 방을 노크하다 문을 열던 아영이 '꺄악' 하는 비명을 지르며 주저앉았다. 아영이 뒤에 서 있던 지수도 철규의 방 안을 바라보더니 '어멋' 외마디 소리를 지르고 고개를 돌려 버렸다. 지훈은 황급히 철규의 방으로 뛰어 들어갔다. 철규는 방 안 한가운데 이부자리를 깔고 누워있었다. 문제는 바지가 무릎께까지 내려가 있고, 철규의 성기는 거대하게 부풀어 올라 꺼떡이고 있다는 것이었다. 아영과 지수의 비명이 인지되지 않았는지 철규는 아무런 미동도 없었다. 철규의 얼굴은 약에 취한 사람처럼 희미하게 웃고 있었고, 입 옆으로 침이 흐르고 있었다. 눈앞에 펼쳐진 광경에 지훈도 당황해 아무 말도 못 하고 제자리에 서 있었다. 그때 뒤에서 춘식이 지훈을 밀치고 들어와 방 안에 펼쳐진 광경을 목격했다.

"아이, 이 미친놈이 벌건 대낮에 뭐 하는 거야? 야, 이 미친 새끼야. 빨리 안 일어나?"

춘식은 손에 들고 있던 잠바를 철규의 몸 중심께로 집어 던졌다. 그러자 철규는 정신을 차린 듯 엉거주춤 일어났다. 그리고 한동안 현재 상황이 인식되지 않는 듯 멍하게 사람들을 올려다봤다. 그러다 정신이 들었는지 갑자기 황급히 자기 중요 부위를 이불로 가렸다.

"야, 이 미친놈아. 이게 나잇살이나 처먹고 애들 앞에서 지금……"

춘식은 당장이라도 철규를 후려칠 듯 손을 올렸다. 지훈은 황급히 춘식을 말렸다.

"형님, 형님. 진정하시고요. 일단 나가 계십시오. 제가 철규 형님께 말씀드리겠습니다."

지훈은 몸으로 춘식을 저지하여 방 밖으로 밀어낸 후 문을 닫아 버렸다.

"형님. 지금 뭐 하시는 거예요. 아니 욕정을 해소하시려면 문이라도 잠그고 일을 보시던가요."

지훈의 말에 철규는 멍하게 앉아만 있었다. 거실에서 춘식이 질러대는 악다구니 소리가 방으로 고스란히 전달되어 들어왔다.

지훈과 철규는 한동안 말없이 앉아만 있었다. 철규 얼굴에 낭패감이 그대로 묻어나 있었다.

"알았으니까 너도 그만 나가라."

지훈은 방에서 나가기를 종용하는 말을 듣다 보니 문득 철규가 너무 말라 있다는 생각이 들었다. 우람했던 철규의 팔근육들은 어디로 사라졌는지 뼈만 앙상하게 남아 있었다. 수염은 덥수룩했고 눈은 퀭했다.

"괜찮으시겠어요?"

지훈이 걱정스러운 마음에 재차 물었다. 철규는 아무 대답 없이 바닥만 바라본 채 고개를 끄떡였다. 지훈은 일어나 방 밖으로 나왔다.

6

서울로 올라가기 위해 짐을 빼는 날, 날씨가 유독 좋았다. 마지막 스테이지가 끝나자 무대에 세팅된 악기들을 빼서 정리했고 숙소로 들어가 짐을 정리하자 날이 밝아 오고 있었다. 춘식은 숙소를 바꿔 주지 않으면 팀을 내리겠다고 업주에게 통보했지만, 업주는 현실적인 이유를 들며 난색을 보였다. 결국 춘식은 팀을 내리는 쪽으로 결론을 냈다. 지금 상황이 계속된다면 멤버 중 누군가 정신이상이 발생했다고 해도 이상할 게 없었다. 지훈이 무대에서 내려야 할 짐들을 빼고 업소 주차장에서 담배를 피우고 있을 때였다. 업소 간부 중 평소 안면이 있던 최 전무가 지훈의 옆에 앉았다.

"정들자 이별이라더니 이렇게 가면 우리는 섭섭해서 어째요?"

최 전무는 사근사근한 목소리로 말했다.

"그러게요. 다음에 인연이 있으면 또 마주칠 일이 있겠죠. 뭐."

지훈은 최 전무에게 담배를 권했다.

"내 그래서 그 숙소 그냥 처분해야 한다고 그렇게 말했는데……"

최 전무는 난데없이 의미심장한 말을 했다. 지훈은 최 전무 말을 듣고 화들짝 놀랐다. 그동안 업소 간부들에게 숙소에 관해 물어보면 애써 외면하거나 자신들은 모르는 이야기라고 무시하기 일쑤였다.

"숙소에서 벌어진 이야기들을 알고 계세요?"

"그럼, 알고 있지. 사장이 직원들한테 모른 척하라 그러니까 다른 직원들도 모르는 척한 거지. 거기 원래 처음 업소 오픈할 때 간부들 숙소로 쓰던 곳이었어요. 귀신이 바글바글하니까 다 도망 나가서 밴드 숙소로 준 거지. 그쪽 팀도 귀신 많이 보지 않았어요?"

최 전무 말에 지훈은 고개를 끄떡였다.

"전에 있던 팀도 결국 귀신 때문에 못 있겠다고 나간 거고, 결국 지훈 씨 팀도 귀신 때문에 내리고. 이게 무슨 짓인지 모르겠네."

"아니, 그럼 다른 집을 얻어서 쓰거나 하지 왜 그 집을 그렇게 고집스럽게 쓰는 걸까요?"

"그 집 그거 사장이 산 거예요. 사장이 춘천 내려올 때 누가 그랬대. 그 집에 재물 운이 가득하다고. 손에 쥐고 있으면 금은보화가 주체 못할 정도로 쏟아져 들어 온다고. 그래서 덜컥 사버렸다네. 틀린 말은 아닌 거 같아. 어쨌든 업소는 손님들이 미어터지잖아요. 사람이 살지 못할 정도로 귀신이 많아서 그렇지."

"그럼, 거기 나오는 귀신들이 왜 거기서 머무르는지 사연을 아는 사람은 있나요?"

"없어. 우리도 처음 숙소로 사용할 때 하도 시달려서 굿도 해보고 주위 주민들한테 물어도 보고, 할 거 다 해봤는데 그 집에 왜 그렇게 귀신들이 바글바글한지 알지 못해요. 뭐 그냥 어차피 팀 내리게 된 거 잊어버려요. 어쩌겠어요. 그냥 살다 보니 희한한 일 한 번 겪었다 쳐야지."

이야기를 마친 최 전무는 엉덩이를 털고 일어났다. 지훈이 멍하게 허공만 바라보고 있을 때 핸드폰이 울렸다.

"형님. 오늘 춘천 무대 빼신다면서요?"

철준이였다.

"응. 소식 참 빠르네. 우리 팀 내린다는 소식이 네 귀에도 들어갔어?"

"형님. 그 업소 숙소에서 귀신 나온다는 얘기 알고 봤더니 유명해요. 그나마 온전히 나올 수 있었던 게 다행이죠. 전에 있었던 팀 싱어 하나는 아직도 정신과 치료받고 있대요."

"그래?"

철준의 말을 들은 지훈은 이 정도로 춘천을 빠져나가는 게 다행이라 생각했다.

"그런데 너 손은 좀 어떻냐? 좀 괜찮아졌어?"

"어휴, 형님. 제 손은 춘천 벗어나자마자 정상적으로 움직여요.

경춘가도 딱 타자마자 거짓말처럼 원상회복되더라고요. 저 지금 안산에 있는 팀에 일 나가고 있어요. 아무튼 형님 서울 올라오시면 술 한잔하세요."

"그래. 일단 짐 올리고 정리 좀 되고 나면 내가 너 일하는 근처로 놀러 갈게."

전화를 끊은 지훈은 머리가 멍하게 울려왔다. 결국 팀에서 먼저 내리게 된 철준이 팀에서 가장 운이 좋았던 꼴이 되었다.

업소 악기들을 1톤 용달차로 실어 보내고 숙소 짐들까지 정리하자 어스름하게 날이 밝아 오고 있었다. 짐 정리를 마친 멤버들은 인사를 하고 각자 차를 타고 서울로 향했다. 지훈도 발걸음을 서두르기 위해 차에 올라탔을 때 철규가 지훈의 차로 다가오는 것이 보였다.

"형님. 왜 그러세요?"

"지훈아. 잠깐 나랑 얘기나 좀 하다 올라가자."

"그러시죠."

지훈은 차에서 내려 슈퍼마켓으로 향했다. 철규는 슈퍼마켓에서 맥주와 캔 커피를 손에 들고 나왔다.

"형님. 몸은 좀 괜찮으세요?"

지훈은 철규 건강이 염려됐다. 춘천으로 내려올 때 철규는 우람한 팔뚝을 자랑했지만 어쩐 일인지 지금은 앙상하게 뼈만 남아 있었다. 철규는 캔 맥주를 따자마자 벌컥거리며 마셨다.

"내가 여기서 있었던 일들은 창피해서 무덤까지 가져가려고 했는데 너한테라도 얘기해야지 도저히 안 되겠다."

"왜요, 형님. 저번에 있었던 그 일이요? 에이, 잊어버리세요. 형님. 남자가 혼자 욕정도 처리하고 그런 거죠. 그냥 재수 없었다고 생각하세요."

"그런 게 아니야. 인마."

철규는 정색하고 말했다.

"이거 정말 창피한 얘기이긴 한데, 나 원래 심각한 발기부전이야. 와이프랑 이혼했던 이유도 그게 컸어."

"네? 아니, 저번에 보니까 형님, 아주 그, 뭐랄까, 발기가 그······"

철규는 춘천에서 내려온 후의 일을 지훈에게 말해줬다.

철규는 코를 심하게 곤다는 이유로 처음부터 혼자 쓰는 방을 배정받았다. 때마침 한 명이 겨우 누울 수 있을 규모의 작은방이 존재했기에 철규가 혼자 방을 쓰는 데 아무런 문제가 없었다. 철규는 티 내지 않았지만 혼자 방을 쓸 수 있게 되어 아주 만족스러웠다. 춘천에 내려와 사흘째 되던 날이었다. 일을 끝내고 방에 들어온 철규는 잠시 한숨 붙인 후 낚시를 다녀올 심산으로 눈을 감았다. 그때 정체 모를 여자가 철규의 귀에 대고 작게 속삭였다.

"자?"

철규는 눈을 번쩍 뜨고 황급히 몸을 일으킨 후 주위를 두리번거렸다. 주위에는 아무도 없다. 철규는 무언가 자신이 잘못 들었겠거니 생각하고 다시 몸을 누였다.

"벌써 잘 거야? 자지 마. 나랑 놀자."

철규가 자려고 눈만 감으면 여자는 철규를 희롱했다. 처음 며칠은 눈을 감고 있으면 말을 거는 수준이었다가 날이 갈수록 대화 수위는 점점 올라갔다. 여자가 말을 걸어대 잠을 이루지 못할 때마다 철규는 낚싯대를 집어 들고 낚시를 갔다. 그러던 어느 날, 여자가 유독 심하게 철규를 희롱하던 날 참지 못한 철규는 눈을 감은 채 버럭 소리를 질렀다.

"그만 좀 해라. 나도 잠 좀 자자. 잠 좀."

"어머, 잠이야 나중에 실컷 자게 될 텐데 뭘 그렇게 잠을 못 자서 안달이야."

그날부터 여자는 본격적으로 철규와 대화했다. 대화를 시작하게 되자 공포심은 서서히 옅어지고 소소한 재미까지 느끼기 시작했다.

"그런데 이렇게 혼자 자면 외롭지 않아? 남자가 날마다 혼자 잠들고 안됐다."

여자는 짐짓 철규를 위하는 척 말했다.

"왜? 내가 외로우면 네가 달래 주려고?"

"그래도 돼? 나하고 한 번 하면 절대 못 잊을 건데."

여자 말을 들은 철규는 깜짝 놀라 눈을 번쩍 떴다. 그때 철규 옆에 모로 누워 눈을 마주 보고 있던 여자의 모습이 보였다. 여자는 완전 나체 상태로 철규 옆에 누워 웃고 있었다. 철규는 너무 놀라 몸을 꼼짝할 수 없었다. 여자는 몸을 움직여 자기 얼굴을 철규 몸 중심으로 가져갔다. 철규는 몸이 팽창함을 느꼈다. 정말 오랜만에 느껴보는 감각이었다. 남자 구실을 하지 못한다는 이유로 타박하며 이혼을 요구했던 전처가 떠올랐다. 그때 전신을 감싸는 몽롱한 쾌감이 느껴졌다.

철규는 여자에게 빠져들었다. 그에게 주어진 작은 방은 여태

다다르지 못했던 극락의 세계로 철규를 단박에 인도했다. 그렇게 쾌락이 이어지던 어느 날 여자는 철규에게 말했다.

"그런데 우리 언제까지 이렇게 지낼 거야?"

"이렇게 지내다니 그게 무슨 말이야?"

"그렇잖아. 내가 이렇게 봉사해주는데 우리는 아직 결혼도 하지 않은 사이잖아."

여자에게 그런 말을 들은 철규는 정신이 번쩍 돌아왔다.

"결혼? 우리가? 아니 결혼은 좀……"

"어머, 이 남자 좀 봐. 그럼 여태까지 나 가지고 실컷 놀면서 결혼할 생각도 없었다는 거야?"

여자는 철규에게 화를 냈다. 여자가 토라지자 철규는 토라진 여자의 화를 풀어주기 위해 갖은 애를 썼다.

"우리가 지체하지 않고 팀을 내렸기에 망정이지 나 까닥하면 귀신하고 결혼할 뻔했다. 아무래도 내가 제정신이 아니었지."

철규 말을 들은 지훈은 온몸에 오싹 소름이 돋았다.

"아니, 형님. 그럼 아영이가 문을 열어봤던 그날도……"

지훈의 질문에 철규는 말없이 고개를 끄떡였다.

"나도 살면서 귀신이니 뭐니 말도 안 되는 미신이라고 생각하고 살았던 사람이거든. 막상 당해보니 그게 아니더라. 뭐 네가 믿건 말건 상관 안 한다. 이런 말을 누가 믿겠니? 가뜩이나 팀이 마지막 동아줄이라도 잡는 심정으로 춘천 내려온 건데 괜히 이상한 말로 분위기 깨는 것 같기도 하고. 그날 일을 해명해도 다들 변명이라고밖에 생각하지 않을 것이고. 그래서 애초에 말도 하지 않왔다. 그런데 너한테라도 말을 하고 나니 속이 시원하다."

"그러면 형. 도형이가 자고 있던 다락방 앞에서 장난친 귀신도 같은 귀신이었어요?"

"그건 모르지. 그런데 집 안에 머물렀던 귀신이 한둘이 아닌 건 확실해. 우리가 완전히 귀신 소굴에서 생활했던 셈이지."

철규 말에 지훈은 찌르르 등골로 전기가 흐르는 것처럼 느껴졌다.

"그래도 다행이에요. 형. 하루라도 빨리 그 집에서 빠져나왔으니."

지훈은 중천으로 향하고 있는 태양을 보며 말했다. 밀려오는 바람에 온기가 가득했다.

"너는 그 집에서 빠져나왔으니 다 해결된 거로 생각하니?"

철규는 두 번째 맥주를 손으로 따며 말했다.

"네? 그게 무슨 말이에요? 어쨌건 이제 그 집에서 나왔으니 당연히 별일 안 생기겠죠."

철규는 말없이 한동안 지훈을 바라봤다.

"나 따라다니던 그 여자, 우리 일하는 무대에도 자주 따라왔어. 대기실에 같이 앉아 있기도 했고 심지어 나중에는 나 낚시 갈 때도 따라왔었어. 그러니 우리가 그 집에서 나왔다고 온전히 무사할 거라는 보장이 어딨니?"

철규 말을 들은 지훈은 입을 멍하게 벌리고 있었다. 그러다 문득 철규가 처음 슈퍼 앞 파라솔에 앉을 때부터 옆자리 빈 의자를 정성스레 챙기고 있었다는 생각이 들었다. 마치 소중한 누군가가 있는 것처럼. 지훈은 커다래진 동공으로 철규를 바라봤다. 철규는 옆에 빈 의자 등받이에 조심히 손을 올린 후 지훈을 바라보고 말없이 씨익 웃었다. 그때 5월의 바람이 휙 불어 두 사람을 감싸고 지나갔다. 지훈은 불어오는 바람에 아직 열이 오르지 못한 새벽녘 한기와 햇볕에 서서히 달궈진 온기가 뒤섞여 있다고 생각했다.

북망산 가는 길

1

"친구야. 내가 부탁이 하나 있는데……"

군이 말하지 않아도 알 수 있다. 한때 녀석이 한숨 쉬는 소리
만 들어도 어떤 고민을 하고 있는지 알 수 있었으니까. 곰삭은 우
정은 상식적으로 이해하기 힘든 지점까지 교감을 이끈다. 녀석이
무슨 부탁을 하려는지, 말하지 않아도 알 수 있다.

"우리 형, 네가 우리 어머니한테 가서 좀 말씀드려주면 안 되
겠냐? 부탁 좀 할게."

수화기 너머 영수는 울고 있을 것이다. 울음소리를 들키지 않
기 위해 입을 틀어막고 있을지도 모른다.

"그래, 친구야. 내가 말씀드릴게. 이번 주말에 약속도 없으니까
내가 찾아뵙지 뭐. 걱정하지 마라. 잘 말씀드릴게."

어두운 밤 잔잔한 호수 같은 정적이 수화기 사이에 놓였다.

"고맙다. 친구야."

결국 나는 영범 형이 암으로 투병 중이라는 소식을 어머님께 전하러 가야 하는 소임을 떠맡았다.

영수와 나는 고교 삼 년 내내 같은 반 단짝이었다. 일 학년 때 형제처럼 친했던 우리는 '삼 년 내내 같은 반이었으면 좋겠다'라는 소원을 종종 말했는데, 친구 일곱 명 패거리가 뿔뿔이 반이 나뉠 때도 둘은 항상 같은 반이었다. 그때 나는 혹시 정말 신이 존재하고 있는 게 아닐까? 생각하기도 했다. 우리는 학창 시절 내내 붙어 다녔다. 그 녀석 집에서 자든지, 우리 집에서 자든지. '좋아하면 서로 닮아간다'는 말을 나는 믿는다. 터무니없이 서로 다른 외양을 가지고 있던 녀석과 나는 졸업할 무렵 둘이 혹시 형제 아니냐는 이야기를 심심치 않게 들었다.

좋아하면, 닮아 간다.

외양까지도.

나는 학창 시절 영범 형에게 술을 배웠다. 우리가 반짝거리며 학창 시절을 통과하던 그때, 형은 직업 군인이었고 계급은 중위였다. 영범 형은 주 한두 번꼴로 우리를 데리고 나가 술을 샀다. 호프집, 순댓집과 곱창집에서. 고만고만한 사춘기 시절을 지나던 우리에게 형은 아주 높은 곳에 있는 것처럼 느껴졌다. 그래 봐야 18세 떠꺼머리 사춘기 아이들을 훈계하는 이십 대 청년이었지만 말이다. 그땐 그랬다. 형은 어른이었다.

사고 치지 말아라, 공부 열심히 해라, 부모님께 효도해라, 사나이 바른길을 열심히 훈계하던 형은, 정작 자신이 가야 할 바른길은 어딘지 찾지 못하고 덜컥 여자 친구에게 아이를 잉태시키고 말았다. 정확히 말하자면 임신시킨 게 아니라 형수가 임신한 것이지만 말이다. '인생이란 그런 것이다' 하고 깨닫기에는 형도 우리와 마찬가지로 너무 어렸다. 형수가 만삭이 될 때까지 우리는 임신 사실을 몰랐다. 형이 우리를 술집에 데리고 갈 때마다 동행했지만, 긴 바바리코트 안에 가려진 형수 배는 정상적인 여자 몸매와 별반 다를 바 없었다. 문제는 영범 형조차 형수가 만삭이 될 때까지 눈치채지 못했다는 것이다.

어떻게 그런 일이? 하고 반문해 봤자, 그런 것이다.

인생은.

이해하기 힘든 이야기를 보자기에 가득 모아 펼쳐놓고 '이것이 인생입니다'라고 손뼉치며 떠들어도 좋을 만큼 불가사의한 일들 천지니까.

어쨌거나 스물넷에 형은 딸을 낳았고, 세월이 조금 더 흐른 후 대위를 달았다.

그리고,

영범 형 인생은 곤두박질치기 시작했다.

부대 내 불미스러운 구타 사건에 휘말려 지휘 책임으로 옷을 벗었다. 휴일 어느 날 소대 상급자 한 명이 하급자를 구타했고, 구타당하던 하급자 고환이 터졌다고 한다. 뒷배경이 든든했던 하급자였다. 딱히 사건과 연관 있었던 것도 아니지만 군대는 희생자를 요구했고, 조직이 행해왔던 관성대로 가장 힘없고 배경 없는 위관급 장교의 희생을 요구했다. 육사 출신이 아니었던 영범 형은 눈을 가린 채 뱃전에서 널빤지로 밀어 버리기 가장 편한 대상이었다. 형은 눈 가리고 두 손을 묶인 채 망망대해로 떨어졌다.

비명 지를 수도, 하소연할 수도 없었다.

내가 아는 영범 형은 제대 전과 제대 후로 나뉜다. 공부도 잘했고 부모님 말씀이라면 물불 안 가리고 행하는 이미지의 제대 전과, 술과 노름, 사업 파탄, 부도, 야반도주, 음주운전 등으로 얼룩진 이미지를 심어 줬던 제대 후 이미지는 한 사람이 지닌 이데아가 맞는지 고개를 갸우뚱하게 만든다.

영범 형 위암 소식을 내게 전하던 날, 영수는 수화기 너머에서 무너지고 있었다. 처음에는 웃으며 아무렇지 않게 전하려 애썼지만, 들쑥날쑥 불안한 호흡과 앞뒤 맞지 않는 이야기를 늘어놓기 시작하더니 결국 오열을 터트렸다.

"울지 마라, 친구야. 다 그렇게 살다 가는 것 아니겠냐."

내가 해줄 수 있는 말은 그 말이 고작이었다.

형은 열심히 살았다. 마치 암 선고가 자신과 상관없는 것처럼. 영수에게 전해 들었지만 영범 형과 마주쳤을 때 혹시 내가 잘못 들었던 것이 아닐까? 착각할 정도였다. 영범 형은 삶에 끝까지 악착 부렸다. 웃는 얼굴로, 하하 큰 소리로 말했다.

"야, 어릴 때 너 술 마시면서 우리 시골에 큰 집 짓고 다 같이 살자고 했었지? 앞으로 십 년 후에 우리 다 같이 한 마을에 모여 살자."

의사는 앞으로 길어야 육 개월이라고 했는데, 이 형이 무슨 소릴 하는 거야? 생각했지만, 같이 하하 웃을 수밖에. 형은 웃음으로 죽음에서 달아나려 했다.

2

주말, 횡성으로 가는 길은 행락객 여파로 꽤 길이 막혔다. 가득 메운 고속도로만큼 내 가슴 한쪽도 꽉 막힌 도로처럼 무거웠다. 국도로 빠져나와 구불구불한 비포장도로를 혼자 운전하며, 나는 영수 어머니께 형 소식을 뭐라고 전해드려야 할지 머릿속에서 천 번 만번 연습했다. 오늘따라 길은 또 왜 이리 울퉁불퉁 파인 건지, 쿵쾅거리는 심장을 도로 탓으로 돌리며 어머님 집에 다다랐을 때는 뉘엿거리며 해가 넘어가고 있었다.

"어이구. 애, 너 살았는지 죽었는지 얼굴 잊어버리겠다."

영수 어머니는 세월이 지나도 변치 않는 미소로 나를 반겨 주셨다. 내가 들른다는 기별에 어머니는 직접 기르신 감자와 호박, 오이 따위를 이미 박스째 가득 담아 입구에 쌓아 놓았다.

"이거 가져가서 부모님이랑 같이 먹어. 어머니가 내가 기른 감자 유난히 좋아하시잖니."

"어휴, 어머니 힘드신데 또 뭘 이렇게까지 챙겨 놓으셨어요."

통상적인 인사치레를 나누는데 마음속은 먹장구름 한가득 이다. 어머니가 챙겨 주신 저녁을 넘어가지 않는 목구멍으로 쑤셔 넣고 커피 한잔을 식탁에 놓고 마주한 다음, 나는 비장한 마음으로 영범 형의 소식을 어머니에게 전했다.

"어머니, 영범 형이 사실."

나는 말을 끊었다. 아니 말이 끊겼다. 성대 안을 누군가 찰흙으로 빈틈없이 메워 놓은 기분이었다.

"위암 말기예요. 발견하고 치료한 지 꽤 됐는데, 차도가 없네요. 영수하고 영범이 형은 어머니가 걱정하실까 봐 숨겨 왔었는데, 이제 어머니도 마음의 준비를 어느 정도 하셔야 할 것 같아서요."

날 바라보시던 어머니 표정에서 웃음기가 거둬졌다. 아니, 웃음기가 사라졌다기보다 사람이 느끼는 일련의 감정 변화 자체가 땅속으로 꺼져버렸다는 표현이 어울릴지도 모르겠다. 커피를 앞에 놓고 마주했던 어머님과 나 사이에 고고한 적막만 놓였다. 촘촘히 놓인 시간의 여백에 침묵이 뚜벅뚜벅 다가와 담대하게 자리잡았다. 어둠이 진하게 밴 시골 풍경에서 정체를 알 수 없는 새 울음소리가 들렸고, 똑딱거리는 시계 초침 소리가 집 안을 점령했다.

"얘, 선우야. 영범이가 말이다."

놀랍게도 어머니는 미소를 지으며 말을 이으셨다.

"너도 알지만, 집에 찾아오는 날이 거의 없었잖니. 부도나서 쫓기느라 못 와, 동생 명의로 빚보증 세웠다가 그거 때문에 도망 다녀. 아마, 일 년에 한두 번 얼굴 봤을까?"

나는 그저 조용히 고개를 숙인 채 어머니 이야기를 듣고 있었다.

"그런데 말이다. 한 몇 개월 됐나? 걔가 주말마다 뻔질나게 들르는 거야. 걱정돼서 왔다, 갑자기 생각나서 왔다, 먹을 게 생겨서 왔다고 하면서. 그래서 내 처음에는 심하게 닦달해댔지. 너 무슨 일 있는 거 아니냐, 어디 아프냐, 돈 문제 생겼냐. 그런데 그런 거 없대. 그놈이 제 엄마를 뭐로 알고 말이지. 지를 낳고 기른 게 누군데. 지 속을 어미가 왜 모르겠냐. 그런데 이놈이 올 때마다 마르면서 얼굴이 까매지는 거야. 오면 해주는 밥 먹고 잠만 자고 말이야. 그놈이 내 아무리 물어도 대답하지 않을 거라는 거 나도 안다. 다 알아."

나는 식어가는 커피 잔을 들어 올려 후릅, 일부러 소리 내 마셨다.

"이래저래, 산다는 게 제 맘대로 되겠니. 녀석은 평생 자기 꿈과 현실 속에서 끌탕 끓이면서 산 놈인데 말이지. 속이 여려서 제 어미한테 말 못했을 거다. 영범이하고 영수가 또 너한테 신세를 지게 하는구나. 이거 미안해서 어쩌누."

"아…… 아니에요, 어머니. 신세라뇨. 어머님은 제 어머니나 마찬가지인데요. 뭘."

"아니다. 오는 길에 마음고생이 얼마나 심했누. 너도 속이 단단한 놈이 못 되는데 네 속은 편했겠냐. 난 괜찮다. 그래서 뜬금없이 녀석들이 내일 같이 오겠다 그런 거구먼. 괜찮다. 사람은 한번 왔다가 언젠가 다시 가는 거 아니겠냐. 누가 빨리 가냐, 조금 더 천천히 가냐일 뿐이잖아. 하나님이 지금 영범이를 급하게 쓰실 일이 생겼나 보다. 이따 영수한테 전화해서 난 괜찮더라고 말해라. 알았지?"

"네. 어머니."

집에 가기 위해 일어서자 어머니는 한사코 감자 등 직접 캔 여러 작물을 더 실어 주셨다. 나는 웃고 있었지만, 자칫 울음이 터지면 주체할 수 없을 것 같아 손을 빨리 놀렸다.

"나오지 마세요, 어머니. 나오지 마세요."

마중 나오시려는 어머니를 한사코 만류하고 주차해둔 차로 터 턱터턱 걸어가는데, 집에서 어머니의 통곡 소리가 길게 새어 나왔다. 길고 높은 어머님 울음소리가 들리자 나도 눈앞에 보이는 사물들이 뿌옇게 변하기 시작했다.

3

열 시가 막 지나는 시간이었는데 횡성 근교 국도를 지나는 길은 칠흙같이 깜깜했다. 영수 집에서 나오다 차를 세워 조금 울었고, 영수 녀석과 통화를 조금 길게 했고, 그러다 보니 내 삶도 우두망찰 어지러워 여기저기 두서없이 통화를 하다 보니 어느덧 열 시를 넘겨버렸다.

황량하고 고고한 국도 탓인지 내려앉은 어둠이 평소답지 않게 사위스럽게 느껴졌다. 기분 탓이려니 생각하고 운전하는데, 공포심이란 구멍 뚫린 제방처럼 빈틈이 보이면 순식간에 확장해 버리는 경향이 있다.

나는 운전하며 영문을 알 수 없는 공포감에 빠졌다.

'왜, 갑자기?'라고 묻는다면, 모르겠다.

하지만 알 수 없는 공포감이 잊고 있던 의식의 문을 똑똑 두드리며 조금씩 열어젖히고 있다는 기분이 들었다. 그 느낌은 시간이 흐를수록 더 선명해져 어쩐 일인지 운전대를 잡은 손에 식은 땀까지 흘리기 시작했다.

그러다 갑자기 나 말고 누군가 있다는 생각이 강렬히 들기 시작했다. 정체 모를 공포감을 느끼며 속도를 조금 줄였다. 사고는 긴장 속에 따르기 마련이니까. 운전하며 심호흡을 크게 했다. 국도를 지나오며 오가는 차 한 대 마주치지 못했다. 나는 속도를 현저히 늦춘 상태에서 뒷좌석을 살펴봤다. 어린 시절, AFKN에서 본 공포영화가 그랬다. 고즈넉한 밤 시골길을 달리고 있던 승용차에서 조용히 윗몸을 일으키던 눈 없는 여자. 어린 시절 봤던 그 영화 때문에 간혹 어두운 국도를 달리게 되면 무심코 뒷자리를 한 번씩 바라본다. 뒷자리를 한 번 스윽 바라보고는 '헛' 혼자 헛웃음을 지었다. 지금 무슨 생각을 하는 건지, 톨게이트까지 가는 길이 지난하게 느껴졌다. 그런데 저 앞 국도 길섶에 누군가 심상한 모양새로 서 있는 것이 보였다.

'이 어두운 밤길에 누군가 서 있나?' 하고 생각했다.

이게 뭐지? 인지 부조화로 어리둥절할 뿐 공포심을 느끼지는 못했다.

그러니까 아, 누가 서 있구나.

'어? 여자네? 그런데 왜 소복을 입고 서 있어?'

차가 점점 더 가까워지며.

'어라? 나를 보고 웃고 있네? 거참 여자가 기분 나쁘게도 웃네.'

'그런데 눈이 왜 새빨……'

정확히 이런 감정 변이를 느꼈던 것으로 기억한다. 참으로 어이없게도 나는 그녀를 온전히 사람이라고 생각했다. 나는 꼼짝없이 얼어붙었다. 그녀는 분명 사람이 아니었다. 그녀와 비슷한 인상의 여자를 한 번 본 경험이 있다.

자유로에서.

그때는 자유로 괴담이 알려지기 전이어서 내가 자유로에서 귀신을 봤다고 이야기해도 아무도 믿어주지 않았다. 하지만 그것도 이 정도까지 가까이 본 것도 아니었다. 그러고 보니 그때도 내가 뭘 본 거야? 뭐야? 귀신이야 사람이야? 생각했던 기억이 났다.

요금소 지나는 길이 천 길처럼 느껴졌다. 차를 영동 고속도로에 올리자 깊은 한숨을 내쉬며 안정을 찾을 수 있었다.

밝은 가로등과 내 옆을 빠르게 스쳐 지나는 많은 차. 쿵쾅거리는 가슴은 서울로 들어서자 완전히 잊혔다. 휘황찬란한 네온 불빛에 공포심은 씻겨나가기 마련이다. 그저 길에서 마주친 지박령이거니 생각하며 잠자리에 들었다.

생면부지의 여자가 나를 따라왔으리라고는 생각지도 못한 채.

4

집 안 공기가 미묘하게 뒤틀린 것 같았다. 거실을 걸어 나가는데 이유 없이 '저릿' 하는 느낌이라던가, 집 안 공기 밀도가 영문 모르게 평소와 다르게 느껴진다거나. 몸살 오는 정도로 치부하다 문득 언젠가 한 번 경험했던 감각이라는 생각이 들었다.

오래전 방문했던 선배 형 방, 옥탑방 주제에 방이 세 개나 있던 그 집. 한구석에 있던 방문을 열며 선배는 말했다.

"이 방은 여자 귀신 두 명이 사는 방인데."

대수롭지 않다는 듯 하하 웃으며 방으로 들어갔지만, 방에 발을 디디자마자 바로 알 수 있었다. 그 말이 진담이었다는 걸. 기묘하게 뒤틀린 것 같은 시각 감, 거실과 완연히 다른 공기 밀도감, 들어가자 순식간에 축축해져 버린 것 같은 대기. 그 선배는 틀렸다. 방에는 여자 귀신 두 명'만'이 아니었다.

내 집 공기로 선배 집에서 느껴봤던 기분을 받게 되다니.

처음 그녀는 새로운 집에 대한 탐색전을 펼쳤나 보다. 삼사 일간은 아무 일 없다는 듯. 나 또한 기분이 뭔가 이상하긴 한데 꼬집어 정체를 말할 수 없는 불쾌감만 가졌다. 일주일여가 지나자 그녀는 정체를 드러내고 싶었나 보다. 침대에 누워 잠을 청하고 있는데 어디선가 '히히힉' 하고 웃는 여자 웃음소리가 들려 왔다.

웃음소리는 기이하게 멀었다.

그게 아니라면

기이하게 가깝던지.

처음 그 소리가 들렸을 때 '옆집 소리가 넘어오나?' 생각했다. 방음이 꽤 잘 돼 있는 아파트라고 생각했는데, 여자 웃음소리조차 막아 내지 못한다니, 일견 실소가 났다.

또 '히히힉' 소리가 나자

그게 아니다.

옆집이라고 다음에는 소리가 너무 가깝다. 수마가 몰려오던 머릿속에 얼음물을 끼얹은 듯 확 얼어붙었다.

이상하리만큼 가깝다.

공포감에 몸이 움직이지 않았다. 눈을 댕그랗게 뜨고 방을 쳐다보고 있자니 십 분, 이십 분 시간이 흘러갔다. 이건 뭔가 이상하다. 눈을 한 번 감았다 뜨니 십 분이, 또다시 한번 감았다 뜨니 십 분이 훌쩍 지나가 버린 느낌이다.

'히힉.'

온몸에 피가 역류했다. 소리 발신지는 침대 밑이었다. 벌떡 일어나 뛰어다니며 온 집에 불을 켰다. 그녀는 정체를 적극적으로 드러내고 싶어 했다. 그렇다고 정면으로 모습을 드러내지는 못했다. 소름 끼치는 웃음소리만으로 괴롭혀 오던 그녀는 어느 날 정체를 드러냈다.

머리를 감고 화장실과 드레스 룸 불을 끄고 침대 끝자락에 앉아 있는데 드레스 룸 안에 분명 누군가 있었다. 드레스 룸 시공간이 기묘하게 뒤틀려 보이기 시작했다.

저기가 갑자기 왜 저래, 생각하며 뚫어져라 보고 있다가 드레스 룸 문 사이로 나를 쳐다보고 있는 빨간 눈과 눈이 마주쳤다. 국도에 서 있던 그녀가 나를 따라오다니, 상상할 수 없었다. 그날 차에서 내려 그 자리를 맴돌았다거나, 무엇을 주워 온다거나, 만지지도 않았는데 어떻게 나를 따라온 거지?

그녀는 가끔 나를 만졌다.

힘들게 힘들게 잠이 들라치면, 아주 차갑고 축축한 누군가의 손이 내 발목을 스윽, 하고……

한참을 시달리다 고양이를 데려오기도 했다. 고양이가 귀신으로부터 나를 지켜준다거나 귀신을 쫓아줄 거라 생각하지는 않았다. 다만 작은 생명체 하나라도 더 있으면 약간 안심이 되지 않을까, 하는 심정으로 품에 안고 왔다. 자그마한 페르시안 친칠라는 내 품에 안겨 고물거리며 '냐옹' 귀여운 애교를 부렸다.

집에 온 첫날부터 녀석은 하악질을 서슴지 않았다. 어느 순간은 거실 허공에, 어느 순간은 화장실에, 또 어느 순간은 침대 밑으로. 등과 꼬리를 곧추세우고 전력을 다해 하악질해대던 녀석은 어느 날 퇴근하고 집에 오니 사라져 버렸다. 도대체 17층 모든 창문이 꽁꽁 닫혀 있는 집에서 녀석이 어떻게 탈출했는지 이해할 수 없었다. 온 집 안과 아파트 단지를 새벽까지 이 잡듯 찾아 헤맸지만, 녀석의 흔적은 찾을 수 없었다.

5

영범 형은 하루가 다르게 말라 갔다. 얼굴이 시커멓게 타들어 가고 살가죽이 말라 뼈에 붙어 가는 모습은 췌장암에 걸려 세상을 떠났던 고모부 모습과 닮아 있었다. 죽음의 그림자가 서서히 영범 형 신체에 영향을 끼칠수록 형은 삶에 강한 애착을 보였다. 수금 안 된 거래처를 돌며 악다구니를 써 악착같이 받아내는 모습은, 수금이 되지 않아도 술 한잔에 허허거리며 돌아오던 과거 모습과는 완연히 달랐다. 육 개월, 칠 개월 후 공사도 수주 받았다.

"형, 이제 좀 집에서 쉬는 게 어때요?"

나는 그렇게 말했다.

"쉬면 어떡하냐? 한 푼이라도 더 벌어야지."

형은 그렇게 말하며 사람 좋게 웃었다. 하긴 암 선고 받기 몇 개월 전만 해도 '이제 사는 게 좀 필 것 같다' '나도 노년에는 팔자 피고 살아봐야 하지 않겠니'라고 말했던 시기였다.

"내가 있잖냐, 너도 알겠지만 내 삶이 얼마나 스펙터클했냐. 우리 애들 좋은 옷 못 입히고 해외여행 한 번 못 시키고 이날 이때까지 살다, 이제 좀 햇볕이 드나 싶었는데 이렇게 됐네. 다른 건 몰라도 갈 때까지 신세 진 사람들한테 해줄 수 있는 만큼 하고 가야지."

나는 그때 혹시 영범 형이 살 수 있을지도 모른다는 어이없는 생각을 했다. 영범 형 얼굴 위에 앉아 웃고 있는 죽음의 사신을 보았으면서 말이다.

한 달 후, 영범 형의 사망 통보를 받았을 때 나는 앓아누워 있었다.

이유 없이 몸에 열이 나기 시작하더니 전신이 아팠다. 불청객 여자 귀신에게 시시때때로 시달렸기 때문에 체력이 바닥을 치고 있을 때였다. 그녀는 시간이 흐를수록 적극적으로 자신을 나타냈다. 머리를 감다 눈을 뜨면 앞에서 웃고 있었고, 잠을 자다 침대에서 눈을 뜨면 코앞에 둥둥 뜬 채 웃으며 나를 바라보는 날이 잦았다. 그날은 몸이 너무 아파 회사에 통보하고 집에 누워 있던 날이었다.

정확히 오전 열 시에 카톡으로 문자가 왔다.

[선우야. 그동안 너한테도 신세 많이 졌다. 신세 갚지도 못하고 가네. 미안하다.]

나는 잠들어 있느라 그 톡을 보지 못했다. 잠이 깬 건 열두 시 경, 영수 전화벨 소리 때문이었다.

"형 갔다."

영수는 짧게 말했다. '아, 그래' 말을 하고 움직이려니 몸이 움직이지 않았다. 정말 거짓말처럼 꼼짝할 수 없었다. 온몸은 신열로 덮여 있었고 목이 아파 마른침조차 삼키지 못했다. 카톡에 미확인 메시지가 떠 있었는데 그 메시지는 영범 형이 보낸 문자였다.

'이 문자는 뭐지? 정상적으로 온 게 맞는 거야?' 상식적으로 이해하기 힘든 기이한 감정이 나를 감쌌다.

나는 장례식장에 얼굴을 비추지 못했다. 영수 아버지 가셨을 때도 모든 절차는 내가 다 처리했었다. 가족 같은 사람이 세상을 떠났지만 나는 손가락 하나 움직일 수 없었다. 나는 자리에 드러누워 통증과 함께 찾아온 상실감에 시달렸다.

아픈 건 별개 문제였다. 그즈음 나는 현실적인 시공간이 무너져 내리는 경험을 하고 있었다. 땀을 흘리며 끙끙거리다 정신을 차려보면 어느새 아파트 앞에 서 있다. 쨍쨍 맑은 햇살, 적당히 기분 좋은 산들바람. 나온 김에 마실거나 좀 사 가야겠다. 마트에 가서 물을 집어 들고 계산도 했는데,

다시 나는 침대에 있다.

꿈이었나? 하는 순간 다시 아파트 앞에 서 있다. 꿈과 현실의 나선형 경계를 지나는데 어느 지점이 꿈이고 어느 지점이 현실인지 도무지 분간되지 않았다. 목이 말라 부엌으로 나가면 꿈에 샀던 그 물이 까만 비닐봉지 안에 든 채 식탁에 놓여 있다. 너무 두

려운 기분에 눈물을 흘렸는데 아파트 앞을 엉엉 울며 걷다 정신을 차리면 침대에서 엉엉 울고 있었고, 도대체 어디가 어딘가 하는 심정에 정신을 차려보면 계속 아파트 앞 도로를 걷고 있었다. 미궁에 빠진 현실에 괴로워할수록 침대 밑 여자 웃음소리는 크게 들렸다.

"몸은 좀 괜찮냐? 도대체 얼마나 안 좋길래?"

형이 떠난 지 일주일이 채 되지 않은 시간, 영수가 나를 찾아왔다. 괜찮다는 나를 불러내 동네 죽 전문점에 마주 앉았다. '남자 둘이 죽집이라니' 뜨거운 죽을 앞에 두고 피식 웃었다.

"응. 몸은 뭐, 며칠 전보다는 많이 나아졌네."

몸이 조금 나아지긴 했다. 의식은 여전히 현실과 꿈속의 나선형 계단을 오르내리고 있었지만.

"형은 잘 보냈지?"

"응. 뭐, 잘 갔다. 양평 아버지 모신 가족공원에 같이 모셔놨지."

우리는 죽을 먹으며 형과 있었던 일화와 어렸던 과거를 추억하며 낄낄 웃었다.

"그런데, 음……."

죽을 후후 불며 낄낄거리던 영수가 자못 심각한 표정을 지었다.

"그런데 너 별일 없냐?"

녀석이 생뚱맞게 물었다.

"아픈 게 별일이지. 팔다리라도 잘려야 별일인 거냐?"

나는 여전히 농으로 말을 받았다.

"그건 그런데, 이상하게 어제, 그제 꿈속에 형이 계속 나온다. 형이 나와서 계속 너한테 가보라네. 다른 걸 물어보면 말도 안 해. 그 말만 하고 사라지길래 너도 아프다더니 정말 심각하게 아픈 건가 해서."

"뭐, 많이 안 좋긴 해. 몸살인 것 같기도 하고 조금 지나면 나을 것 같기도 하고 그렇긴 한데."

나는 말을 끌었다.

"그런데 뭐?"

"그게 이런 말 하면 믿기지 않겠지만 나 요즘 계속 여자 귀신한테 시달린다."

말을 마치자 영수는 '푸하하' 박장대소했다.

"진짜 뜬금없는 소리긴 하네. 그래, 이쁘냐?"

영수는 큰소리로 웃으며 말했다. 어이없어하는 녀석의 반응을 보자, 괜한 소리를 했다는 후회가 밀려와 심드렁하게 답을 받았다.

"아니 뭐, 이쁜 건 모르겠는데. 눈이 새빨개."

갑자기 녀석의 움직임이 멈췄다. 심드렁하게 말을 받으며 죽을 푸던 내 눈이 녀석에게 향했다. 녀석은 멍한 표정으로 입을 벌린 채 나를 바라봤다.

"그…… 그 귀신한테 시달린 게 언제부턴데?"

숟가락을 들고 있는 녀석 손이 덜덜 떨렸다. 무언가 있긴 있구나, 갑자기 마음이 싸하게 침잠했다.

6

영범 형은 몇 해 전 흔적도 없이 사라진 적이 있다. 그때 영수는 형이 '지구에서 잠수' 탔다고 했다. 지구상 존재하는 모든 빚쟁이가 형을 쫓을 때였다. 영수도 형이 얽어놓은 어마어마 빚보증으로 날마다 한숨지었다. 물론 나에게도 적지 않은 금전적 신세를 지고 있던 형이 서울에서 사라져 버렸다.

녀석은 술집으로 자리를 옮기자고 했다. 우리는 죽집을 나와 옆 치킨집으로 옮겨 치킨과 소주를 마주했다.

"사실 그때 이미 형수는 다른 남자하고 바람나 있었거든. 형수가 돈 벌겠다고 식당에 일을 나갔는데 거기 오는 손님하고 눈이 맞았나 봐. 형은 그냥 웃더라. 남자가 능력이 없어지면 할 말 있겠냐고. 형수가 이혼하자고 길길이 뛰어서, 사실 그때 형이 이혼 도장 찍어 줬어. 조건을 하나 건 게 어머니께는 절대 말씀드리지 않는 거 하고, 애들 성인 될 때까지 말하지 않는 거 하고. 뭐 그렇게 말을 했다나 봐. 그러고 나서도 형수한테 생활비는 꼬박꼬박 보내 줬다더라."

쪼르르, 녀석은 치킨이 나오기도 전에 잔에 술을 채웠다.

영범 형은 목포로 향했다.

아무도 아는 사람이 없는 곳이어서, 빚쟁이가 쫓아오지 못할 것 같아서.

혹은

조용히 삶을 마감하기 좋을 것 같아서.

여러 가지 이유를 추측할 수 있지만, 아마도 마지막 이유가 크지 않았을까?

친형제 같지 않겠지만, 나도 영범 형을 잘 안다. 겉으로 강한 척해도, 여리고 여린 속내에 주위 사람에게 피해를 주고 말았으니 그 죄책감을 감당하기 힘들었을 것이다.

삶을 정리하기 위한 여정에서 형은 한 여자를 만났다. 심지가 다 타버린 양초를 지니고 있던 군상들은 서로를 알아보고 끌리기 마련일까? 거친 선원들을 상대로 웃음과 술을 팔며 삶에 대한 미련을 소모시키던 여자와 형은 막다른 길에서 만난 길동무가 되었다. 그들의 연정은 구정물일수록 더 크게 피어나는 연꽃이었다. 재만 남았던 영범 형 삶에 희망의 불씨를 강렬히 지폈다.

영범 형은 언젠가 영수에게 목포에서 그녀와 같이했던 이 년 세월이 자기 삶에 있어 오월의 햇살 같은 날들이었다고 말했다고 한다. 그렇게 재기를 꿈꾸며 서울로 상경한 그들은 어머니께 철저히 외면당했다. 이혼했다는 사실을 꿈에도 모르고 있던 어머니는 정식으로 인사드리기 위해 시골로 찾아간 형과 여자에게 악다구니를 부리셨다. 형이 인사 가기 며칠 전 영수가 열심히 사전 작업을 했지만, 어머니에게 이혼이란 하나님 가르침에 정면으로 위배된 배척 행위였다. 새 여자와 어머니를 마주한 형은 진짜 마누라 데려오라는 호통만 듣고 내쫓기고 말았다.

나는 어머님을 이해한다. 어머님은 평생 하나님 테두리 안에 들어 사는 걸 최고의 가치로 여기셨다. 내가 영수와 단짝친구가 된 후 내 종교가 기독교가 아니라는 걸 아신 후 어마어마하게 전도하셨을 정도니까. 그건 어머니가 지니고 있던 행복한 삶에 대한 가치 기준이다.

나는 영범 형을 이해한다.

자신의 의지와 무관하게 가시밭길을 걸어야만 했던 그 여자 삶도 이해한다.

영수 녀석이 내게 그런 말을 일언반구도 하지 않았던, 아니 못했던 것도 이해한다.

하지만 내가 그렇게 쉽게 이해할 수 있는 각자 행복에 대한 가치 기준들이 부딪히자,

여자는 목을 맸다.

횡성, 어머니 집 뒷산 나무에서.

왜 하필 그곳에서 목을 매었는지 알 수 없지만 여자는 나름의 방식으로 어머니에 대해 항거했으리라 생각한다.

거기까지 이야기를 듣자 머릿속에서 커다란 종이 '뎅, 뎅' 울렸다.

"야, 잠깐만 우리 집에 올라가자."

소주를 연거푸 입에 붓고 있는 녀석을 끌고 아파트로 올라갔다.

내가 횡성에 들렀을 때, 어머니는 감자와 여러 가지 채소를 상자에 담아 주셨다. 그리고 떠날 때쯤 모자란 것 같다며 이것저것 더 챙기신 후 커다란 보자기에 싸매 주셨는데, 한눈에 봐도 그 보자기는 고급스러웠다. 그동안 본가에 들르지 못했던 관계로 감자

와 채소는 고스란히 우리 집에 놔둔 상태였고, 어머니가 보자기 용도로 싸주셨던 그 스카프 또한 여전히 우리 집에 있었다.

"엇, 이거."

녀석은 스카프 주인을 바로 알아봤다.

7

여자의 천도재를 지내는 날 영수 녀석이 함께했다. 어머니와 자주 만나던, 어머니만 보면 시주 좀 해달라고 징징거려 가까이하지 말라고 말했던 땡중은 제법 법력 높은 천도재를 진행했다. 어쩐 일인지 천도재를 지내며 내 등을 펑펑 계속 때려 댔는데, '이 땡중이 내가 뒤에서 욕한 걸 알고 사심을 담아 때리는 거 아냐?'라는 생각이 들게 했다. 영수는 나중에 자기도 때리러 올까 봐 겁이 났다고 한다. 내가 누구 때문에 이 고생을 하고 있는데……

"천도재가 저렇게 하는 거구나. 처음 봤네."

천도재가 끝난 후 청량리역 앞을 걸으며 영수가 말했다.

"그러게. 그런데 형이 그래서 그랬나? 죽는 날 아침 10시에 나한테 카톡을 보냈더라. 미안하다고."

"어? 무슨 소리야. 형 가기 전날 밤 9시부터 혼수상태였는데. 네가 뭘 잘못 안 거겠지."

영수가 생뚱맞다는 표정으로 말했다.

엇? 하는 생각이 들었다.

"그래. 내가 뭘 착각했나 보다."

말이 끊겨 그저 조용히, 인적 많은 청량리 번화가를 걷고 있는데 영수가 갑자기 걸음을 멈춰 섰다. 의아한 눈으로 영수를 쳐다보니, 두 손으로 얼굴을 가린 채 울고 있었다. 소리죽여 가만가만 울다가, 흑흑, 거리며 제법 크게.

나는 울고 있는 녀석을 두고 멀찍이 도망갔다. 다 큰 성인 남자가 길거리에서 운다는 건 역시 창피한 일이다.

그날 밤 영범 형이 꿈에 나왔다.

어쩐 일인지 그날은 이 상황이 꿈이라는 게 확실히 느껴졌다. 집 앞을 걷고 있는데 아파트 앞 편의점 파라솔 의자에 형이 앉아 웃고 있었다. 한 손에 담배와 파라솔 테이블에 커피까지.

"어디 가냐?"

아무렇지 않다는 듯, 영범 형은 장난기 가득한 목소리로 말했다.

"아. 형. 형 때문에 진짜."

'죽어서까지'라고 말하려다 멈췄다.

"야, 뭐 다 그런 거지. 우리가 남이냐?"

'우리가 남이냐?'라는 형 말에 갑자기 가슴이 울컥거렸다.

"다른 사람은 몰라도 너한테는……"

말을 끊고 사람 좋은 웃음으로 나를 바라봤다.

"그냥, 고맙다. 그 커피 마셔라. 너 주려고 사 놓은 거야."

"어, 고마워요. 형."

나는 캔 커피를 손에 쥐었다. 꿈인데 따스한 캔 커피 온기가 느껴졌다.

"그런데 좀 어때요. 거기는? 이제 천국, 지옥 이런데 막 심판받아서 가나? 형은 어머니 말씀 안 듣고 맨날 교회 땡땡이쳐서 천국 가기도 힘들 텐데."

나는 가벼운 마음으로 농담을 건넸다. 내 말에 영범 형은 내 얼굴을 빤히 바라봤다.

"내가…… 여태까지 지옥에 있다 이제야 나왔잖니."

'억.' 나는 망치로 머리를 얻어맞은 기분이었다.

"그런데……"

형은 먼 하늘을 바라보며 말을 이었다.

"천국이었을지도 모르지."

영범 형은 의자에서 일어섰다.

"갈게. 늦기 전에 가야지."

영범 형이 편의점 옆 골목길로 걸어갔다. 그러자 골목 안에서 흰 원피스를 입고, 낯익은 여자가 형을 향해 걸어 나와 팔짱을 꼈다. 어쩐 일인지 이제 나는 그녀가 무섭게 느껴지지 않았다. 그저 얼결에 고개를 꾸벅 숙이자 여자도 쑥스러운 웃음으로 내게 꾸벅, 눈인사했다. 여자 눈이 빨갰다.

"아 참." 영범 형이 몸을 돌리며 말했다.

"우리 어머니한테 한 번 들러라. 뭔가 말씀하실 거다."

8

비가 와서 횡성 시골길은 가는 내내 질척거렸다.

"야야, 주말에 가면 되지 뭘 그렇게 빨리 가자고 닦달이냐."

영수 녀석은 제 어머니에게 가는 길 내내 조수석에 앉아 투덜거렸다.

"얌마, 내가 지금 우리 어머니한테 가냐? 너희 어머니한테 가지. 그리고 형 가신 지 얼마나 됐다고, 아무리 어머니가 괜찮다고 하셔도 마음이 어떠실지 모르는데 너 그러는 거 아니다."

불퉁거리며 쏘아붙이자 녀석이 잠잠해졌다.

하지만 안다. 녀석이 지금 미안한 마음에 불퉁거린다는 걸. 곰삭은 우정은 상식적으로 이해하기 힘든 어떤 미지의 영역으로 맞닿는다. 그러다 처음 여자 영가와 마주쳤던 곳을 지나며 내가 말했다.

"여기다. 내가 처음 여자 귀신하고 마주친 데……"

"아!"

영수가 말했다.

"여기, 이길, 그 여자분이 참 좋아했던 길인데. 자기 어릴 때 자랐던 이모 집 옆 개울하고 닮았다고."

어머니는 아무 일도 없었다는 듯 웃으며 우리를 맞아 주셨다.

"주말에 천천히 오지. 비도 오는데 뭐 하러 왔어."

말씀하시는 어머니 얼굴은 생기가 사라져 있었다. 저녁을 차려 주셨고, 형 장례식에 참석한 사람들, 고마웠던 얘기들, 잡다한 이야기를 모자가 나누는 내내 나는 조용히 옆에 앉아 듣고만 있었다. 비가 오면 마당 하수구가 자꾸 막힌다는 말씀에 영수 녀석이 우비를 꺼내 입었다.

"넌 앉아 있어라. 내가 후딱 보고 올게."

영수가 나가자 어머니는 내게 커피를 타 주셨다.

"그래 부모님은 별고 없으시지?"

미소를 가득 담으신 채 말씀하셨다.

"네. 그렇죠. 뭐."

"아, 그리고."

어머니는 갑자기 생각났다는 듯 방에 가셔서 두툼한 봉투를 들고 오셨다.

"영범이가 말이다. 예전에 너한테 돈 빌려 쓴 게 있다며? 왜 얘기 안 했냐. 영범이가 가기 일주일 전쯤에 말이다. 몸도 안 좋았던 놈이 언제 그렇게 악착같이 모아 놨는지 꽤 돈을 모아 놨더라. 애초에 살면서 그런 돈을 만들어 놨으면 그렇게 고생하면서 살지 않았어도 됐을 텐데."

어머니 말씀을 듣자 사형선고를 받고도 그악스럽게 일해대던 영범 형 모습이 떠올랐다. '신세 진 사람한테 도리는 하고 가야 하지 않겠냐?' 형은 말했었다.

"이건 네 거라고, 나중에 너 오면 꼭 챙겨 주라고 하더라."

어머니가 주신 봉투에는 수표 뭉치가 두툼히 들어 있었다.

"아뇨. 어머님. 전 됐어요. 그게 언제 적 얘긴데요. 그냥 어머니 필요할 때 쓰세요."

나는 봉투를 다시 어머니께 내밀었다.

"아니다. 이건 네 거다. 이건 네 거야. 가져가라. 그래야 나도 마음이 편할 것 같구나."

어머니는 결연한 표정으로 말씀하셨다.

"그리고 말이다. 네게 항상 고맙구나. 영범이 녀석이나 영수 녀석이나 힘든 역할은 죄다 네게 떠맡기고. 고맙다. 항상, 고마워"

어머니 눈가에 이슬이 맺혔다.

어딘가 기억 저 깊은 곳, 고왔던 어머니 얼굴은 깊고 깊은 주름으로 그동안 살아오신 굽이친 삶의 회한을 대신했다.

참고 참았던 고삐를 더는 지탱하지 못하셨던 듯 어머니는 낮고 긴 울음을 토해내셨다.

"얘야, 넌 말이다."

잠시 숨을 고르고 낮은 목소리로 말씀하셨다.

"네. 어머니." 나는 다소곳이 대답했다.

"너는 스스로 행복하게 살아라. 스스로 말이다. 효도하려고 굳이 애쓰지 마라. 효도란 게 말이다…… 효도란 게…… 내 자식이 그저 행복하게 살아 준다면 그만한 효도가 없다는 생각이 드는구나. 너무 늦게 알았지만 어쩌겠니. 산다는 게 그런 거지."

나는 낮고 길게 오열하는 어머니 손을 꼭 잡아 드렸다.

서울로 오는 차 안에서 영수와 나는 말이 없었다. 차 안 공기가 끈적한 송진으로 가득 차 무슨 말을 해도 서로에게 전달되지 않을 것 같았다. 영동 고속도로는 내내 막혔고, 녀석은 분당에 있는 지하철역에서 내려 달라고 했다.

"야야, 차 너무 막히니까. 나 내려주고 너 그냥 가라."

차 문을 열려는 녀석에게 나는 말했다.

"야, 잠깐만 이거."

나는 어머니께 받았던 돈 봉투를 꺼내 들었다.

"어머니 집에 벽지도 많이 낡았고, 싱크대며 화장실이며 손댈 데가 꽤 많더라. 이걸로 되는대로 수리 좀 해 드리자.

내가 돈 봉투를 내밀자 녀석은 무슨 말인가 내게 하려 했다.

"야, 됐고. 너 돈 안 받으면 나 이 돈 그냥 아무 교회 가서 헌금 해 버린다. 뭐 교회마다 헌금 봉투 종류도 많더구먼."

반협박투로 말하자 영수는 피식 웃으며 봉투를 받아 챈다.

"리모델링하려면 이걸로는 좀 모자란다. 내가 보태서 알아서 할게."

"그러던지."

문을 열고 내리는 녀석에게 웃으며 말했다.

"그리고."

나는 영수에게 말했다.

"행복하게 살라더라. 어머니가. 그게 효도라시네. 너도, 행복하게 살아라! 친구야."

녀석은 차 문을 닫지 못한 채

쏟아지는 작달비를 우산도 없이 고스란히 맞으며,

씨익, 하고.

오대산에 머무는
누군가

민석과 나는 어린 학창 시절부터 산을 탔다.

주말이면 으레 북한산, 수락산, 관악산을 올랐고, 방학을 맞으면 조금 멀리 떨어진 설악산, 지리산처럼 높은 산을 찾았다. 비브람 밑창이 달린 등산화나 등산스틱 같은 전문 장비를 구하기 힘든 시절이었다. 우리는 밑창 얇은 스니커즈에 평범한 반바지, 하얀 면 소재 후드 티 하나만 걸치고도 대청봉을 오르내렸다.

그런 시절이었다.

튼튼하고 싱싱한 근육이 화려하고 편리한 등산 장비를 대체해 줄 수 있는.

그해 여름 정확히 말하면 고3 여름방학, 오대산을 찾게 된 건 조금 엉뚱한 사유가 있다. 애초 목적지는 설악산이었다. 고3 방학이란 생색내기에 지나지 않기에 방학이 시작되고 보충수업이

열리는 시간까지 일주일이 채 되지 않았다. 민석과 나는 대청봉을 다시 오를 계획이었다. 공룡 능선으로 대청봉에 오른 후 동해를 보고 오면 삼사일 여정으로 보충수업 전 짧게 주어진 달콤한 시간을 알차게 보낼 수 있을 것으로 생각했다. 내설악과 외설악을 한 번에 조망할 수 있다는 공룡 능선은 당시 우리에게 꿈의 코스였다. 등산 일주일 전 동선을 짜고 있던 우리에게 설악산 등반을 만류한 사람은 민석의 형인 민준 형이었다.

"너희 설악산 가게? 지금? 미쳤구나."

민준 형은 눈을 동그랗게 뜨고 설악산행을 만류했다. 만류했던 사유가 기가 막혔는데 그 사유란 바로 '요즘 설악동에 귀신이 자주 출몰한다'라는 이유였다. 나는 그 시절 민준 형을 '믿자니 수상하고 믿지 않자니 꺼림칙한' 말을 하고 다니는 사람쯤으로 여기고 있었는데, 언젠가 민준 형이 '개봉동에서 곰 한 마리가 사람을 매달고 하늘을 날아다녔다'고 이야기한 과거 이력 때문이었다. 세상천지에 곰이 사람을 매달고 하늘을 날아다니다니, 이게 지금 믿으라고 하는 소리인가? 나는 민준 형을 허풍쟁이 취급했다.

시간이 지나 밝혀진 사실은, 곰은 당시에는 보기 힘들었던 '말라뮤트'였고, 개 주인이 자전거에 말라뮤트를 묶고 산책시키던 도중 일어났던 일이라는 게 밝혀졌다. 멍청한 개 주인은 개가 자전거를 끌어주니 힘도 들이지 않고 개를 산책시킬 수 있다는 묘수라고 생각했지만, '뿔뿔뿔뿔' 귀엽게 따라오던 말라뮤트가 길고양이를 쫓다 둑 위로 날아오른 순간 자신의 판단이 얼마나 무모한 판단이었는지 깨달았다. 더 놀라운 건 그때 슈퍼맨처럼 둑

위를 날아 내동댕이쳐졌던 멍청한 개 주인이 내 친구 광복이었다는 사실이다. 난데없이 깁스하고 나타난 녀석에게 사연을 물어보자 아버지가 노름빚 대신 받아온 말라뮤트를 자전거에 묶어 산책시키다 둑으로 다이빙했다는 사실을 실토했다. 민석이와 나는 광복이 말을 듣고 눈이 휘둥그레져 서로 바라봤다.

'얼토당토않아 보이던 민준 형 말이 사실이었어?'

그래서 나는 민준 형 말을 믿기도 애매하고, 그렇다고 깡그리 무시하기도 애매했다.

"내 친구 용준이가 밤에 차를 타고 설악동 입구를 지나가는데, 어떤 젊은 여자가 차를 세우더니 태워 달라 그러더래. 영화배우보다 훨씬 더 이쁜 이십 대 여자였는데 웬일인지 기분이 섬뜩해서 그냥 지나갔대. 그런데 십 분쯤 달린 곳에서 어떤 여자가 차를 세워서 봤더니 또 그 여자였다는 거야. 용준이가 무서워서 그냥 가려고 했는데 조수석 쪽 문에서 여자가 팔을 쭉 뻗어서 용준이 목을 졸랐대. 왜 저 앞에서 자기 안 태워 줬냐고 소리 지르면서. 용준이가 간신히 도망쳤단다. 여자 팔이 이 미터도 넘게 늘어났대."

민준 형의 긴장한 얼굴에서 나온 어이없는 소리에 나는 실소했다.

"뭐야? 그럼 가제트 아냐? 귀신이 아니라 가제트네, 가제트. 형. 이걸 지금 나한테 믿으라고 하는 말이야?"

"뭐야? 이놈이 지금 내 말을 무시하네. 야! 인마, 그게 용준이만 당한 게 아니야. 내 친구 석호도 같은 여자한테 똑같이 당했대. 장소도 똑같은 곳에서."

민준 형은 자기 말이 진실이라는 것을 강조했다.

나는 가볍게 무시했지만 어쩐 일인지 민석의 표정은 진지하게 변해 있었다.

"너 뭐야? 표정이 왜 그래? 설마 민준 형 말을 진짜로 받아들이는 거야?"

내 질문에 민석은 넋 나간 표정으로 생뚱맞은 말을 했다.

"형. 그 여자가 진짜 그렇게 이뻤대?"

어이없어진 나는 설악산에서 오대산으로 목적지를 변경하자고 우겼고, '설악산을 갈 거면 난 가지 않겠다'는 초강수를 둔 후에야 우리 목적지는 오대산으로 변경되었다.

우리는 오대산을 향했다.

우리는 월정사에서 조금 올라간 곳에서 개울을 건너 텐트를 쳤다. 첫날은 개울가에서 텐트를 치고 시간을 보내고, 다음 날 본격적으로 산행할 계획이었다. 자리는 텐트를 치고 앞을 마당으로 써도 될 만큼 널찍했다. 민석과 나는 코펠로 밥을 지어 먹었고, 어스름 해가 지기 시작할 즈음 가지고 온 맥주를 마시며 진로에 대한 고민이라던가 미래에 대한 고민을 제법 진지하게 나누었다.

단풍잎 사이로 반짝반짝, 누워 가는 해에서 조각으로 떨어져 나와 개울에 튕긴 윤슬들이 단풍잎에 부딪히며 단풍잎 스스로 빛을 내는 것 같은 착각을 하게 만들었다. 시냇물 소리는 청량했고 담근 발은 금세 차가워졌다.

산속 해는 금방 넘어갔다. 나와 민석이 이런저런 이야기를 나누고 있는 사이 어둠이 숲에 정박했다.

그때 민석이 말했다.

"야, 그런데 저쪽 수풀 안쪽으로 사람들 들어간 적 있냐?"

녀석의 말에 나는 의아했다. 민석과 내가 텐트로 자리 잡고 난 이후 이곳을 지나간 사람은 없다.

"무슨 소리야? 여태까지 여기 우리 말고 지나간 사람 아무도 없어."

나는 생뚱맞다는 표정으로 민석의 말을 받았다.

"그런데 아까부터 자꾸 수풀 안쪽에서 사람 목소리가 나는 것 같아서. 한두 사람이 아닌 것 같은데?"

민석은 진지한 표정으로 말했다.

"설마. 네가 뭘 잘못 들은 거겠지."

나는 대수롭지 않게 말했다. 그럴 리 없다. 수풀 안 깊은 곳까지 보지 못했지만, 볼일을 보느라 수풀 쪽으로 몇 번을 들락날락했다. 누가 있다면 보지 못했을 리 없다.

"아냐, 아냐. 분명히 사람들 목소리가 들려. 야, 우리 뒤쪽으로 한 번 가보자."

민석은 플래시를 챙겨 들고 말했다. 나는 말리고 싶었지만, 민석은 벌써 일어나 숲 안쪽으로 발걸음을 옮기고 있었다. 민석을 따라 한 걸음 한 걸음 발걸음을 옮기자 정말 사람들이 떠드는 소리가 들렸다. 여자들 깔깔대는 소리도 들리고 남자들이 '이 새끼, 저 새끼' 육두문자를 섞어 상대를 지칭하는 말소리도 들렸다. 민석과 몇 걸음 더 걸어 들어가자 빽빽한 숲속에서 갑자기 작은 공간이 뻥 뚫린 조그마한 공터가 나타났다. 그곳에 두 개의 텐트가 쳐 있었고 그 앞으로 남자 세 명과 여자 세 명이 동그랗게 둘러앉아 술을 마시며 놀고 있었다. 그들은 그들대로 난데없이 불쑥 나타난 우리에게 놀라는 듯했다.

"어? 아! 죄송합니다. 저희는 저 바깥쪽에 텐트 치고 있었는데요. 어두운데 사람 소리가 나길래. 죄송합니다. 다른 분들이 안쪽에 계시는지 미처 몰랐어요."

당황한 민석이 황급히 사과했다.

"아니요. 괜찮습니다. 산속에 주인이 있는 땅도 아닌데요. 뭐. 두 분이 오셨나요?"

일행 중 한 명의 남자가 일어서며 말했다.

"네. 저희는 둘이 왔습니다."

민석이 말했다.

"이렇게 산에서 마주친 것도 인연인데 이리 와서 술 한잔하면서 같이 수다 좀 떨다 가시죠."

남자는 그렇게 말하며 일행을 돌아보며 '괜찮지?'라고 물었다. 나머지 일행들은 '그럼, 그럼'이라며 동조했다.

"아뇨. 저희는 저희 텐트도 저쪽 바깥에 세워 놨고……"

나는 거절을 표시하려 했다. 고등학생 신분으로 음주한 사실을 들키기 싫었고, 아무래도 초면인 사람들과 스스럼없이 술 마실 정도로 넉살이 좋은 편도 아니었다.

"에이, 세워 놓은 텐트를 누가 훔쳐 가나요. 벌써 이렇게 밤도 깊었는데. 이리 와서 같이 놀다 가세요."

일행 중 단발머리를 한 여자가 말했다. 그때 나는 아주 어린 나이였기에 처음 마주치는 여자가 말을 걸어왔을 때 당황했다.

"아니, 저희는 그……"

무슨 말을 하며 거절해야 할지 갈피를 잡지 못하고 있는 상황에 민석이는 내 등을 떠밀었다.

"그래. 이분들하고 마주친 것도 인연인데 술이나 몇 잔 마시고 가자."

민석이와 나는 자리에 앉았다.

"저희는 서인 대학교 학생들이고요. 오늘은 써클 MT를 왔습니다."

우리에게 말을 걸었던 남자가 말했다. 나는 고등학교 3학년이며 입시 준비 전 잠깐 등산을 위해 오대산에 왔다고 말하려 했으나 민석이 재빠르게 말했다.

"아! 저희는 대학교 1학년이고요. 등산 겸해서 놀러 왔습니다."

민석은 천연덕스럽게 거짓말을 했다. 녀석의 거짓말에 놀라지는 않았다. 민석은 오래전부터 낯선 곳에 가면 대학생이라고 태연하게 거짓말을 늘어놓았으니까. 진실을 말하려다 그만두기로 했다. 어차피 우연히 만나 술 몇 잔 마시고 헤어질 사람들인데 구구절절 이야기하기 귀찮았다. 그들은 생각보다 꽤 많은 술을 권했다. 대기를 가득 메운 피톤치드와 맑은 공기가 어느 정도 취기를 방어해 줬지만, 그것도 한계가 있었다. 그들은 군사 독재정권에 대한 비판을 주로 했고 그나마 민준 형에게 주워들은 풍월로 민석은 맞장구를 치며 대화를 이어갔다. 나는 고등학생 신분이 들킬까 하릴없이 주는 술만 넙죽넙죽 받아먹는 모양새가 되었다. 단발머리 여자는 유독 나를 빤히 쳐다봤다. 여자의 노골적인 시선을 처음 느껴본 나는 안절부절 어쩔 줄 몰랐다. 조금씩 시간이 지나며 보니 여자들과 남자들은 미모가 꽤 빼어났다. 민석은 진짜 대학생인 것처럼 대화에 능숙하게 동화돼 있었다.

"아, 나 화장실 좀 다녀올게."

술을 먹던 민석이 화장실을 가기 위해 일어났다. 민석이 빠진 자리에 혼자 남아 있으려니 아무래도 가시방석이 따로 없다. 금방 다녀오겠던 민석은 십 분이 지나고 이십 분이 지나도 소식이 없었다. 나는 자리에서 일어나야 했다. 거북한 자리에서 민석이 없이 혼자 삼십 분을 버티자니 힘들었다. 민석은 아무래도 술이 올라 우리 텐트로 돌아가 잠들었으리라 생각했다.

"저기, 제 친구가 사라져서요. 친구 어디로 갔는지 찾아볼 겸 저도 그만 일어나겠습니다."

그 말을 하고 자리에서 일어나려는데 크게 웃으며 이야기하던 사람들이 갑자기 차가운 표정으로 나를 바라봤다. 나는 당황했다. '내가 뭘 잘못했나? 왜 갑자기 이 사람들이 나를 노려보지?'

앉아 있을 땐 몰랐지만 일어서자 마셨던 술이 한꺼번에 올라와 휘청거렸다.

"아하하. 죄송합니다. 제가 생각보다 술을 많이 마셨나 봐요. 그래도 저희 텐트까지 멀쩡하게 갈 수 있으니까 걱정하지 않으셔도 됩니다."

나는 겸연쩍어하지 않아도 될 핑계를 댔다. 그들의 차가운 표정을 뒤로 하고 나는 우리 텐트로 향했다. 텐트에 도달해 문을 열며 민석을 찾았다.

"야, 인마. 가려면 같이 가지 혼자 도망가냐?"

텐트 문을 열며 짜증을 냈지만, 텐트는 텅 비어 있었다. 민석이 당연히 텐트에 있으리라 생각했던 나는 당황할 수밖에 없었다.

아무래도 정말 화장실에 갔다 길을 잃었거나 엉뚱한 곳에서 잠든 듯했다. 머릿속에서 빨리 민석이를 찾아야 한다고 외치고 있었으나 술이 올라 꼼짝할 수 없었다. 나는 텐트 바닥에 그대로 꼬꾸라졌다. 기억을 더듬어 보니 하나밖에 없던 플래시도 민석이 들고 갔다. 술이 과하게 취한 나는 그 상태에서 까무룩 잠이 들어 버렸다.

밖에서 웅성거리는 소리에 설핏 들었던 잠이 깼다. 오래 잠들었던 것 같지만 손목시계를 확인하니 기껏해야 이, 삼십 분 정도 잠들었던 것 같다. 밖에서 나는 소리에 귀를 기울이니 사람들이 다투는 소리였다.

"같이 데리고 가야 한다니까. 우리끼리 갈 수는 없잖아."

남자가 화난 목소리로 말했다. 목소리 주인은 우리를 반겨줬던 서인 대학교 학생 중 한 명이었다.

"오빠. 아무리 그래도 그건 아니지. 저렇게 어린 학생을 어떻게 데려가."

여자의 목소리도 귀에 익었다. 단발머리 여자 목소리였다.

나는 술이 깨지 않아 몽롱한 머리로 생각했다.

'아니 누구를 어디론가 강제로 데려가려고 하나? 이 사람들 몹시 나쁜 사람들이네. 착하게 봤더니. 그리고 싸우려면 자기네 텐트에서 싸우지 남의 텐트 앞까지 와서 난리야.'

짜증이 올라오는데 갑자기 돌아오지 않은 민석에 대한 걱정이 앞서기 시작했다. '아, 맞다. 민석이 찾으러 가야 되지'라는 생각이 떠오름과 동시에 나는 다시 잠들어 버렸다.

나는 텐트를 후후둑 내리치는 빗소리에 잠이 깼다. 굵은 물방울이 '쏴아아' 숲을 때리는 소리와 텐트에 부딪히는 소리로 사방이 가득하다. 텐트 안을 둘러봤지만, 민석의 모습은 보이지 않았다. 민석의 모습은 둘째치고 텐트 바닥이 이미 퍼부은 빗물로 온통 축축하게 젖어 있었다. 나는 황급히 텐트 문을 열어 바깥을 내다봤다. 텐트 앞 개울이 어마어마하게 불어나 '콸콸콸콸' 굉음을 내며 흘러가고 있었다. 갑자기 두려움에 온몸이 떨려왔다. 한시라도 빨리 민석을 찾아내 저 개울을 건너야 한다. 나는 텐트에서 뛰쳐나왔다. 스니커즈 신발은 이미 비에 완전히 젖어 있었다. 젖은 신발을 구겨 신고 대학생들이 머물던 자리로 뛰었다. 민석은 혹시 그쪽에서 잠들었을지도 모른다. 어둠에 익숙해져 있다고 하나 허둥대느라 몇 번을 넘어지고 나뭇가지에 긁혔지만 상관할 계제가 아니었다. 나는 뛰고 또 뛰었다.

그런데 아무리 뛰어도 대학생들이 머물던 캠프는 나타나지 않았다.

'길을 잃었나?'

그럴 리 없다고 생각했다. 길을 잃을 만큼 먼 거리가 아니었다. 단지 숲길 안으로 조금만 움직이면 나타나던 거리였다. 어쩐 일인지 뛰고 또 뛰어도 같은 자리만 맴돌고 있다는 느낌이 들었다. 술기운은 완전히 달아났지만 온몸에 힘이 빠지기 시작했다. 떨어지는 빗줄기를 맞고 있자니 몸도 덜덜 떨려왔다.

'내가 지금 뭔가에 홀려도 단단히 홀렸구나.'

나는 다시 방향을 바꾸어 우리 텐트 자리로 뛰기 시작했다. 어찌 된 영문인지 몇 걸음 뛰지도 않았는데 바로 우리 텐트가 나타났다. 온몸에 힘이 풀려 주저앉았는데 텐트 뒤로 누군가 서 있는 것이 보였다. 천천히 일어나 다가가니 민석이가 멍하니 서서 불어난 개울을 바라보고 있었다.

"야! 이 미친놈아. 너 여태까지 어디 있다 나타난 거야."

나는 악에 받쳐 소리를 질렀지만 녀석은 개울만 바라볼 뿐 아무 대답이 없었다.

'일단 개울을 건너가야 한다.'

마음이 급했다. 물이 더 불어나기 전에 저 개울을 건너가야 한다. 텐트가 떠내려가는 건 두 번째 문제였다. 나는 민석의 손을 잡고 소리쳤다.

"야, 일단 빨리 개울 먼저 건너자. 이러다 오가지도 못하고 여기 갇히겠다."

내가 끌어당겼으나 민석은 꼼짝도 하지 않았다.

"뭐해? 빨리 가자니까. 텐트나 짐들은 나중에 찾으러 오면 돼."

내가 소리를 지르자 민석은 의외로 담담히 진지한 얼굴로 말했다.

"걱정하지 마. 그렇게 조급해할 필요 없어. 안전하게 건너갈 방법이 다 있으니까."

녀석의 말투가 어딘지 모르게 어눌해져 있었다. 나는 민석이 아직 술이 덜 깨어 있는 탓이라 생각했다. 민석은 손에 들고 있던 것을 들어 천천히 내 눈앞에 디밀었다. 그것은 긴 새끼줄이었다.

"일단 이거 몸에 단단히 묶어."

나는 영문도 모른 채 녀석의 얼굴과 새끼줄을 번갈아 쳐다봤다. 내 시선에 아랑곳하지 않고 민석은 새끼줄을 자기 몸에 정성스럽게 묶기 시작했다.

"이렇게 서로 묶고 건너면 안전하게 건널 수 있어. 서로서로 지켜주는 거지."

나는 정신이 나갈 것 같았다. 녀석은 느릿느릿 말하며 여유 있는 표정으로 씨익 웃는 얼굴까지 보여줬다. 민석의 의견에 따질 여유가 없었다. 일단 물을 건너고 보는 게 우선이다. 나는 민석이 내미는 새끼줄을 황급히 몸에 묶었다. 정신없이 새끼줄을 몸에 감다 문득 뭔가 상황이 이상하다는 걸 눈치챘다.

'잠깐, 그런데 이 녀석은 이렇게 긴 새끼줄이 갑자기 어디서 난 거지?'

뭔가 이상했다. 애초 우리 소지품에 새끼줄이 있을 리 없다. 애초 새끼줄 같은 건 주위에서 일부러 찾아볼래야 찾아보기 힘든 물건이었다. 그리고 민석이는 술에 저렇게까지 취하는 체질이 아니다. 나야 술이 약하니까 그렇다 치고, 나는 그때까지 민석이가 취해서 말이 어눌해진 경우를 본 적이 없다. 나는 여러 번 몸에 휘감았던 새끼줄을 다시 풀어 한 번만 감았다. 단단히 묶으라는 녀석의 말과 달리 당기면 한 번에 풀어질 수 있도록 나비매듭으로 묶었다.

"야, 그런데 이렇게 우리가 서로를 묶고 개울을 건너는 게 맞는 거야? 그냥 따로따로 건너는 게 훨씬 안전하지 않을까?"

새끼줄을 몸에 감으며 질문한 내게 민석이는 갑자기 불같이 화를 내기 시작했다.

"너 빗물에 불어난 개울물이 얼마나 위험한지 알아? 잔말 말고 시키면 시키는 대로 새끼줄이나 묶어."

녀석은 소리를 지르며 역정을 냈다. 녀석의 역정에 나는 두말 없이 새끼줄을 묶었다.

"다 묶었다. 건너자."

내가 묶었다고 말하자 민석은 나를 돌아보더니 씨익 웃었다. 그리고 한 걸음, 한 걸음 개울물을 향해 발을 내디뎠다. 뒤에서 민석이 걷고 있는 걸 보고 있던 나는 녀석의 걸음걸이가 뭔가 이 상하다는 걸 느꼈다. 어쩐 일인지 녀석은 뒤뚱거리며 걷고 있었 다. '쟤가 왜 저렇게 걷지?' 의아한 마음에 민석의 뒷모습을 바라 보던 나는 녀석의 바지 하단이 뭔가 잔뜩 들어가 있는 것처럼 볼 록하게 부풀어 올라 있다는 걸 눈치챘다. 하지만 지금 바지가 왜 볼록한지 물어볼 상황이 아니었다. 나는 민석의 뒤를 따라 천천 히 개울 속으로 발을 디뎠다. 텐트를 치기 위해 건너올 때 발목에 서 흐르던 개울이 벌써 허벅지를 쓸며 지나갔다. 불어난 물의 기 세는 맹렬했다. 허벅지 높이로 흐르는 물에 들어가자 나는 금방 이라도 넘어질 것 같은 두려움에 휩싸였다. 물도 물이지만 갑자 기 개울이 불어난 탓인지 돌이나 나뭇가지 같은 이물질이 내 다 리를 같이 치고 지나갔다. 정체를 알 수 없는 이물질들이 내 다리 를 치고 지나갈 때마다 나는 휘청거리며 넘어지지 않기 위해 안 간힘을 썼다. 그런데 그때 개울 한가운데에 다다른 민석이 움직 이지 않고 서 있기 시작했다.

"야, 뭐해. 빨리 가. 나 지금 너무 힘들어."

나는 민석을 향해 있는 힘껏 소리쳤다. 하지만 내가 아무리 소 리쳐도 녀석은 미동도 하지 않았다. 그러다 천천히 몸을 돌려 나 를 바라봤다. 나는 넘어지지 않기 위해 한껏 애쓰며 녀석을 명하게 바라봤다.

그리고 민석은 나를 향해 씨익, 웃었다.

민석의 웃음을 본 나는 온몸이 얼어붙으며 순간적으로 생각했다.

'이놈이 사람이 아니구나.'

그리고 민석은 천천히 물속으로 들어가기 시작했다. 나는 순간적으로 머릿속이 온통 뒤엉켜 '어, 어' 소리만 낼뿐 어떡해야 할지 갈피를 잡지 못하고 있었다. 녀석이 물속으로 들어가자 묶어 놓은 새끼줄이 팽팽해지며 내 몸을 같이 잡아당기기 시작했다. 나도 물속으로 조금씩 딸려 들어갔다. 그러다 순간적으로 묶여 있던 매듭을 풀어 버렸다. 민석은 천천히 머리까지 물속으로 사라졌다. 나는 경황없는 비명을 내지르며 개울을 빠져나갔다. 물이 거세 자칫 넘어지면 아찔한 순간이었지만 물보다 내가 보았던 모든 것들이 더 무서웠다. 나는 무사히 개울을 빠져나왔다.

뭍으로 올라온 나는 '우아악' 소리 지르며 월정사 방향으로 달리기 시작했다. 월정사 방향으로 달리다 보니 플래시 여러 개가 절에서 움직이며 나왔다. 플래시 불빛은 나를 비췄고, 여러 사람이 내게 달려오는 것을 본 나는 그 자리에서 정신을 잃었다.

정신을 차린 건 아침이었다.

눈을 뜨니 민석이와 초면의 스님 한 명이 걱정스러운 표정으로 나를 내려다보고 있었다. 창문을 타고 넘어온 밝은 햇빛과 익숙한 향을 맡게 되자 영문을 알 수 없게 울음이 터졌다. 처음에는 내가 눈물을 흘리는지 인지하지 못했다. 눈가에 뭔가 흘러내리고 있구나라고 생각하다가 그것이 눈물이었다는 걸 알게 되자 나는 통곡 수준으로 꺼이꺼이 울었다. 한참을 울고 나서 나는 민석에게 따져 물었다.

"야, 인마. 술 먹다가 그렇게 사라져 버리면 어떡해. 너 때문에 죽을 뻔했잖아."

민석은 벼락같이 화를 내는 나를 의아한 눈빛으로 바라봤다.

"무슨 소리야? 내가 뭘 사라져? 나 분명히 큰일 보고 싶다고 월정사 가서 일 좀 보고 오겠다고 말했잖아?"

"뭐? 네가 언제 큰일을 보고 온다 그랬어. 그 대학생들하고 술 마시다가 금방 일 보고 오겠다고 갔으면서."

내가 고래고래 소리 지르자 민석은 정말 이해가 안 된다는 표정으로 말했다.

"대학생? 무슨 대학생?"

"우리랑 같이 술 마신 대학생들 기억 안 나?"

"무슨 소리야? 얘가 왜 이래. 우리가 언제 대학생들하고 술을 마셨다 그래? 어제 온종일 너랑 나랑 둘만 있었는데."

작은 난쟁이들이 우르르 몰려와 손에 들고 있던 거대한 망치로 내 머리를 쿵 내려친 것 같았다. 나는 할 말을 잊은 채 민석의 얼굴만 바라봤다.

"어째 내가 좀 이상하다 했어. 너 어제 좀 이상했어. 대화하는데 어딘가 넋이 나간 것처럼 멍하게 쳐다보고 있고. 뭔가 질문을 해도 건성건성 흐흐, 웃기만 하고. 내가 월정사 화장실 다녀온다고 했을 때도 그냥 웃으면서 고개만 끄떡거리고 있더라니. 난 또 네가 맥주 한 캔 마시고 취한 줄 알았지."

나는 혼란스러웠다. 내가 기억하고 있던 어제 일 어디서부터 어디까지 꼬여있는 건지 가늠하기 힘들었다.

"너 어제 우리 술 마시다 저쪽에서 사람 소리 난다고 한번 가보자고 했던 것 기억 안 나?"

나는 지푸라기라도 잡는 심정으로 민석에게 물었다.

"내가 그런 말을 언제 했어. 그리고 어제 거기 우리밖에 없었는데 무슨 소리가 왜 나?"

민석은 정색하고 말했다.

"월정사 화장실 갔다가 다시 텐트로 갔는데 네가 사라진 거야. 그래서 내가 한참 너 찾아 돌아다녔는데 흔적도 안 보이더라. 숲속도 뒤지고 다시 건너와서 월정사도 다 뒤지고. 그러다 비는 억수같이 쏟아지지, 물이 불어나 개울 건너는 건 생각도 못 하겠지. 네가 만약 월정사 쪽에 있다면 다행인데 혹시라도 개울 건너편에 있으면 큰일이다 싶어 주무시던 스님들 깨워서 실종자 신고하려면 어떻게 해야 하나 물어보고 있는데 밖에서 네가 울부짖는 소리가 들려서 나가 본 거야. 계곡물이 그렇게 불어나 있는데 넌 어떻게 건너올 생각을 했냐?"

나는 어제 벌어졌던 이야기를 해줬다. 민석이 저쪽 건너편에서 소리가 들린다고 했던 일, 그곳에서 마주친 사람들, 혼자 텐트에 있을 때 들렸던 소리들. 내가 이야기를 마치자 민석이 옆에서 같이 이야기를 듣고 있던 스님 얼굴이 굳어졌다.

"학생. 혹시 마주쳤다던 그 대학생들이 여섯 명 아니었소?"

"예. 여섯 명 맞습니다."

나는 얼결에 큰 소리로 대답했다.

"혹시 스님께서 아는 사람들인가요?"

나는 내가 본 것이 온전히 환영이나 착각이 아니길 바랐다.

"그래, 얘기를 듣자 하니 내가 좀 아는 사람들 같소."

스님은 담담한 표정으로 말했다.

그때로부터 20여 년 전.

서울에 있는 어느 대학 동아리에서 월정사로 엠티를 왔다고 한다. 그들은 여자 셋과 남자 넷으로 구성되어 있었다.

그들은 첫날 월정사에서 묵고 다음 날부터 우리가 텐트를 쳤던 근처에 자리 잡아 야영을 계획하고 있었다.

첫날 월정사에서 묵고 아침을 먹는 자리에서 한 여학생이 말했다.

"야, 나 어제 자다가 꿈을 꿨는데 우리 여섯 명이 날개 달고 하늘로 막 날아다니는 꿈을 꿨다."

여학생은 신나는 일을 경험한 것처럼 말을 했다.

"그래? 근데 우리는 일곱 명인데 하늘을 날아다닌 건 왜 여섯 명이야?"

다른 일행이 묻자 여학생은 말했다.

"그러게. 진호 쟤는 땅에 서 있었는데, 땅에 멀뚱멀뚱하게 서서 날아다니는 우리를 구경만 하고 있더라고."

여학생이 말하자 다른 남학생 한 명이 장난스레 말했다.

"그래? 그럼 진호는 우리 무리에서 낙오된 거네. 낙오."

그 말을 하며 그들은 낄낄대고 웃었다.

그리고 그들이 개울 건너편에 텐트를 치고 야영하던 그날 억

수 같은 비가 쏟아졌다. 비가 퍼붓는 와중에 그들은 텐트며, 가져왔던 장비들을 먼저 챙겼다. 문제는 산속을 흐르는 개울이 쏟아지는 폭우에 얼마나 빨리 불어나는지 모르고 있었던 것이다. 그들이 장비를 다 챙겼을 때 개울은 이미 사람이 건너기 힘들 정도로 불어나 있었다.

그들은 개울 앞에 서서 망연자실했다. 건너올 때 작았던 개울이 폭포처럼 커다랗게 변해 흐르고 있었다.

그때 하늘을 날아다니는 꿈을 꿨다던 여학생이 말했다.

"내가 좋은 생각이 났어."

여학생의 말에 일행의 시선이 일제히 쏠렸다.

"아까 텐트 치다가 저 위에 긴 새끼줄 있는 걸 봤거든. 그걸로 우리 몸을 일렬로 쭉 묶고 가는 거야. 그럼 한 사람이 넘어져도 앞뒤에 있는 사람이 잡아주면 되잖아."

그리고 올라가서 봐두었던 새끼줄을 들고 내려왔다.

"이거 충분히 길어 보이니까, 한 명씩 튼튼히 몸에 감자."

일행 중 여학생의 의견을 제지하는 사람은 아무도 없었다. 어떤 방법이 됐든 일단 개울을 넘어가는 게 최우선이었다. 그들은 한 명씩 새끼줄을 몸에 정성껏 묶었다. 여섯 명을 묶은 밧줄이 조금 모자라 진호 몸에 묶을 새끼줄의 길이가 모자랐다.

"난 괜찮아. 맨 뒤에서 너희 붙잡고 조심조심 따라갈 테니까. 일단 빨리 건너자."

그들은 조심스레 개울가로 발을 뗐다. 한 걸음, 한 걸음. 개울가 중간쯤 지나갈 때 꿈을 꿨던 여학생이 미끄러지더니 넘어져버렸다. 흐르는 물결 속에 넘어진 여학생은 순식간에 줄에 묶인 나머지 다섯 명까지 같이 쓰러뜨렸다. 진호는 넋이 나갔다. 일행 여섯 명이 순식간에 개울물에 휩쓸려 떠내려가 버린 것이다.

스님의 말을 들은 나는 벌어진 입을 다물 수 없었다. 초점 없는 눈으로 아무 말 못 한 채 스님을 보는 건 민석도 마찬가지였다.
"그러면 제가 마주쳤던 사람들이⋯⋯"
나는 말을 이을 수 없었다. 스님은 합장하고 '나무 관세음보살'이라고 말했다.
그러다 문득 이 스님은 어떻게 이런 세세한 부분들까지 알고 있는지 의아했다. 단순히 일어났던 사고만 알고 있는 게 아니라 학생들의 대화나 당시 상황까지 너무나 자세히 알고 있었다.
나는 조심스럽게 말했다.
"스님, 혹시⋯⋯"

내가 입을 떼자, 스님은 나를 바라보며 '허허' 웃었다.
"내가 한동안 친구들 위로하는 걸 잊고 있었나 보오. 아무쪼록 잘 쉬고 계시오."
스님은 우리에게 합장하고 일어났다.

모자의
복수

1

그러니까 저기, 이야기를 좀 해 볼까 합니다.

이야기를 조금 하고 싶은 밤입니다. 장마가 오려나 봐요. 비도 오고, 지금 시간은 새벽 열두 시 삼십구 분입니다. 아핫, 이거 시간은 빠르군요. 벌써 자정이 넘었다니, 무언가를 쓰기 시작하기 너무 늦은 시간이지만 그래도 이야기를 시작해 볼까 합니다.

누군가 같이 이야기를 듣고 있는 듯한, 혹은 누군가 같이 글을 보고 있는 듯한 밤입니다.

콤플렉스가 있었습니다.

아버지에 대한 콤플렉스가 조금 있었지요. 이야기하자면 부끄럽지만 뭐, 어려서부터 생각했습니다.

크면 돈을 많이 벌어야겠다, 사회적으로 아버지를 뛰어넘는 건 힘드니 아버지보다 돈이라도 많이 벌어야겠다고 생각했었습니다.

'이 옷이 얼마짜린지 알아?'라는 말을 쓰게 되는 유형의 인간은 흔히 말하는 졸부들입니다. 부의 상태를 드러낼 수 있는 물건으로 자동차나 시계를 생각하는데, 의외로 '옷'입니다. 가져보지 못했던 사람이 갑자기 많은 돈을 쥐게 되어 여태껏 살아온 계층과 확연히 다른 계층으로 뛰어 올라갈 때 가장 크게 괴리감을 느끼는 것은 옷입니다. 자동차나 시계는 우리가 평소 얼마나 비싼지 알고 있지요. 하지만 옷은 얼마나 비싼지 기실 알지 못합니다. 페라가모, 아르마니, 베르사체가 명품인 줄 알고 살았는데 그 위층층이 브리오니나 키톤 따위 브랜드를 알게 되면 전혀 다른 세계가 열리지요. 정장 한 벌에 천만 원이 넘고, 구두 한 켤레에 기백만 원을 지불하고도 싸게 잘 샀다고 생각하는 계층 말입니다. 그래서 입으로 드러내고 싶어 하지요. 얼마 전 영화 한 편을 보다가 웃었습니다. 정황상 재벌 2세로 나오는 배역의 대사가 "너 이게 얼마짜리 옷인 줄 알아?"였습니다.

웃었습니다.

정말 부자들, 대대손손 부와 명예를 거머쥐고 있는 계층은 그런 말 하지 않습니다. 진짜 재벌들은 천만 원짜리 옷이 당연하다고 생각하지, 비싸다고 생각하지 않습니다. 그런 말은 졸부들이 씁니다.

얼마 전까지, 제가 그 졸부였을지도.

갑자기 사업이 잘되었지요. 직장인 연봉을 한 달에 쉽게 쉽게 벌어들이기도 했습니다. 독일제 차와 브리오니 정장, 아테스토니 블랙 라벨을 신은 저는 흔히 말하는 졸부였을지도 모르겠습니다.

가끔 삶은 그렇게 돌아갑니다.

생각지도 않았던 운이 '덜컥' 하고 뚜벅뚜벅 걸어가는 내 발 앞에 떨구어집니다.

끼리끼리 모입니다.

삶이 그렇게 바뀌다 보니 어느새 저도 '가진 자들 모임' 비슷한 만남에 끼었습니다. 충청도 어딘가 꽤 비싼 펜션 하나를 통째로 빌려서 사용하던 모임이었습니다. 뻔합니다. 가진 사람끼리의 모임이란.

개정된 세법에 대한 정보와 괜찮은 투자 건 공유, 그 외 잡다한 바닷가 미역처럼 두둥실 거리는 신변잡기들.

저는 모임 약속 시간보다 한 시간 반가량 일찍 도착했습니다. 태안 어느 바닷가였어요. 차를 세우고 가방을 들고 올라가는데 입구에 나이 지긋한 어르신 한 분이 앉아 계십니다. 청바지에 허름한 옷을 입고 머리는 하얗게 다 세어 버린. 돌계단을 올라가는데 웬일인지 그 어르신 행색이 제 발길을 부릅니다.

어르신, 여기서 뭐 하세요? 하릴없는 질문을 던졌습니다. 아, 목이 좀 말라서. 초라한 행색의 어르신은 씩 웃으며 제 말을 받습니다. 마침 제 손엔 따지 않은 스타벅스 캔 커피가 들려 있었습니다. 어르신, 이거 커핀데 커피 드시나요? 제가 물었습니다. 아이고 고마워요. 초면에 이런 거까지.

저는 그 모임에 첫 참석이었습니다.

저와 친해 허물없이 지내던 동종업계 마 대표 소개로 참석한 자리였지요. 정신없이 여러 사람과 인사했습니다. 제조업 대표, 벤처 대표, 나름 꽤 잘나간다고 하는 사람들과 이런저런 인사를 나누기 시작했지요. 이런저런 잡담 중에 마 대표가 제 옷깃을 잡아끕니다.

강 대표. 이리 와봐. 저 사람들은 양념이고 오늘 깍듯이 인사해야 할 사람이 한 명 있어. 오늘 모이는 사람들 그분한테 잘 보이려고 모인 거야. 사실 우리야 그분에 비하면 새 발의 피도 안 되는 잔챙이지. 그분은 우리와 차원이 달라. 정·재계는 물론이지만 주먹 세계와 관까지 쥐고 흔드시는 분이거든.

저는 피식 웃었습니다.

이봐. 마(대표). 나 알잖아. 난 그런 사람 일부러 친해지고 싶은 생각 없어. 그냥 난 하루 놀러 온 객으로 쳐. 나 아부 못 하잖아. 싱겁게 웃었습니다. 그때 펜션 마당 저 앞으로 제게 캔 커피를 받아 갔던 허름한 어르신이 들어옵니다. 갑자기 화들짝 모두가 놀란 듯 기립하며 그 어르신에게 앞다투어 뛰어가 인사합니다.

억? 저 어르신이? 내 눈엔 그저 노숙자처럼 보였는데?

역시 저는 사람을 보는 안목이 아직 부족한가 봅니다. 수많은 사람과 웃으며 몇 마디 환담한 후 어르신은 제 옆에 와서 앉습니다.

그래, 자네도 오늘 손님이었나? 커피 잘 마셨네. 그려.

어르신과의 인연은 그렇게 시작되었습니다. 웬일인지 그날 모임이 마무리될 때 어르신은 저에게 명함을 주셨습니다.

이봐, 강 대표. 심심할 때 전화 한 통 해. 같이 소주나 한잔하자고.

저와 만날 때 어르신은 항상 국산 승용차를 타셨습니다. 누가 보면 티도 나지 않는 무던한.

그냥 사 년에 한 번 새 차 타면 그것도 재미 아닌가?

어르신은 그렇게 말씀하셨습니다. 가끔은 다 떨어져 가는 허름한 정장, 가끔은 색이 다 바랜 청바지 같은 걸 입고 나타나셨던 어르신은 말 그대로 제게 다른 세상을 보여 주셨습니다. 술 마실 때면 항상 안주를 잔뜩 상 위에 깔아 놓습니다. 다 먹을 수 있건 말건 상관치 않고 일단 대여섯 가지 마구 시킵니다.

잘 먹어야지. 다 먹고 살자고 하는 일 아닌가?

이차는 항상 룸살롱인데, 특이하게 여자는 부르지 않습니다. 1차가 끝날 때쯤 어르신이 어디론가 전화하면 누군가 우리를 모시러 옵니다. 나중에 알고 보면 룸살롱 사장입니다.

내가 시끄럽고 번잡한 건 딱 질색이라 말이지.

어르신은 껄껄 웃으며 말합니다. 그렇게 둘이 룸으로 들어가면 나이 꽤 있는 마담들이 들어옵니다. 어르신은 마담에게 마치 친동생처럼 이런저런 안부를 묻고 사소한 걱정들을 들어 줍니다. 그런데 술집 웨이터들이나 간부들은 사뭇 분위기가 다릅니다. 어르신에 대한 두려움이 느껴진달까?

언젠가 어르신 사무실 근처 골목에서 같이 차를 타고 골목을 빠져나갔습니다. 차 앞으로 어떤 할머니가 폐지가 가득 든 손수레를 끌고 힘겹게 지나갑니다. 그런데 그 할머니가 저희 맞은편으로 대기하고 있던 에쿠스 펜더 쪽을 찌이익, 긁었습니다. 할머니는 연신 죄송하다고 조아리는데 에쿠스 차주가 차에서 내리더니 길길이 뛰며 할머니에게 육두문자를 날립니다. 보다 못한 제가 내려서 한마디 하려는데 어르신이 먼저 차 문을 열고 내리더군요.

이보시오. 할머니가 힘이 들어서 실수할 수 있는 거 아니오. 아무리 그래도 백주에 어르신께 무슨 욕을 그리 해대오. 폐지 주우시는 거 보면 대충 살림살이도 짐작이 갈 텐데 변상하라고 윽박지른다고 그게 변상이 되겠소? 라고 말씀하십니다.

그러더니 명함 한 장을 그 사람한테 건넵니다.

자, 여기 내 명함이요. 어디든 좋으니 차 수리하고 내게 청구해요. 견적서 나오는 대로 입금해 드릴게.

다시 차로 이동하며 제가 물어봤습니다. 아시는 할머니냐고. 그런데 어르신도 그날 처음 본 할머니라고 하시더군요.

의아한 제가 그런데 그렇게 선뜻 도와줬냐고 하자 저를 보고 빙그레 웃으며 말합니다.

좋은 일 하는데 이유가 있어야 하나?

언젠가 어르신 사무실에 놀러 갔더니 그 회사 부장이 들입다 깨지고 있습니다.

굉장한 욕을 남발하시는데, 항상 저하고 있을 때는 연신 미소 띤 얼굴이어서 몰랐지만, 노기 띤 얼굴은 완전히 다른 사람입니다. 그런데 그 부장이 혼난 이유가 원주 출장을 가며 문막 톨게이트로 들어가지 않고 원주 톨게이트로 들어가서 그렇다는군요. 원주 갈 때는 문막 톨게이트로 빠져나가야 500원가량 절약된답니다.

시간이 조금 흐른 후 자주 가던 룸살롱 마담에게 살짝 물어봤습니다. 어르신 화나신 모습을 한 번 봤는데 정말 무섭더라고 하니 마담이 어처구니없다는 표정으로 저를 바라봅니다.

강 대표, 회장님 예전 모습 모르나 봐요?라고 해서 예? 하고
반문했습니다.

예전에 회장님 여기 오시면 웨이터가 아무도 안 들어오려고
했어요. 조금만 마음에 안 들면 병으로 얻어터지고, 싸대기 맞고,
그뿐인가, 여자애들은 열댓 명 다 불러서 홀딱 벗겨 놓고 괴롭히
지, 가끔 말 안 듣는 거래처 사장들 데리고 와서 룸에서 혼자 반
병신 될 정도로 줘패 놓지. 예전엔 정말…… 아니다. 내가 무슨
말을 하는 거야. 강 대표, 나한테 이런 얘기 들었다고 하지 마요.
어이구 주책이야. 제발 부탁이니까 못 들은 걸로 해줘. 알았지?

이쯤 되니 어르신의 정체가 너무 궁금해집니다.

누구 얘기 들어 보면 감방도 다녀왔다고 하고, 건달도 휘어잡
고 있다고 하고, 그런데 나랑 다닐 때는 뒷방 노인네처럼 허허실
실 웃으며 쓸모없는 농담으로 소일하고. 그러면서도 그렇게 큰
회사를 손도 대지 않고 움직이고.

마담과 그 이야기를 한 날, 자리가 끝날 무렵 어르신이 무언가
를 내게 건넵니다.

오다가 주웠는데 난 별로고 너 써라, 하면서 제게 툭 던져 주
시더군요.

열어 봤더니 파테크 필리프입니다.

이런 시계는 사진으로나 봤지 직접 눈으로 보게 되다니. 그런
데 모르면 받겠는데 여러 가지 정황을 알고 나니 도저히 못 받겠
더군요. 고백하자면, 시계를 건네받는데 손으로 뭔가 찌릿하고,
닿지 말아야 할 곳에 손이 닿는 느낌이 들었습니다. 순간적으로

이건 피해야 한다고, 본능이 소리칩니다.

그래서 정중히 거절했습니다.

어르신, 저희 모친이 누누이 말씀하시길 주운 물건 함부로 탐하지 말라고 하시더군요. 이런 시계 제가 손목에 차고 다닐 주제가 되지 않습니다. 이건 제가 받기 힘드네요. 저는 정중히 거절했습니다.

그래? 하고 저를 힐끗 쳐다보는데, 어르신 눈빛에서 '쨍' 하고 여태껏 단 한 번도 보지 못했던 이상한 기운이 느껴집니다. 그러더니 다시 웃는 낯빛으로 돌아와,

그래, 자네 좋은 어머니 두셨네 그려. 다시 시계를 거두어 가더군요.

이런 일반적 상식에서 어긋나는 경험을 어르신과 함께하며 많이 겪었습니다.

어딘가 드라이브를 가다가 카페에 들러 커피를 마시는데 경치도 좋고 장사도 잘되겠다고 하자,

그래? 나도 그렇게 느꼈네. 하시더니 저를 보지 않은 채 혼잣말을 조용히 중얼중얼하더니 그 자리에서 건물을 통째로 사 버립니다.

뭐, 그런 패턴입니다.

그렇게 시간이 지나자 왠지 어르신을 조금 멀리해야겠다는 생각이 듭니다. 그렇게 같이 다녔는데도 속내를 알 수 없는 사람은 위험한 사람이죠.

따지고 보자면, 저 말고 정말 수많은 사람이 어르신에게 아부

하고 친하게 지내려 온갖 짓을 다 하는데 이 양반은 왜 유독 나를 불러서 다닐까? 하는 의구심도 들고 말이죠. 그렇게 한동안 뜸하다가 어느 날 밤 열한 시께 전화가 왔습니다. 이미 많이 취하셨는데 할 말 있다고 나오라길래 나갔죠. 이런저런 농담을 하다가 갑자기 저한테 묻습니다.

자네는 왜 나에 관해 물어보는 게 없나? 내게 궁금한 게 없나?

네? 아, 네. 뭐, 뭘 여쭤봐야 하는 것이었습니까? 계면쩍게 대답했습니다.

그럼 이 친구야. 일반적이라면 궁금해야 정상 아니겠는가? 이 인간이 어떻게 이렇게 돈을 많이 벌었나, 뭐 하고 다니는 짓거린가 이런 거 말이야.

아, 예. 그런데 제가 묻기에는 송구스러운 얘기라, 원체 능력이 좋으시잖아요.

어색하게 웃으며 능쳤습니다.

자네는 말이야. 참 희한한 친구야. 볼수록 알 수 없단 말이지.

그 말을 들은 저는 이건 내가 어르신한테 해야 할 말인데, 하는 생각을 했습니다.

내가 말이지. 자네도 대충은 들어서 알겠지만, 꽤 거친 길을 걸어왔다네. 학교(감옥)도 여러 번 왔다 갔다 하고 말이지.

아, 네. 대충은 들었습니다.

오늘 내 그 얘기를 하려 하네. 내가 어떻게 살아왔는지, 어떻게 돈을 벌었는지. 듣고 싶은 마음이 있나?

만약에 말이죠, 현재 내가 벌고 있는 돈보다 월 1~2백씩 더 번다면 어떨까요? 생각만 해도 기쁘겠죠?

당장 여기저기 숨이 막히는 돈들도 여유가 생길 것 같고. 친한 친구들에게 자랑도 할 겁니다. 친구들도 응당 축하해 주겠죠. 친구들과 저녁 약속 후 술값도 호기롭게 낼 테고 말이죠. 그러면 범위를 조금 바꿔서 지금 벌고 있는 돈에 영(0)이 하나 더 붙는 돈이 생긴다고 가정해 보시죠.

어떤 일이 생길까요?

과연 '나 좀 많이 벌어'라고 친구들 앞에서 이야기할 수 있을까요?

그 정도면 아무리 친한 친구라도 눈빛이 바뀔 겁니다. 정말 친하다면 면전에서 '지금 자랑하냐?'는 식의 비아냥거림은 들을 수 있을 겁니다. 많은 분이 아마 이렇게 생각하실 거예요. 야, 그럼 내가 지금 삼백 벌어서 생활하니까, 이걸로 여전히 생활하고 나머지 돈은 몽땅 저금할 수도 있겠네!

그런데, 과연 그럴까요?

주위에 부자들이 혹은 돈 잘 버는 사람들이 그렇게 많다는데 왜 내 주위에는 없을까요? 이유는 간단합니다. 말을 하지 않기 때문에 모르는 것뿐이죠. 남들보다 백, 이백 정도 풍족하게 벌면 자랑할 수 있습니다. 그런데 그 기준이 평균치를 훌쩍 뛰어넘어 버리면 입을 꾹 닫아 버립니다.

그런 이야기 해봤자 둘 중 하나거든요.

따돌림당하던지, 호구로 전락하던지. 상황이 그렇게 되면 당신은 어느새 그 정도 버는 수준의 사람들과 어울리고 있을 겁니다. 원하지 않아도 그렇게 돼 있을 겁니다.

자, 이제 당신은 그런 모임에 나가기 시작합니다.

알고 보면 우리 주위 가까이에 있습니다. 우리가 못 알아볼 뿐이지.

왜 못 알아볼까요?

이외수 씨가 그런 말을 하셨죠. 고수는 하수를 알아보지만, 하수는 고수를 못 알아본다고.

예를 들어 보자면 말이죠.

당신이 어느 모임에 나갔는데 다른 사람들이 만나 이런 이야기를 합니다.

"어, 스트라파타 잘 빠졌는데, 이거 리얼 버튼이지?"

물론 뭐 실제 이런 대화를 입 밖으로 내지는 않지만 말이죠. 아무튼, 이런 대화가 오갔을 때 무슨 말인지 알아들을까요?

쉽게 말하자면, 당신은 상대의 비싼 옷을 알아차리지 못합니다. 하지만 상대는 당신의 옷이 그저 평범한 기성복이라는 것을 한눈에 알아봅니다.

참 무섭죠?

그런데 사실입니다. 당신은 아마 상대가 아무리 비싼 옷을 입고 나와도 결코 알아차리지 못할 겁니다. 아마 '저 옷은 바느질이 왜 저래? 삐뚤빼뚤하게, 쯧쯧.' 의류 전공자가 아니라면 이렇게 생각할 공산이 큽니다.

그러면 당신이 그들과 어울릴 수 있을까요? 그걸 알게 되면 당신은 인간관계에 대한 공포심이 느껴질 겁니다.

그리고 그 사실을 알게 되면, 당신의 생활이 여전히 현 상태 그대로 유지될까요?

그 생활 방식이 바뀌는 건 순식간입니다.

당신은 식당에 들어가서 메뉴판을 보며 뭐가 맛있을까? 먼저 생각하지, 가격을 먼저 보지 않을 겁니다.

페라가모나 아르마니를 보고 '어휴, 저 싸구려 브랜드, 저런 거 못써, 사지 마'라고 할지도 모르겠군요. 공항 면세점에 들어가 옷이 마음에 든다고 입어보는 중인데, 마음에 든다는 판단을 내리기까지 가격표를 보지 않을 공산이 큽니다. 아마 재질도 캐시미어와 실크가 50 대 50으로 섞인 제품일지도 모르고요.

카메라를 취미로 한다면 사무엘, 오이만두, 만투, 새아빠를 기본으로 갖추고 서브로 라이카에 녹티를 물릴지도 모르겠군요.

강남역 어딘가 신호 대기선에 서 있는데 부웅, 치고 나가는 포르쉐를 보며 '한 대 살까? 같이 다니는 ○○도 한 대 샀다는데'라는 생각을 할지도 모르겠습니다.

얘기하자면 끝도 없지만, 상상이 지나치면 해로우니 이 정도 하기로 하죠.

자, 당신은 이제 물질세계에서 남들이 말하는 풍요를 누리게 됐습니다.

그러면 당신의 심리는 어떻게 변할까요? 행복하네, 마네, 이런 고리타분한 이야기는 하지 말죠.

물론 당신은 물질적으로 풍요로우니 당연히 행복하겠다고 생각하지만, 행복은 물질과 무관한 개인 능력입니다. 이건 제가 단언할 수 있습니다.

첫 번째로 이런 생각을 할 겁니다. '아, (이 세계를 이미 알아버린 이상) 다시 평범하게 돌아가기 싫다.'

두 번째로, '이 정도 벌면 세상 부러울 게 없을 줄 알았더니, 나는 여전히 하찮은 밑바닥이구나.'

이 두 가지 사실을 느낄 확률이 높습니다.

그리고 당신은 더 많은 부를 이루기 위해 (혹은 다시 평범하게 되돌아가지 않기 위해) 온갖 스트레스를 받기 시작합니다. 혹시 한방 크게 삐걱해서 다시 사는 게 힘들어지지 않을까, 어떻게 하면 사업을 더 안정적으로 확장시킬 수 있을까라는 생각으로 잠 못 이루는 날이 많아질 확률이 높습니다.

잠들기 힘들고, 주위에 아무도 없는 것 같고, 하루하루 서슬 퍼런 면도날 위를 걷는 기분을 느끼실지도 모르겠네요. 신경질적으로 변하고 분노가 주체가 안 돼 사소한 일에도 주위에 소리를 지릅니다. 더더욱 무서운 건 정신세계가 이렇게 피폐하게 변했다는 걸 자신이 미처 알아차리지 못한다는 데 있습니다.

그러니까 말하자면, 제가 어르신을 만났던 그 시기가 그런 상태였습니다.

매사 신경은 곤두서 있었고, 정신은 황폐한 상태인데 정작 본인은 자각하지 못합니다.

빨리 더 올라가야 하는데, 혹시 잘못 삐걱하면 한방에 밑바닥으로 떨어질 수 있는데 하는.

지금부터 어르신이 살아 온 이야기를 하려 합니다.

혹시라도 이 글이 알려질까 하는 노파심에, 큰 틀은 유지한 채 세밀한 상황은 두루뭉술 바꾸겠습니다. 어르신은 남부럽지 않은 부유한 가정에 명문대를 졸업하고, 직장 생활하다 독립해 직원 백 명 남짓한 평범한 전자장비 제조 공장을 운영하셨습니다. IMF가 찾아와 공장 문을 닫았고, 빚 정리를 끝내도 끝까지 책임지지 못했던 몇 억 빚으로 촉발된 여러 사고로 징역까지 살게 되었습니다.

징역을 살게 됐다는 괴로움보다 출소해도 해결하지 못할 어마어마한 빚 때문에 차라리 죽어 버리려 몇 번을 시도했습니다. 그러다 교도소에서 누군가 어르신을 픽업했는데, 이 사람이 주먹 세계에서 알아주는 거물이었습니다.

같이 생활해보니 건달들과 다르게 어르신은 머리도 비상하고, 학벌도 명문이고……

아무 말 말고, 나가면 내가 시키는 대로만 해라. 내가 네 빚도 해결하고 잘살게 해줄게. 라고 말했답니다.

비슷한 시기 같이 출소해 그 거물을 찾아가니, 처음 가르치고 맡긴 일이 사채업이었습니다. 어르신 처지에서는 사회 진흙탕 바닥으로 이미 떨어졌으니 이래 죽으나 저래 죽으나 세상에 대한 무서운 독기만 남아 있을 때였습니다. 그리고 원체 성격이 남한테 지고 못 사는 성격이라 남들보다 더 독하게 했답니다. 어르신 말로는 사채를 먼저 맡겼던 게 일종의 실험이라고 본능적으로 깨달았다고 하더군요. 그래서 더 독하게 했답니다. 실제로 돈 밀리면 집 안에 술 먹고 드러누워 깽판 부리며 자고, 나도 건달이니

배 째라는 식으로 나오면 칼로 자기 배도 긋고. 실제 몸을 보여주는데 앞으로 온몸 가득 흉터고 뒤로 문신이 빽빽합니다.

그러면서 점점 이름을 날렸대요.

자기는 건달들과 비교해서 주먹이 안 되니 '지금 당장 죽어도 난 아쉬울 거 하나 없다'라는 심정으로 독하게 나갔습니다. 소주병으로 자기 머리도 깨고, 깨진 병 들고 자기 배를 막 긁고 찔러대는데, 어느 누가 돈 안 주고 버티겠습니까?

그러다 눈 내리는 어느 날, 안산 채무자 집에 갔답니다. 그 어르신 구역이 아닌데 다른 직원 하나가 몇 번을 가도 돈을 받아내지 못해 신나게 얻어터진 후 어르신을 보냈대요. 그런데 주소가 적힌 쪽지를 받아 드는데 이상하게 뒷덜미가 서늘해집니다. 돈은 삼백 정도밖에 안 되는데.

사채 세계는 그렇다더군요.

액수는 차제하고 십 원 한 푼이라도 밀린 게 소문이 나게 되면 연쇄적인 문제라 다른 모든 채무자 관리가 안 된답니다.

주소를 받아서 들고 눈이 펑펑 쏟아지는 날 안산을 찾아가는데 괜히 몸이 저릿저릿하더랍니다. 주소도 불분명해 물어물어 찾았는데 집도 아니고 창고라 부르기도 애매하고 '여기서 사람이 사나?' 싶은 정도의 지하 창고였습니다. 들어가기 전 슈퍼에서 소주를 혼자 두 병 벌컥벌컥 마신 후 불콰하게 술이 오를 때쯤 집으로 들어갔습니다. 문을 두들겨도 아무 인기척도 안 나기에 발로 문을 세게 밀쳤더니 잠금장치도 되어 있지 않은 듯 문이 그냥 열려버립니다.

분명 컴컴한 지하 창고인데 살림살이가 놓여 있고, 삼십 대 초

반 여자가 세 살 정도 되는 어린아이를 안고 넋 나간 표정으로 앉아 있습니다. 이러저러해서 돈 받으러 왔다, 신랑 어디 있느냐고 하니 벌써 집을 나가 연락 끊어진 지 세 달이 넘었다고 대답합니다. 그러다 어둠이 눈에 익어 주위를 둘러보니 집 안 가전 집기에는 빨간 압류딱지들이 붙어 있고, 정체 모를 악취와 곰팡내는 코를 찌르고, 차라리 교도소가 나았으면 나았지 사람 살 곳이 안 돼 보입니다. 그렇다고 그냥 돌아가면 사채업자가 아니죠. 사채업자들 정말 극악무도합니다. 거기서 또 한바탕 난리를 치고 드러누웠다는군요.

당신 남편이 가져간 돈이 얼마 얼마고 이자까지 해서 당장 가져오지 않으면 이 집에서 한 발짝도 안 나갈 테니 그리 알라고 말하고 벌렁 드러누웠답니다.

그런데 그날 본인이 그렇게 무례하게 행동하면서도 속으로 눈물이 나더랍니다. 이 여자는 왜 이렇게 불쌍하게 살까? 이렇게 살 바엔 차라리 죽는 게 더 낫지 않을까? 그런데 그 어르신이 사채업을 하며 깨달은 것 하나가 인간의 감정을 가지면 절대 그 일을 할 수 없다는 것이었습니다. 그래서 철저히 짐승이 되기로 했대요. 마음속에서 그 어떤 소리가 들리건 말건 '나는 그저 돈 받으러 온 개'라고 철저히 자신을 세뇌했습니다. 그런데 그렇게 무례하게 행동하고 벌렁 드러누웠는데 아무래도 기분이 이상하더래요. 이 정도 소란이면 보통 여자는 울고불고 매달리고 사정해야 정상인데 여자는 그저 넋 나간 채 미동 없이 앉아 있습니다.

그러다 문득 아무리 그래도 이 정도 소란이면 품에 잠들어 있던 애라도 울어야 정상 아냐? 하는 생각이 듭니다. 그러다 술이 점점 올라 벌렁 드러누운 상태에서 그만 깜빡 잠이 들었다네요. 얼마나 잠들었는지 화들짝 정신을 차려보니 이미 주위가 온통 어두컴컴해져 있습니다. 집에 전기가 들어오지 않아도 들어올 때는 낮이어서 사물 분간은 됐는데 해가 저무니 주위가 온통 컴컴하더래요. 옆에 앉아 있던 여자가 보이지 않기에 어디로 내뺐다고 생각하고 슬며시 일어나서 앉는데, 들어올 때 못 보던 시커먼 물체가 천장에서 내려와 있습니다. 잠결에 그게 뭔지 자세히 보니 여자가 들보에 목을 맨 채 죽어 있었다는군요.

아이는 이미 훨씬 전 엄마 품에 있을 때부터 죽어 있었답니다.

도대체 말이지. 사람이 목을 매달고 죽을 때 어떻게 그런 웃는 얼굴로 죽을 수 있는지……

저는 한마디 말도 못 한 채 묵묵히 어르신 이야기를 듣고만 있었습니다. 어르신과 나 사이에 놓인 테이블의 거리가 서울과 부산을 가로지르는 고속도로만큼 아득하게만 느껴집니다.

어떤가? 참 잔인하게 살아오지 않았나?

어르신은 내게 되묻습니다. 잘 모르겠더군요. 사회 밑바닥 진창에서 목만 남긴 채, 오직 살아남기 위해 필사적으로 허우적대던 두 사람이 마주쳐 발생했던 불행한 사연에, 어떤 보편타당한 정의 잣대를 들이밀어야 하는지 가늠할 수 없었습니다. 어르신에게는 천만다행으로 그 여자가 죽기 전 짤막한 유서를 남긴 탓에 골치 아픈 일은 일어나지 않았습니다. 아이는 이미 엄마 품에서 죽어 있던 상태였고요.

당시 어르신이 모시고 있던 사람이 여러 방면으로 힘을 써준

덕분에 당신은 무탈하게 지나갔다는군요.

어르신은 그때부터 다른 일을 맡게 되었습니다. 말하자면 조직의 확실한 신뢰를 얻게 된 거죠.

처음 맡은 일은 기업의 자금 세탁 쪽 일입니다.

A 회사에서 B 회사로 자금을 돌리고, B 회사에서 C 회사로 자금을 돌리며 악취 나는 돈을 세탁했습니다. 그런 이야기를 들으니 조직의 두목이 얼마나 어르신을 신뢰했는지 알 수 있더군요. 중요한 건 그렇게 자금을 세탁하게 되면서 그 기업들 뒤통수를 어르신이 단단히 거머쥘 수 있게 된 거죠. 그렇게 여러 회사를 돌며 배운 기술로 자기 회사를 하나 설립하고. 좀 도와주십시오, 한마디면 뒤통수 잡힌 기업들은 군소리 없이 도와줬으니 회사가 안 될 리 없었죠.

거기까지 이야기를 듣던 제가 되물었습니다.

어찌 됐든 한 여자의 불행으로 어르신은 성공의 기반을 닦게 된 이야기입니까?

제가 그렇게 말하자 어르신은 허탈한 표정으로 나를 한참 쳐다봅니다.

성공의 기반? 허허, 이봐 강, 그건 내가 한 일들이 아냐.

네?

잘 듣게. 자네가 내 얘기를 믿어도 그만, 안 믿어도 그만이야. 그리고 내 생전 이런 이야기를 남한테 하는 것도 처음이고 말이지. 보자, 어디부터 이야기해야 하나……

여자가 죽은 후 어르신은 한동안 패닉 상태로 지냈다고 합니다. 조직에서 좀 쉬다 오라고 보름간 필리핀으로 휴가도 보내주고, 이러니저러니 해도 살아야 하겠기에 다시 조금씩 힘을 내고 일을 시작했습니다.

그런데 그때부터 그 여자가 어르신 앞에 나타났대요.

어느 날 새벽, 잠결에 그렇게 느꼈답니다.

'난방을 틀어 놨는데 왜 이렇게 춥지?'라고 생각했는데, 가만히 느껴보니 누군가를 팔베개해주고 있습니다. 순간적으로 어제 술을 마셨나? 그래서 술집 여자를 데리고 이차를 나왔나? 라고 생각하며 팔베개해준 사람을 자세히 보는데, 목 매달은 그 여자가 자기 팔베개를 한 채 씩 웃더랍니다. 소리도 못 지르고 그 상태로 딱 얼어 있는데 침대 옆으로 '찰싹찰싹' 하고, 누군가 맨발로 방안을 뛰어다니는 소리가 들립니다. 고개를 돌려 보니 엄마 품에서 죽어 있던 아이가 웃으며 방에서 기어 다니며 놀고 있었다네요.

그때부터 그 모자는 쭉 어르신을 따라다녔답니다.

그런데 그냥 따라다니는 게 아니라 사업적으로 중요한 일을 판단해야 할 때 옆에서 어떤 방식으로 해야 할지 가르쳐 준답니다. 어르신이 두목의 신임을 받으며 승승장구하기 시작할 때, 사실 기업 자금 세탁 일을 맡긴 것 때문에 그 조직 사람들의 엄청난 견제가 시작됐다는군요. 이게 조직 핵심의 오른팔이 돼야 할 수 있는 일이었습니다.

그때 조직의 이인자 정도 되는 사람이 은밀히 부르더래요. 굉장히 친한 척하며 조직에서 승승장구하게 해주겠다며, 강북에 있는 룸살롱 하나를 싸게 인수할 수 있게 도와주겠다고 했답니다. 어르신 처지에서 평소 자기를 견제하던 사람이 도와준다고 하니 이게 화해의 몸짓인가 싶어 인수해야 하나 말아야 하나 고민했습니다.

그런 고민을 하고 있는데 그 여자가 그러더래요.

이 등신아, 똥인지 된장인지 찍어 먹어봐야 아냐? 그 터에 배고픈 귀신들이 바글바글 웃으면서 놀고 있는데 그런 가게를 왜 인수해?

그래서 이래저래 둘러대고 인수를 거부하고 있는데 그 가게를 실질적으로 운영하고 있던 바지사장이 빚을 잔뜩 지고 도망가 버리는 일이 발생했습니다. 그 후 그 가게에서 살인 사건도 일어나고, 누전으로 화재도 나고, 결국 그 가게를 떠넘기지 못했던 이인자는 어마어마한 손실은 물론이고 그 건으로 조직의 신뢰를 완전히 잃게 됩니다.

원래 그 가게 지분을 쥐고 있던 여자 바지사장이 자꾸 딴짓하는 것 같고, 종업원들도 삐딱하고, 또 터가 그래서 그런지 취객들 사고도 잦고 해서 은근히 챙겨 주는 척하며 어르신에게 떠넘길 심산이었다고 하더군요.

고요한 룸 안에 어르신과 둘이 앉아서 이런저런 이야기를 듣는데 이상하게 터무니없다거나 거짓말이라는 생각은 들지 않습니다.

그냥, '그럴 수도'라는 생각이 들더군요. 제가 물었습니다.

그럼 어르신, 지금 이 자리에도 그 여자가 있습니까?

그럼, 있지.

아!

처음부터 자네 옆에 계속 앉아 있었지.

3

사실 이날 어르신과 술 마시기 전까지 제가 한동안 어르신을 피했었습니다.

왜냐하면 의외로 사업하는 사람들이 운을 많이 따집니다.

제가 아는 많은 기업 대표 중 만나기만 하면 어디 사주 보러 가자, 어디 용하다더라. 점 보러 가자며 노래를 부르는 사람도 있습니다. 그 정도는 아닌데, 저도 사업은 '운칠기삼'이라는 말을 믿는 편입니다. 그런데 그날 펜션에서 어르신을 처음 만난 이후부터 자꾸 사업이 꼬이기 시작했습니다. 그럴 때가 있어요. 사업이 잘될 때는 생각지도 않았던 발주가 쏟아지고, 기대도 하지 않던 계약이 성사되고, 그래서 사업을 하면 할수록 그런 생각이 듭니다.

아! 이거 일은 사람이 하는데 운은 하늘이 내려 주는구나.

그런데 그 어르신을 만나고 같이 어울린 후부터 제 기운이 쇠해 간다는 느낌이 듭니다. 응당 이뤄져야 할 계약도 돌발적으로 생긴 변수로 어그러지고, 생각지도 않았던 부분들에서 클레임이 들어오고. 이런 악재들이 이유 없이 반복되다 보니 도대체 이유가 뭐지? 생각만 하고 있다가 어느 날 어르신 때문이 아닐까? 하는 의문이 들었습니다.

저도 사람을 판단하는 느낌이나, 그 사람이 가지고 있는 기운 같은 걸 참 민감하게 빨리 눈치채는 편인데 어르신을 만난 후로 이 기운이 점점 쇠해 가는 게 느껴졌어요. 이해하기 힘들지 모르겠는데 예를 들어 누군가 만나 웃으며 악수할 때 제게 반감이 있는 사람이라면 삐죽삐죽한 가시가 나를 찌르고 있다는 느낌이 듭니다. 어떤 계약서는 말도 되지 않게 황당한데 따뜻한 느낌이 들어 계속 진행하다 보면 이루어지고, 어떤 계약서는 도무지 빈틈이 없는데 뭔가 따끔따끔한 느낌이 들어 눈여겨보고 있으면 잘 가다 어그러지고.

사업을 하며 길러진 나만의 '감' 같은 것이 있는데 이게 어르신하고 지낼수록 무뎌지는 것이 느껴집니다.

그래서 한동안 어르신을 피했었지요. 그런데 그렇게 점점 사업에 악재가 끼어들기 시작하자 조금씩 초조해지던 시기였습니다. 얘기했듯이 사업하는 사람들은 조금이라도 좋지 않은 징조들이 생기면 굉장히 불안해 합니다.

상상을 초월하죠. 밤에 잠을 못 이루고, 혼자 술 먹는 날들이 많아지고, 사소한 것들로 직원들한테 소리 지르고.

이봐, 강 대표.

자신의 과거를 이야기하던 어르신이 은근한 목소리로 제게 말을 건넵니다.

사실 내가 이룬 것들, 모두 내가 이룬 게 아니야. 다 그 여자가 이뤄 준 거지.

갑자기 어르신 눈빛이 차갑게 변한 게 느껴져 머리털이 쭈뼛 섭니다.

아…… 그…… 그렇습니까? 그런데 왜…… 다른 사람한테 한 번도 해본 적 없는 이야기를 저에게.

자네. 내 회사 인수해 볼 생각 없나? 나는 이제 그냥 손 털고 말이야. 좀 쉬고 싶네. 자네가 맡아서 한번 운영해 보겠나?

네?

저는 어이없는 이야기에 화들짝 놀랐습니다.

자네 회사 요즘 좀 어렵지 않나.

제가 놀란 토끼 눈이 되어 있자 어르신은 껄껄 웃습니다.

뭘 놀라나. 내가 모를 거로 생각했나? 나는 이제 메피스토 같은 삶을 살기가 정말 힘드네. 지쳤단 말이지. 저 여자는 그동안 내 마누라 행세하고 다녔지.

그때 들은 이야기는 충격적이었습니다. 어르신은 그 여자가 따라다닌 이후부터 다른 여자와 관계를 가지지 못했다고 하더군요. 그때 살고 있던 부인은 어르신이 교도소에 가게 됐을 때 도망갔다가 다시 돈을 잘 번다는 소문을 듣고 들어온 거랍니다. 애 때문에 받아 줬다는데 부부관계는 한 번도 가지지 않았다네요. 이런 부분들을 떠나서 그냥 발기되지 않는답니다. 그리고 순간적으로 어르신이 지니고 있던 어마어마한 물질적 부가 떠오릅니다.

잘 생각해 보게.

어르신, 왜 갑자기……

갑자기는 아니고 말이지. 허허허, 처음 만난 날 자네가 내게 커피를 건넸을 때 말이야. 그때부터 그 여자가 자네에게 가고 싶다고 생떼를 쓰지 뭔가. 나야 뭐, 자네에게 가고 싶다면 보내 줄 수밖에 없지 않겠는가? 그런데 자네 허락받고 가고 싶대. 허허허허.

가끔 어르신을 생각합니다.

마지막으로 본 지도 꽤 시간이 지났으니, 지금 어디서 무엇을 하며 지내실까 문득 생각납니다.

그때 어르신 제안을 받아들였으면 어땠을까?

사람인지라 그 생각도 합니다.

나의 일 년 치 수익을 일주일에 벌어들이던 그 재력이나 심심한데 땅이나 사러 갈까? 하고 호기롭게 말하던, 실제 바람이나 쐬러 가자던 그 길에 들러 덜컥덜컥 사버리던 건물들이나.

이 글에 다 쓰지 않았지만, 어르신이 사는 세계와 제가 사는 세계는 완연히 달랐습니다.

어르신이 사는 세계에선 지켜야 할 규범이나 법규 같은 일련의 상식들을 거스르는 게 어린아이 손목 비틀기보다 더 쉽더군요.

전화 한 통으로 어떤 통제들도 무력화할 수 있는 인맥도.

저는, 그저 잘 살고 있습니다.

'잘' 살고 있다는 중의적 표현을 어떻게 써야 할지 모르겠지만, '잘' 살고 있습니다.

가끔은 아무도 없는 방에서 누군가 맨발로 뛰어노는 '찰싹찰싹' 소리가 나고, 한밤중 아무도 없는 욕실에서 샤워하는 소리가 간간이 들리지만 기분 탓이려니…….

기분 탓일 겁니다.

그럴지도.

저는 '잘' 살고 있습니다.

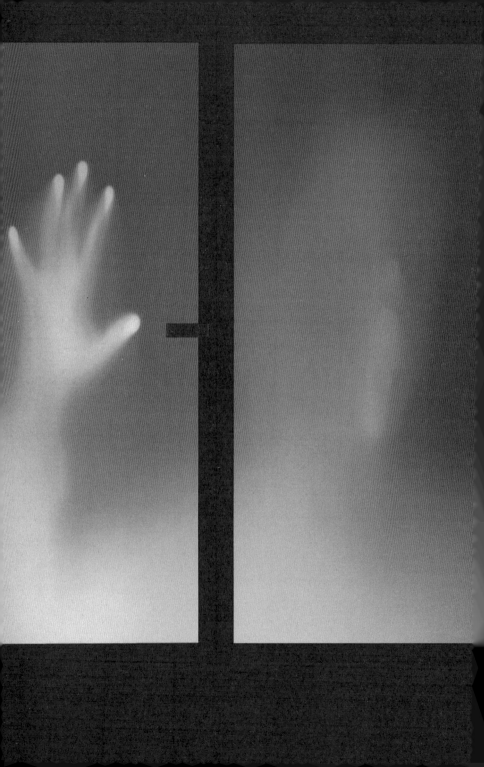

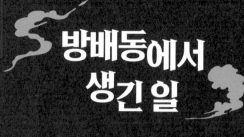

방배동에서
생긴 일

1

방제: 무서운 이야기방 / 방 인원 4명

종현은 채팅방을 개설했다.

시간은 밤 10시 40분을 막 지나고 있었다. 무서운 이야기라면 서버 작업을 해야 할 12시까지 적당하게 시간을 때울 수 있을 것이다. 넓은 사무실에 종현 혼자 덩그러니 남아 있다. 월말 자정이 되면 한 달간 쌓인 데이터를 일일이 백업해놔야 한다. 전국 지점별 데이터를 내려받아 한 달 자료에 오류가 있었는지, 지점별로 문제가 없었는지 추적한다. 이상이 있다면 이상 발생 보고서를 작성하면 된다. 특별한 문제만 없다면 한두 시간이면 넉넉하게 처리할 수 있다. 생각지도 못한 오류가 발견되고 그 원인조차 발견하지 못하는 최악의 사태가 발생한다면 꼬박 밤을 새우는 것도 각오해야 하지만, 서버가 안정화된 이후 그런 일은 좀체 일어나지 않았다. 어려운 일은 아니지만 번거로운 일임은 확실하다.

종현의 자리를 제외한 사무실 공간은 어둠이 웅크리고 앉았다. 저녁 아홉 시가 되자 건물 순찰하는 경비 아저씨가 몇 마디 잔소리와 함께 종현이 있는 칸 전등을 제외하고 모두 소등시켜 버렸다. 거래처의 시끄러운 전화기 소리와 언제나 술 냄새가 나는 것 같은 최 부장의 깔끄러운 잔소리, 프린터가 종이를 씹어 삼키며 발생시키는 치찰음 따위가 거세된 사무실은 생경함을 준다.

종일 종현의 몸을 옥죄며 식은땀을 흘리게 하던 긴장감은 퇴근하는 사무실 직원들 뒤로 그림자처럼 따라 나가버렸다. 묵혀뒀던 업무들을 처리하고 다음 날 작성해야 할 서류들을 미리 끝마쳐도 채 10시가 되지 않았다. 종현은 스포츠 신문과 경제 신문에 실린 자극적이고 과격한 언어들로 시간의 징검다리를 메웠다. 지면은 9.11 테러로 강화된 미국 입국에 관한 이야기와 2002월드컵을 대비해 한국 감독으로 취임한 거스 히딩크 감독에 대한 불신으로 가득했다. 새로 개항한 인천 공항까지 갈 때 발생하는 통행료가 과도해 서민 주머니를 위협한다는 기사가 실려 있었지만, 여태껏 가본 적도 없고, 앞으로 갈 일도 없을 것 같은 인천 공항 때문에 왜 종현의 주머니가 위협받는 건지 이해하기 힘들었다.

신문은 언제나 누군가 증오하고 욕해주기를 바라는 활자들로 가득했다. 초침과 분침을 증오와 욕설, 혐오 같은 감정들로 촘촘히 메워도 10시 40분이 채 되지 않았다.

그래서, 종현은 채팅방을 개설했다.

채팅방은 순식간에 제한 인원으로 채워졌다.

탤런트, 백뚱, 소품이라는 닉네임을 쓰는 사람들이 순차적으로
방에 들어왔다. 종현은 실명을 닉네임으로 썼다. 종현은 간단한
인사말을 건넨 후, 서로 알고 있는 이야기를 한 명씩 돌아가며 이
야기하자고 제안했다. 종현이 언젠가 겪었던 경험담으로 먼저 이
야기를 시작했다.

포항 구룡포 해안가에서 귀신에게 홀려 빠져 죽는 사람들이
많다는 웅덩이에서 벌어졌던 에피소드를 말 해줬다. 종현이 초등
학교 2학년 여름방학 때 삼촌 집에서 겪은 일이었다. 그곳은 밀
물 때 밀려들어 온 바다가 썰물 때 빠져나가지 못해 패잔병 무리
처럼 웅크려 있던 웅덩이다. 웅덩이는 제법 크고 깊었지만 어린
종현의 눈에는 집채만 한 물마루가 사정없이 휘몰아치는 동해보
다 훨씬 안전해 보였다. 현지 아이들은 그곳에서 놀지 말라고 경
고했다.

"니 명심해래이, 여서 절대 놀면 안 된다. 만만하게 보인다꼬
이짝에서 놀다가 귀신한테 홀려가 물에 빠져 죽은 사람 억수로
많테이. 알았나?"

동네에 살던 토박이 중호라는 녀석과 단박에 친해지게 되었는
데 녀석은 종현에게 그렇게 말했다.

종현은 경고를 무시하고 그곳에서 놀았다. 어쩐 일인지 그날
은 부둣가에 항상 무리 지어 있던 동네 아이들이 보이지 않았다.
점심을 일찍 먹고 나온 탓에 항상 놀던 무리 아이들과 동선이 엇
갈린 듯했다. 어판장에 널브러져 있던 찢어진 그물을 하릴없이
만지고, 비릿한 생선 냄새가 배 있는 생선 판을 가지고 놀며 시간

을 보내도 아이들은 나타나지 않았다.

조금씩 조금씩 어판장을 벗어나던 종현은 어느덧 웅덩이 앞을 서성였는데, 그날따라 웅덩이에 찰랑거리는 황금빛 윤슬이 유독 종현의 마음을 뺏었다. 웅덩이에 발목을 담그자 햇볕에 적당히 달궈진 물은 안온하게 종현의 발목을 감쌌다. 이렇게 아름다운 윤슬과 잔잔하게 이는 바람에 맞춰 황금색 빛 가루를 허공에 산란시켜 주는 웅덩이를 왜 조심해야 하는지 의아했다. 종현은 중호의 경고를 되뇌었지만, 한여름 정오에 작렬하는 뜨거운 햇살은 종현의 마음속 공포심을 녹였다. '어차피 깊이 들어가지는 않을 거니까' 종현은 발목에 찰랑거리는 따뜻한 감촉을 느끼며 한 걸음씩 웅덩이 가장자리를 걸었다.

"어머 얘, 너 누구니? 못 보던 앤데, 어디서 놀러 왔나 보네?"

어디선가 나타난 20대 여자는 종현에게 그렇게 말했다. 누구인지 모르는 낯선 사람에게 종현은 어색하게 인사를 했고, 여자는 종현에게 여러 가지 가벼운 질문을 했다. 여자는 이 동네에서 아주 오랫동안 사는 사람이라고 했다. '포항에 오래 살았는데 어째서 서울말을 쓰지?' 의아했지만, 묻지 않았다. 여자는 여태껏 봐 왔던 동네 주민들과 다르게 아주 흰 피부를 가지고 있었다. 파랗고 작은 꽃무늬가 촘촘히 프린팅된 하얀색 리넨 원피스 또한 여태까지 봐 온 동네 여자들과는 확실히 이질감이 들었다.

"동네 아이들은 여기 무섭다고 잘 오지 않는 곳인데. 넌 참 용감한가 보네. 친구들 올 때까지 내가 놀아 줄게."

종현이 기억하는 것은 거기까지였다. 정신을 차렸을 때 종현은 물웅덩이 한가운데 아주 깊은 곳에 빠져 있었다. 고개를 들어

하늘을 보니 머리 위로 누런 물이 가득 차 있었다. 두꺼운 물 너머 저 먼 곳에서 빛을 내려주던 태양까지 선명히 기억했다. 종현은 정신을 차리자마자 꿀꺽, 물을 마셔 버렸다. 물은 짜지 않고 아무 맛 없이 밍밍했다. 당장 여기서 벗어나지 못하면 죽을 것이라 직감했다. 종현은 땅을 박차고 올랐다. 어느 곳으로 나가는 게 올바른 방향인지 인지하지 못한 채 무작정 팔을 저었다. 그리고 다시 기억이 끊겼다.

다시 기억이 이어졌을 때 종현은 백사장에 쓰러져 있었다. 동네 아이들은 종현을 빙 둘러싼 채 근심 어린 눈으로 바라보고 있었다. 중호는 종현을 끌어안고 소리 질러 이름을 부르며 뺨을 때려 댔다.

점심을 먹고 나온 중호가 멀리서 종현을 발견했을 때 종현은 혼자 천천히 웅덩이 한가운데로 걸어 들어가고 있었다고 했다. 중호와 동네 아이들은 종현의 이름을 크게 부르며 뛰어갔지만, 무언가에 홀린 사람처럼 종현은 웅덩이 한가운데로 걸어 들어갔다. 한달음에 웅덩이까지 뛰어온 아이들은 물속으로 들어간 종현에게 소리 소리를 질렀다. 한참 소리를 지르고 난리를 피우자 웅덩이 한가운데서 종현이 떠올랐다고 했다. 그리고 첨푸덩 첨푸덩, 종현은 헤엄쳐 나왔다고 했다.

"와, 니 헤엄 못 친다 카디만 헤엄 엄청 잘 치데?"
중호는 종현에게 말했다.
"나 수영 못 하는데."
종현은 수영을 할 줄 몰랐다. 그것은 수영이 아니라 생존을 향한 몸부림이었다.

아주 오래전, 서울에서 놀러 왔던 20대 젊은 여대생이 그 웅덩이에 빠져 죽었던 일이 있었다는 이야기를 들은 것은 삼촌 집에서 묵던 마지막 날이었다. 서울로 올라가기 전날 초저녁, 종현은 수박을 먹고 평상에서 선잠이 들었다.

"야가 웅덩이에서 그 서울 아가씨 또 봤다 안 카드나."

종현이 깊은 잠에 빠져 있을 것이리라 생각한 할머니는 발설하면 안 될 비밀을 이야기하는 사람처럼 삼촌에게 속삭였다.

"와, 진짜 시껍했다 아입니까. 아니 이 정도면 굿이나 그, 뭐, 머라카노? 진혼젠가? 뭐 그거라도 해야 하는 거 아입니까? 도대체 그 여자한테 홀려서 죽는 사람이 몇 명인교?"

삼촌도 아주 작은 소리로 할머니에게 반문했다.

종현은 할머니와 삼촌의 대화를 들었지만 어쩐지 계속 자는 척해야 한다고 생각했다. 이 이야기를 알아채는 순간 어쩌면 이 도시에 영원히 갇혀 버릴 수도 있다는 공포감이 온몸을 감쌌다. 종현은 이를 악물고 잠든 척해야 했다.

탤런트: 으스스하네요.

백뚱: 그런데 이상해요. 물속 깊은 곳까지 들어갔는데 어떻게 똑바로 서 있을 수 있죠? 사람이 물에 들어가면 뜨지 않나? 머리 들어 보니 태양이 보인다는 건 똑바로 서 있었다는 말이잖아요?

종현: 그러게요. 저도 그 부분이 이상하긴 한데 그냥 제 기억대로 이야기한 겁니다.

소품: 와, 재밌어요. 채팅으로 하느라 제대로 이야기하지 못하
　　　셨을 것 같은데 이런 얘기는 직접 만나서 들어야 재밌
　　　는데.

탤런트: 종현님은 이야기를 재미있게 참 잘하시네요.

종현: 재밌게 들으셨다니 다행이네요. 다음은 소품님 이야기
　　　를 들어 보죠.

소품은 26살 남자이며 방송국 소품팀에서 일한다고 자기소개
를 했다. 그는 방송국 소품실에서 마주쳤던 귀신에 대한 이야기
를 이어갔다. 방대하게 넓은 소품 의상실, 조선 시대 복장 보관
구역에서 자주 목격되던 젊은 남자 귀신에 관한 이야기였다. 소
품과 같이 일하는 친구는 포졸 복장을 한 귀신이 소품실에서 길
을 잃은 엑스트라인 줄 알고 면전에 대고 욕까지 했다고 한다. 소
품은 채팅으로 말하는 입담이 꽤 좋았다. 종현은 소품의 입담에
간혹 깔깔대기도 하고 공포심에 몸서리치기도 했다.

탤런트: 그런데 귀신까지 자주 보이는 장소면 그 장소 갈 때마
　　　다 무서우시겠어요.

소품: 아뇨. 솔직히 말씀드리면 저는 영적인 능력이 조금 있어
　　　요. 다른 사람들은 무섭다고 그 구역으로 잘 가진 않는데
　　　저는 상관없이 왔다 갔다 합니다.
　　　대화도 해보고 싶은데 아직 제 앞에는 안 나타나네요.

탤런트: 정말 그런 능력이 있나요? 귀신을 볼 수도 있고 대화
　　　도 할 수 있고.

소품: 그럼요. 안 믿으면 어쩔 수 없지만, 없지 않아요.

'머리가 좋은 녀석이군.' 종현은 모니터를 보며 중얼거렸다. 종현은 소품이라는 친구가 허풍을 떤다고 생각했다. 하긴 이런 식으로 여자의 호기심을 자극해서 만나는 것도 좋은 방법일 수 있겠다.

소품: 그런데 탤런트님은 지금 제가 하는 말이 믿기시나요?
탤런트: 네? 아, 뭐. 안 믿을 이유는 없으니까요.

'뭐 하는 거지?' 종현은 조금 짜증이 나기 시작했다. 소품은 노골적으로 탤런트에게 수작을 거는 것처럼 보였다.

소품: 탤런트님, 요즘 잠 잘 못 주무시죠?
탤런트: 그걸 어떻게 아세요?
소품: 잠을 자도 제대로 못 자고 어떤 이상한 여자한테 계속
　　　시달리시지 않나요?

종현은 갑자기 오금이 저렸다. 채팅방 분위기가 생각지도 못한 방향으로 전개되고 있었다. 종현은 단순히 자정까지 적당히 시간을 보내고 싶었을 뿐이었다.

탤런트: 그걸 어떻게 아셨어요? 혹시 뭐가 보이세요?
소품: 혹시 그 여자 얼굴 반쪽이 화상으로 일그러진 여자 아닌

가요? 어깨까지 내려오는 긴 생머리에 쌍꺼풀 없고 눈은 큰 여자요.

종현은 순간적으로 '억' 하고 외마디 소리를 냈다. 채팅방에 정적이 흘렀다. 대화 스크롤은 미동도 하지 않은 채 커서만 깜빡거렸다. 갑자기 세상 모든 공포가 종현에게 몰려드는 듯했다.

탤런트: 그걸 어떻게 아세요?

한참의 시간이 지나자 탤런트가 겨우 대화를 올렸다.

소품: 그 여자 아까 채팅 시작할 때부터 탤런트님 뒤에 서 있
는 게 보였거든요. 혹시나 했는데……

겨우겨우 막고 있던 제방 둑이 한꺼번에 터진 것처럼 종현에게 공포심이 밀려왔다. 어두운 사무실 책상 아래 정체를 알 수 없는 여자가 종현을 바라보고 있는 것 같은 착각이 들었다. 종현은 최대한 빨리 몸을 일으켜 달려가 사무실 불을 모두 켰다. 사무실 대부분의 공간을 점령한 채 낄낄대던 어둠이 순식간에 허공으로 떨려났다.

종현: 죄송한데 제가 일할 시간이 돼서요. 저는 이제 나가 봐
야겠네요. 오늘 즐거웠습니다.
탤런트: 잠깐만요. 잠깐만요. 방장님. 제발요. 지금 이게 제게

는 너무 중요한 일이어서요. 괜찮으시면 저는 오늘 이 방 사람들 다들 만나서 얘기 좀 나눴으면 하는데. 제발 부탁드립니다.

2

'젠장, 내가 어쩌다.'

방배동 카페 골목으로 향하는 종현의 목덜미로 1월 찬 바람이 에이고 지나갔다. 공영 주차장에 주차한 종현은 약속 장소로 잰걸음으로 걸으며 무스탕 옷깃을 여몄다. 일곱 시 삼십 분에 만나기로 했지만 벌써 십 분이 지나 있었다. 도대체 어쩌자고 그런 채팅방을 만들었을까. 후회했지만 이미 돌이킬 수 없는 노릇이었다. 종현은 오프라인 만남에 끼고 싶지 않았다. 단순히 자정에 있을 서버 작업 전에 무료함을 달래고 싶었을 뿐이었다. 공포나 귀신에 관해 괴상한 이야기를 해대는 사람들을 직접 만날 생각은 꿈에도 하지 않았다. 그런 이야기들은 불어오는 바람 한 번에 날려 보낼 수 있는 알코올 같은 이야기 아닌가? 술자리 가벼운 흥미로 떠들 수 있는 이야기일 뿐이다. 그런 경박한 이야기 때문에 낯선 사람들을 만나고 진지하게 대화를 나눠야 한다니, 헛웃음이 났다.

종현이 업무가 바빠 오프라인 모임에 참석하기 힘들다고 하자 탤런트에게 쪽지가 날아왔다.

[종현님, 죄송한데 제게는 정말 중요한 일이거든요. 소품님 얼굴 직접 보고 물어보고 싶은 이야기가 있는데, 아무래도 낯선 사람 만나는 게 불안하기도 하고요. 백뚱이라는 분은 채팅방에서 별말도 없고. 제발 종현님까지 참석해 주시면 안 될까요? 부탁드립니다.]

결국 오프라인 모임까지 종현이 주선하게 되었다. 종현은 모두의 연락처를 받았고, 문자로 만날 장소를 공지했다.

소품과 백뚱은 만나기로 한 술집에 이미 나와 있었다. 선술집 형태의 술집은 테이블별로 칸막이가 되어 있어 큰 소리로 말하지 않아도 원활한 대화가 가능했다.

"형님, 반갑습니다. 제가 소품이에요."

170 정도 키에 깡마르고 뿔테 안경을 낀 소품이 일어나 종현에게 인사를 건넸다. 상고머리를 한 소품은 체크무늬의 두꺼운 폴로 셔츠와 통이 넓은 청바지를 입고 있었다.

"안녕하세요. 저는 백뚱이라고 해요."

놀랍게도 백뚱은 여자였다. 종현은 백뚱이 남자일 것으로 생각했다. 닉네임을 자조적으로 희화화하는 인물이 여자였다는 사실이 놀라웠다. 심지어 그녀는 뚱뚱하지도 않았다. 약간 볼륨이 있어 보였지만 적당히 보기 좋았다. 눈은 동그랗고 컸고, 쌍꺼풀이 져 있었다. 인상적인 것은 유달리 하얀 피부였다. 종현은 얼마

전 크게 히트했던 스릴러 영화를 떠올렸다. FBI가 쫓는 영화 속 살인마는 피부가 고운 여자들을 살해해 그 피부로 가면을 만들었다. 그 살인마가 현실 속 대한민국에 있다면 백뚱의 피부를 탐할 것 같았다. 백뚱은 종현에게 소주잔을 건넸다.

"저는 차를 가져와서요. 음료를 마시겠습니다."

종현은 정중히 거절했다. 모임 분위기가 이상한 쪽으로 빠지면 바로 달아날 계획이었다.

"뭐야, 이 오빠. 번개 하자고 했으면 당연히 술 마실 생각을 하고 와야지. 쳇, 재수 없어."

백뚱은 타박했지만 종현은 개의치 않았다. 모임을 주선하고 사람들이 안전하다는 것만 확인하면 채팅 방장으로서 역할은 모두 수행한 셈이다. 탤런트는 급한 일이 생겨 삼십 분 정도 늦을 것이라고 했다. 예상치 못하게 늦겠다고 말하며 죄송하다는 말도 빠뜨리지 않았다. 백뚱과 소품은 술 마시는 속도가 꽤 빨랐다. 종현은 콜라를 마시며 두 사람과 간단한 이야기를 나눴다.

"뚱뚱하지도 않은데 왜 닉네임을 백뚱이라고 하셨어요?"

종현은 백뚱에게 물었다.

"왜요? 재미있잖아요. 제가 백 씨거든요. 아무래도 품위를 지키고 싶어서 그냥 백뚱이라고 했어요."

종현은 아무래도 백뚱과 원활한 커뮤니케이션은 글러 먹은 것 같다고 생각했다. 품위를 지키기 위해 선택한 단어가 백뚱이라는 사람을 어떻게 이해할 것인가? 여덟 시 십 분경 종현의 전화기가 울렸다. 탤런트는 술집에 들어왔다고 말했다. 종현은 자리에서 일어나 입구로 향했다.

탤런트는 반짝거리며 윤기를 뽐내는 까만 캐시미어 롱코트와 캐시미어 소재 아이보리색 목 폴라티를 입고 있었다. 찰랑거리는 생머리는 어깨와 허리 중간까지 내려왔다. 까만 캐시미어 롱코트 안으로 체크무늬 스커트가 보였고 롱 부츠를 받쳐 신었다. 전화 통화에서 그녀는 종현에게 자신의 키가 172라고 했지만 작은 얼굴이 키를 훨씬 더 커 보이게 했다. 종현이 탤런트에게 다가가 인사하고 아는 척하자 술집에 있던 모든 사람 시선이 탤런트에게 집중됐다. 익숙지 않은 시선이 몰리자 종현은 당황했다. 아무래도 사람들은 탤런트를 종현의 여자 친구로 바라보는 듯했다. 여자 친구가 아니라고, 우연히 알게 되어 처음 만난 사람이라고 항변이라도 하고 싶어질 지경이었다.

소품과 백뚱이 앉아 있는 자리로 안내받은 그녀는 피아노 개인 지도를 한다고 했다. 교습받는 아이의 엄마가 예고도 없이 찾아와 상담을 요청해서 늦었다고 했다. 정중히 사과했지만, 백뚱이나 소품 모두 탤런트가 늦은 것에 대해 전혀 개의치 않는 것 같았다. 통성명을 마치고 서로 나이를 정리하자 네 명은 급속도로 친숙해졌다. 소품은 스물여섯이라고 했고, 백뚱은 스물넷으로 모임의 막내였다. 탤런트가 스물일곱, 종현은 서른이었다. 호칭은 빠르게 오빠나 누나, 언니로 정리됐고 쓸모없는 존댓말은 허공으로 날려 버렸다.

"그런데 오빠, 그 말 진짜예요? 물속에서 꼿꼿이 서 있었다는 말?"
탤런트는 종현에게 물었다.
"정말이야. 내 기억이 맞는다면 나는 물속에서 두 다리를 땅에

딛고 꼿꼿이 서 있었어. 왜 그런지, 어떻게 그렇게 할 수 있었는
지 묻지 마. 기억이 잘못됐을 수도 있지만, 어쨌건 내 머릿속에는
그렇게 기억돼 있어."

종현은 자신의 이야기가 진실이라고 굳이 항변하지 않았다.
믿어도 그만, 믿지 않아도 상관없었다.

"그게 형, 익사한 영가들은 자기 죽은 자리에 다른 사람 영혼
을 붙잡아 놔야 그 자리에서 떠날 수 있는데, 그렇게 죽는 사람들
은 물속에서 꼿꼿이 선 채로 죽는대요."

"그래? 처음 듣는 얘기네."

종현은 소품의 말이 신선했다. 종현은 그런 이야기를 들어 보
지 못했다. 다만 구룡포 바닷가 이야기에 조금 이상한 후일담이
존재했다.

종현이 서울 집으로 올라가기 전 삼촌과 할머니는 구룡포에서
있었던 이야기를 엄마와 아빠에게 절대 말하면 안 된다고 신신당
부했다. 종현은 아빠 차를 타고 서울로 올라가는 내내 구룡포에
서 있었던 이야기를 하지 않았다. 아무래도 좋았다. 방학 기간 내
내 포항에서 재미있게 놀았고, 조금만 기다리면 엄마도 볼 수 있
었다. 웅덩이에서 있었던 일은 어린 종현의 머릿속에서 이미 까
맣게 잊혔다. 엄마를 보면 김치찌개와 양파 계란 볶음을 해달라
고 할 작정이었다.

집에 도착해 아빠는 현관 벨을 눌렀고 엄마는 환한 웃음으로
현관문을 열고 "우리 아들 잘 놀다 왔어?"라며 종현을 맞았다. 그
러다 아빠 뒤에 서 있던 종현을 보자마자 표정이 얼음장처럼 굳
었다.

"잠깐만 들어오지 말고 거기 서 있어."

종현의 엄마는 빠르게 뒤돌아 집으로 들어가더니 손에 무언가를 잔뜩 움켜쥐고 나왔다. 그리고 손에 쥔 굵은 소금을 힘껏 종현을 향해 뿌렸다.

"아니, 그때 아빠 뒤로 네가 서 있는데 어떤 젊은 여자가 네 뒤에 씩 웃으면서 서 있지 뭐니. 아이고 무서워라. 지금 생각해도 오싹하다. 내가 그때 너 따라온 그 여자 때문에 절에 가서 얼마나 기도를 드렸는지 아니?"

종현의 엄마가 그 얘기를 한 건 종현이 스무 살이 넘어서였다. 덕분에 까맣게 잊고 있었던 구룡포 이야기가 생생하게 머릿속에서 되살아났다.

"그런데 정말 어제 채팅할 때 내 뒤로 누가 서 있던 게 보였어? 설마 너 장난한 거 아니지?"

탤런트는 소품에게 호기심 가득한 얼굴로 물었다.

"장난이라뇨. 누나, 어제 내가 말했던 거 맞지 않아요? 얼굴 반쯤 화상 입고 생머리 길고 쌍꺼풀 없이 눈 좀 크고. 누나가 미리 말도 안 했는데 내가 그 여자를 알고 있을 리 없잖아요."

그 말을 듣자 종현도 호기심이 동했다. 탤런트가 아는 여자는 누구이며 왜 그렇게 놀랐는지, 소품은 또 그걸 어떻게 알았는지. 탤런트는 긴 한숨을 내쉬었다. 이야기를 시작하기 전 머릿속 생각을 먼저 정리하는 것처럼 보였다.

"요즘 내가 잠을 잘 못 자. 아니 이렇게 말하니까 별거 아닌 것처럼 들리는데, 잘 못 자는 게 아니라 거의 못 자. 잠들만 하면 어떤 여자가 꿈에 나와. 처음에는 가끔 나왔어. 그때만 해도 별것 아니라고 생각했고 이상하다고 생각하지도 않았지. 다만 얼굴 절반이 화상으로 뒤덮였으니까 저 화상을 입을 때 얼마나 아팠을까? 이런 정도 생각만 했던 것 같아."

종현과 소품은 탤런트 이야기에 집중했다. 술집 공간을 어지럽게 부유하던 소음들은 누군가 은근슬쩍 모두 다른 곳으로 숨겨버린 것 같았다. 다만 백뚱은 긴장된 분위기와 상관없이 안주로 나온 훈제 족발을 부추김치에 싸서 열심히 먹고 있었다.

"처음에는 그냥 나타났어. 조금 멀찍이 떨어져 서서 무표정하게 나를 바라보았지. 그런데 시간이 지날수록 조금씩 가까이 다가와. 가까이 다가올수록 표정이 자세히 보이는데 그 표정을 뭐라고 설명하기가 힘들어. 비웃는 것 같기도 하고, 나한테 굉장한 적의를 가지고 있는 것 같기도 하고, 무언가 안쓰럽게 바라보는 것 같다가도 여하튼 불쾌하고 무서워. 그러다 얼마 전부터는 그냥 웃어."

"그냥 웃어요? 아무 말 없이?"

소품이 탤런트에게 되물었다.

"응. 그냥 웃어. 소리도 내지 않고 그냥 씩 웃으며 날 째려보고 있어. 나는 그 여자가 누군지도 모르겠고 왜 나타나는지도 모르겠어."

탤런트의 이야기를 듣고 나자 종현은 마른침을 꿀꺽 삼켰다. 맞은편에 앉아 있던 백뚱은 훈제 족발을 꿀꺽 삼켰다.

"너는 이런 분위기에서 족발이 입으로 넘어가냐?"

종현은 백뚱을 타박했다.

"그럼 족발을 입으로 넘기지 코로 넘겨? 배꼽으로 넘길까? 탤런트 언니 말이야 귀로 듣지, 입으로 듣나? 나도 다 듣고 있어. 근데 오빠. 맥주 다 떨어졌다. 나 맥주 한 잔만 더 시켜 줘."

백뚱은 500cc 잔을 종현에게 건넸다. 종현은 피식, 허탈한 웃음이 새어 나왔다. 아무래도 종현은 백뚱과 말싸움 상대가 되지 못할 것 같았다.

"어제 채팅방에 있는데요. 자꾸 그 여자 영상이 보이는 거예요. 얼굴 절반은 화상으로 심하게 일그러져 있고, 무언가 비웃는 표정 같기도 하고, 슬픈 표정 같기도 하고."

"그게 보였다고? 진짜로? 그게 어떻게 보여? 영화 스크린처럼 보이고 그런 건가?"

종현은 바짝 긴장한 채 소품에게 물었다. 아직 그럴듯하게 들리는 말들이지만 소품이 하는 말들은 지금까지 증명할 수 있는 게 없었다.

"네. 설명하기 힘든데 마치 눈앞에 홀로그램 영상을 띄워 놓은 것처럼 투명하게 보여요. 제가 어제 얘기했잖아요. 저는 영적인 능력이 조금 있다고. 가끔 그런 일들이 있긴 한데 어제 채팅할 때는 그 여자 모습이 너무 선명하게 보이더라고요. 처음에 그 여자가 누구 때문에 왜 보이는지 도저히 알 수 없었는데 누나가 꿈 얘기하면서부터 확신했죠. 탤런트 누나하고 관련 있는 영가라는 거."

탤런트 얼굴에 누군가 얼음물을 끼었은 것 같았다. 동공은 동그랗게 커졌고 벌려 있는 입을 스스로 인지하지 못할 정도였다.

"그럼 그 여자가 귀신이 맞는 거야?"

"그야 아직 모르죠. 자세한 건 저도 더 살펴봐야 알죠."

탤런트 질문에 소품은 한 발 빼는 모양새였다.

"그런데 제 느낌으로 만만한 영가는 아닌 것 같아요. 원한이 아주 센 원귀거나, 뭔가 아주 복잡한 사연이 있다거나 그런 기운이 느껴져요."

"나는 누구에게 원한을 사거나 미움받을 행동을 한 적이 없는데?"

탤런트 목소리는 떨리고 있었다.

"그건 모르는 거죠. 누나. 현생에는 아니어도 전생에 누나랑 무슨 좋지 않은 관계에 엮여 있던 원귀일 수도 있죠. 정확한 건 모르지만."

"전생에 한을 가진 원귀가 현생을 따라다녀? 그럴 수도 있나?"

종현이 소품에게 물었다.

"그럼요. 형, 본인들만 모를 뿐이지 그런 경우 꽤 많아요. 잘 나가던 사업이 망하거나, 난데없이 교통사고를 당하거나 전생에 지은 업 때문에 그렇게 된 건데 모르는 경우가 많아요."

그때 갑자기 백뚱이 큰 소리로 웃기 시작했다.

"푸하하하, 막 갖다 붙이네. 쌩구라 까지 마라. 이 구라쟁이야."

세 사람은 백뚱을 바라봤다. 백뚱은 이미 술이 꽤 오른 것 같았다.

"얘는 술 그만 줘야겠다. 탤런트야, 술 좀 뺏어."

종현은 과음하는 백뚱을 말렸다.

"뺏긴 뭘 뺏어. 이 정도로 내가 취하진 않는다구. 그냥 웃기니까 웃기다 그런 건데 뭘 그래."

백뚱은 말 중간중간 크크크, 웃음소리를 추임새처럼 넣었다.

"오늘은 여기까지만 하자. 시간도 늦었고 백뚱도 많이 취한 것 같다. 궁금한 게 있는 사람들은 다음에 만나서 물어보든지."

종현은 서둘러 자리를 정리했다. 일단 지금은 전생에 탤런트를 쫓아 온 원귀보다 술 취한 백뚱이 더 무서웠다.

"백뚱 집 어디래?"

종현은 소품에게 물었다.

"백뚱 집 노원구인데, 저도 노원이에요. 어차피 저도 택시 타고 갈 생각이었으니까 제가 백뚱 데려다주고 갈게요."

소품은 자리에 앉아 있던 백뚱을 부축했다.

"놔라, 이 멍충아. 내 젖은 왜 만지고 지랄이야."

백뚱은 고래고래 소리를 질렀다. 소품은 백뚱이 지르는 소리에 화들짝 놀라 백뚱을 의자에 다시 내려놓았다.

"내가 언제 네 젖을 만졌다고 그래."

소품은 시뻘게진 얼굴로 자신의 결백을 소리쳤다. 술집 사람들이 백뚱과 소품을 힐끔거리며 킥킥대고 웃었다.

"일단 빨리 나가자. 나 창피해서 죽을 것 같아."

종현은 소품과 함께 백뚱을 부축해 술집을 나섰다. 노원 방향으로 가는 택시는 바로 잡혔다.

"젖 만지지 않게 조심해라."

종현이 백뚱의 승차를 도우며 소품에게 말했다. 탤런트는 그 말을 듣고 소리 내 웃었다.

"그런데 너는 어떻게 가? 집이 안양이라 그랬잖아?"

백뚱과 소품이 떠나자 종현은 탤런트에게 물었다.

"뭘 어떻게 가. 오빠 술 안 마셨잖아. 나 바래다줘야지."

당연하다는 듯 말하는 탤런트를 종현은 눈을 동그랗게 뜨고 쳐다봤다.

"내가?"

"응."

"너를?"

"오빠. 지금 전철도 끊긴 시간이잖아. 안양까지 가는 택시도 잘 없고. 설령 택시가 있다고 해도 여자가 이 시간에 술 마시고 혼자 택시 타는 게 얼마나 위험한데. 이럴 때는 내가 먼저 바래다 달라고 하지 않아도 오빠가 먼저 데려다준다고 하는 게 예의지."

종현은 반박하기 힘들었다. 요즘 어느 대학에 남자하고 말싸움할 때 이기는 필승 비법 같은 걸 가르치는 학과가 있나?

"네 남자 친구가 기분 나빠하지 않을까? 아무래도 이 시간에 다른 남자가 집에 데려다준다는 게."

종현은 일면식도 없는 탤런트 남자 친구를 걱정했다.

"오빠. 그것보다 이 시간에 술 마신 여자 집에 혼자 보내는 게 더 기분 나쁠 일 같지 않아? 오빠가 쓸데없이 내 남자 친구 걱정을 왜 해. 걱정하지 않아도 돼."

종현은 결국 주차장에 웅크리고 있던 차에 탤런트를 태우고 안양으로 향했다.

"혹시 용하다는 무속인들 찾아가서 그 화상 입은 여자 정체를 물어보는 건 어떨까? 혹시 알아? 정말 용하면 그 여자가 어떤 사연으로 네 꿈에 나타나는지 알 수 있을지?"

"글쎄, 무당이니 뭐니 나 그런 거 못 믿겠어. 어쩐지 그런 데가 무섭기도 하고."

종현은 대화의 소재를 계속 생각했다. 밀폐된 공간에 탤런트와 둘만 머물게 되자 공간을 차지하는 공기의 밀도가 높아 숨 쉬는 게 부담스러울 정도였다. 어색해지지 않게 공통된 화제를 찾기 위해 노력하는 종현과 달리 탤런트는 무표정하게 시트에 머리를 기대고 창밖으로 스쳐 지나가는 풍경만 바라봤다. 며칠 전 내린 후 녹지 못한 눈들이 도시의 오물과 몸을 섞으며 타락한 채 도시를 흉물스럽게 만들었다.

"오빠. 지금은 지저분한 저 눈들도 순백으로 내릴 때는 환영 받았겠지? 아이들은 소리 지르고, 연인들은 눈을 바라보며 데이트하고."

"그랬겠지. 아무래도. 그리고 택시 기사 아저씨들은 쌍욕을 했겠지."

탤런트는 종현의 대답에 반응하지 않았다. 그저 멍하게 사당동 거리를 바라볼 뿐이었다.

"잘 해결되겠지. 너무 걱정하지 마. 소품이 영적 능력이 있다잖아. 보니까 쓸데없이 허풍 치는 것 같지도 않고 애도 착한 것 같더라."

탤런트는 여전히 대답 없이 창밖만 바라봤다. 종현도 일부러 할 말을 찾아내는 것도 피곤해져 침묵을 택했다.

"오빠. 사람 인연이라는 건 타이밍이 제일 중요한 것 같아요."

창밖만 바라보고 있던 탤런트가 말했다.

"아무래도 그렇겠지."

질문의 의도를 종잡을 수 없으나 종현은 편한 대로 대답했다. 그저 남자 친구와 관계에 무슨 문제가 있겠거니, 생각할 수밖에 없었다. 막히지 않은 탓에 차는 금방 탤런트가 거주한다는 동네에 도착했다.

"오빠. 오늘 정말 고마웠어요."

"그래. 조심해서 들어가고, 오늘은 푹 잘 수 있길 바라."

종현이 말하자 탤런트는 안전띠를 해제하다 말고 종현의 얼굴을 빤히 쳐다봤다.

"오빠. 다음에 또 전화해도 돼?"

"그럼, 전화해도 되지."

종현의 대답에 탤런트는 피식 웃었다.

"들어갈게. 조심히 가요."

3

다음 날 오후 두 시 반이 조금 지난 시간, 종현의 휴대 전화기가 울렸다.

"형. 어제 잘 들어가셨죠?"

소품은 어제 종현의 안부를 물었다.

"그럼, 어제 탤런트 잘 데려다주고 나도 별일 없이 들어갔지. 너도 잘 들어갔지?"

종현이 되묻자 소품은 한숨을 힘껏 내쉬었다.

"왜 그래? 어제 무슨 일 있었어?"

"형. 아, 이거 진짜. 이거 어쩌면 좋아요."

소품은 당장이라도 울 것 같은 목소리로 전날 밤 벌어진 일을 말했다.

소품과 백뚱은 택시를 타고 노원역에 멈춰 섰다. 소품은 노원역에서 먼저 내리기로 했고 백뚱은 상계역 방면으로 조금 더 올라가야 한다고 했다.

"이제 술 어느 정도 깼지? 나 먼저 집에 간다. 아저씨. 이 위로 몇 킬로미터 더 올라가셔서 이 아가씨 내려 주시면 돼요."

소품은 미리 택시비를 계산하고 내렸다. 그런데 소품의 뒤를 따라 백뚱도 따라 내렸다.

"너 왜 내려? 너희 집은 더 올라가서 내려야지."

소품은 의아한 목소리로 말했다.

"오빠 오빠, 나 정말 진지하게 오빠한테 상의할 게 있는데, 진짜야 장난치는 거 아니고. 어디 가서 술 한 잔 더 하면서 고민 상담 좀 해줘라. 응?"

백뚱은 소품 소매에 매달리며 말했다.

"야, 지금 시간이 몇 신데. 그리고 나 이 동네 산 지 얼마 되지도 않아서 늦게까지 하는 술집도 잘 몰라. 다음에 얘기하자."

"아니 오빠. 나 진짜 급한 고민이야. 이 동네는 내가 잘 아니까 딱 술 한 잔만 더 하고 들어가자? 응? 응?"

"그럼 아까 형님이랑 탤런트 누나 다 있을 때 말하지 그랬어?"

"아이, 여러 사람 있는 데서 털어놓기 힘든 고민이어서 그랬단 말이야."

백뚱은 아직 술 취한 목소리로 소품을 붙들고 흔들었다. 노원
역 근처를 지나가는 아이들이 두 사람을 보고 킥킥대고 웃기 시
작했다. 소품은 일단 빨리 자리를 벗어나야 한다고 생각했다. 차
들이 도로를 지나가자 영하의 칼바람이 소품의 목덜미를 에이고
달아났다.

"그래 알았어. 일단 어디 들어가자. 어디로 가야 좋은데?"

"오빠. 일단 이 동네는 어린애들이 많아서 다 시끄러운 곳밖에
없어. 따라와 내가 조용한데 알고 있어."

백뚱은 한참을 앞장서서 걸었다. 한참을 걷다 백뚱이 발걸음
을 멈춘 곳은 모텔이었다.

"뭐야? 지금 여기서 둘이 술을 마시자는 거야?"

"응. 왜? 오빠 설마 이상한 생각하는 건 아니지? 저 앞에 편의
점 가서 술 사서 여기서 마시자."

"야, 아무리 그래도 단둘이 모텔 들어가서 술 마시는 건 아니
지. 넌 애가 겁도 없냐."

"쳇, 오빠. 이상한 생각만 하지 않으면 여기서 술 마시는 게 훨
씬 현명한 선택이라는 걸 알 거야. 일단 조용하지, 따뜻하지. 시
끄럽지 않으니까 목 아프게 크게 이야기하지 않아도 되지. 따지
고 보면 술집에서 술값 내는 거나 모텔비 내고 안에서 술 마시는
거나 돈도 비슷비슷해. 지금 오빠가 머릿속에 이상한 생각을 하
고 있으니까 그렇지. 어휴 저질, 도대체 무슨 생각을 하는 거야?"

결국 두 사람은 모텔 안으로 들어가게 되었다. 모텔 안으로 발
걸음을 옮기며 소품은 백뚱이 했던 말들이 보통 남자가 여자를

현혹하기 위해 하는 말이 아닌가? 하는 생각이 들어 고개를 갸우
뚱거렸다. 카운터에서 계산해야 할 때가 되자 백뚱은 멀뚱히 소
품을 바라봤다.

"뭐해, 오빠. 돈 내야지."

"뭐? 모텔비도 내가 내라고?"

"그럼 오빠가 내야지. 어차피 우리 술집 갔으면 오빠가 계산했
을 거 아냐. 그게 그거지."

소품은 길게 한숨 쉰 후 카드를 꺼내 모텔비를 계산했다. 방문
을 열자 좁은 문에 갇혀 따뜻하게 데워져 있던 공기가 락스 냄새
와 함께 훅 끼쳐왔다.

"일단 술 마시고 얘기할 거 있으면 빨리 얘기하자. 얘기 끝나
면 난 집에 가서 잘게."

소품이 바닥에 앉자 백뚱은 겉옷으로 입고 있던 패딩을 벗어
던지며 침대에 쓰러지듯 누웠다.

"오빠. 내가 사실 요즘 몸이 많이 안 좋아. 누가 그러는데 내 몸
에 좋지 않은 원귀가 달라붙어 있대. 오빠 영적 능력이 있다매?
혹시 내 몸에 붙어 있는 악귀 같은 거 느껴지지 않아?"

"원귀? 누가 그래? 난 전혀 모르겠는데?"

"아이, 참. 진짜야. 사실은 온종일 내 몸에 들러붙어 있는 원귀
들한테 시달리느라 몸이 아팠어. 내가 거짓말하는 거 같아?"

소품은 어리둥절했다. 이런 경우는 보지도 듣지도 못한 이야
기였다.

"오빠. 일단 나 안 좋은 기운 좀 달아나게 이리 와서 마사지 좀
해줘. 얼른."

소품은 어정쩡한 걸음으로 백뚱에게 다가섰다.

"마사지? 어떻게 하면 되는데?"

"그냥 일단 안마하듯이 내 몸 좀 주물러 줘."

소품은 백뚱의 몸을 안마하듯 주무르기 시작했다.

"아휴, 좀 더 세게. 성의 있게 좀 하란 말이야."

백뚱은 역정을 냈다.

"서…… 성의 있게 하고 있어."

소품은 마치 죄인처럼 기어들어 가는 목소리로 말했다. 백뚱의 두꺼운 후드 티 위로 한동안 어깨와 몸을 주무르자 점점 열이 나 덥기까지 했다.

"그런데 이거 꼭 이렇게 주무르고 해야 몸이 나아지는 거야?"

"오빠. 영적인 기운이 있어서 내가 말 안 해도 잘 알 거 아니야. 나는 원귀들이 괴롭힐 때마다 몸이 아프다고. 그럴 때는 영적 기운이 센 사람이 나를 만져줘야 몸이 괜찮아져."

백뚱의 당당한 대답에 소품은 할 말이 없어졌다. 당장 백뚱 말의 진실 여부를 따질 방법이 없었다.

"잠깐만 있어 봐. 옷이 두꺼워서 오빠의 영적 기운이 내 몸까지 잘 도달하지 않는 것 같아."

백뚱은 갑자기 일어나 두꺼운 회색 후드 티를 벗고 내친김에 안에 입고 있던 긴팔 셔츠까지 벗어 던졌다. 순식간에 속옷 차림으로 변신한 백뚱을 보자 소품은 숨이 멎고 몸이 경직되기 시작했다.

"야…… 야, 왜 이래. 이러면 안 되지."

"안 되긴 뭐가 안 돼. 내가 지금 몸이 아프다는데. 아무래도 옷이 두꺼워서 오빠의 영적 기운이 나한테 제대로 전달이 안 되는 것 같아. 오빠 잠깐만 있어 봐."

백뚱은 소품의 윗도리를 벗겨 버렸다.

"이리 와봐 오빠. 이렇게 하니까 너무 감질난다. 아무래도 본격적으로 영적 기운을 받아야겠어. 어허, 가만있어."

소품이 우는 목소리로 어젯밤 일을 말하는 동안 종현은 배를 잡고 웃었다.

"야, 너 어떡하냐. 백뚱한테 당했으니까 장가가야 하는 거 아냐?"

종현은 너무 웃어 눈물이 날 지경이었다.

"어휴, 형. 제가 이렇게 곤란한 일을 당했는데 그렇게 웃으시면 어떡해요."

소품은 종현의 웃음이 서운한 듯 말했다.

"야, 어린애도 아니고 그런 식으로 말하면 안 되지. 막말로 너도 그 상황이 정말 싫었으면 힘으로라도 뿌리치고 나왔겠지. 안 그래? 내가 다 이해해 줄 테니까 그냥 육 보시 했다 쳐. 백뚱이 시달리고 있던 마귀가 음란 마귀였나 보지. 아무튼 구제해 준 거네."

종현은 말할 때마다 웃음을 멈출 수가 없었다. 이렇게 숨도 못 쉬고 웃어 본 게 얼마만인지 기억조차 나지 않았다.

"원귀에 시달리는 여자 둘한테 소품이 도움을 주고 다니느라 아주 바쁘네."

종현이 장난스레 말하자 소품이 정색하고 대답했다.

"형. 그게 아니죠. 탤런트 누나는 정말 원귀한테 시달리는 거고 백뚱은 순 거짓말이잖아요."

"야, 음란 마귀한테 시달린 것도 맞고 네가 구제해 준 것도 맞고 뭐가 거짓말이야. 백뚱이야말로 진짜구만."

"아휴, 됐어요. 형. 이제 그 얘기 그만 해요. 탤런트 누나한테 이 얘기 하지 말아줘요. 창피하니까."

"아, 참. 그건 그렇고 어떻게 탤런트 괴롭히는 그 영가 정체는 파악이 좀 돼?"

종현은 탤런트를 괴롭힌다는 얼굴에 화상 있는 여자의 정체에 관해 물었다.

"이게요. 형. 뭔가 말로 하긴 어려운데 이상한 느낌이 오긴 와요. 저도 자세히 보이는 건 아니라서 지금은 설명하기가 힘들어요. 몇 번 만나서 더 이야기하다 보면 알 것 같아요. 일단 형. 탤런트 누나한테 좀 잘해줘요. 탤런트 누나가 별것 아닌 것처럼 이야기했지만, 원래 그런 원귀한테 시달리는 사람은 지푸라기라도 잡고 싶은 법이에요. 지금 아마 굉장히 힘들 거예요."

소품과 통화가 끝나자 종현은 생각에 잠겼다. 그런 일을 당해본 적은 없으나 종현은 탤런트 상황이 이해될 것 같았다. 누군가가 나를 미워하고 괴롭히는 중인데 정작 그 상대가 누구인지도 모르는 상황이면 두려움을 느낄 만하다. 그것은 경찰이나 법의 테두리 안에서 구원을 요청할 수도 없는 경우였다.

'귀신이라는 게 정말 있긴 있나?' 종현은 의아심이 들었다.

4

- 오빠. 오늘 둘만 만나서 좀 상의하고 싶은 게 있는데 퇴근하고 시간 좀 내줄 수 있어?

퇴근을 몇 시간 남겨 놓지 않은 시간 종현은 탤런트의 문자를 받았다. 종현은 탤런트와의 만남이 선뜻 내키지 않았다.

첫 만남 이후 네 명은 두 번 정도 다시 모여 술자리를 가졌다. 하지만 탤런트가 겪고 있는 어려움의 해결 방안은 전혀 진전이 없었다. 그럴 때마다 소품은 뭔가 아지랑이처럼 보일 듯 말 듯하다고 말했다. 종현은 아지랑이처럼 '보일 듯 말 듯'한다는 말 자체가 무슨 뜻인지 이해할 수 없었다. 소품이 그런 말을 할 때마다 으레 술 취한 백뚱이 "구라까지 마라. 이 쌩 구라쟁이야"라고 소리를 질러 소품을 난감하게 했다.

두어 번 정도 더 만남을 반복하자 '이런 만남을 가질 의미가 있을까?' 하는 생각이 들었다. 술자리가 끝날 때쯤이면 백뚱의 주사가 당연한 듯 따라왔다. 백뚱의 주사는 통제할 수 있을 정도였다. 주위에 피해를 준다기보다 어린아이 땡깡 부리듯 막무가내로 큰 소리로 고집을 피우는 스타일이었는데, 몇 번 경험해보자 세 사람은 백뚱의 주사에 제법 적응이 됐다. 피해를 받는다기보다 예고도 없이 찬물을 끼얹듯 세 사람에게 망신을 주는 게 문제였다. 두 번째 만남에서 백뚱은 몸에 꽉 끼는 청바지를 입고 왔는데 잔뜩 취한 후 사람 많은 길에 나와서는 "아, 시부랑, 청바지가 꼬치에 너무 껴. 꼬치가 졸라 아파"라고 고래고래 소리를 질러 세 사람을 아연실색케 했다. 백뚱과 소품은 연인 관계로 발전할 가능성이 단 1%도 보이지 않았다. 종현은 '그래도 사람 인연 모르니까 마음을 열고 잘해보라고' 소품에게 종용했지만 종현 스스로도 술에 잔뜩 취한 채 길거리에 서서 '꼬치 끼여서 졸라 아프다'고 큰소리치는 여자가 마음에 들 것 같지는 않았다.

세 번째 만남 이후 종현은 모임을 피하고 있었다. 소품과 탤런트가 전화로 몇 번 술자리를 제안했으나 종현은 그들과 만나 술을 마시는 것보다 퍼내고 퍼내도 줄지 않는 업무를 위한 야근을 택하는 것이 더 나은 선택처럼 느껴졌다. 그러던 차에 탤런트에게 무언가를 상의하고 싶다는 문자가 왔다.

종현은 탤런트에게 전화했다. 무슨 고민이냐는 종현의 질문에 그녀는 '사는 것'에 대한 고민이라고 답했다. 방배동 처음 만났던 술집에서 약속을 정하고 전화를 끊었다. 전화를 끊고 나자 문득 사람의 모든 고민은 결국 '사는 것'에 대한 고민이 아닌가? 라는 생각이 들었다. 직장 내에서 벌어지는 모든 문제는 결국 '사는 것'에 대한 문제고, 수많은 인간관계에서 발생하는 모든 일들도 결국 '사는 것'에 대한 문제로 귀결된다. 종현은 '무슨 고민이 이래?'라는 생각이 들었지만 이미 약속을 잡아 버려 돌이킬 수도 없었다.

종현에게 소품의 전화가 걸려 온 건 탤런트와 통화한 후 30분 정도 후였다.

"형. 혹시 탤런트 누나 따로 만나거나 얘기한 적 없어요?"

종현이 전화를 받자마자 소품은 다짜고짜 그렇게 물었다.

"아니, 아직 만나거나 따로 얘기한 건 없는데."

종현은 그렇게 말해 놓고 오늘 저녁에 만나기로 했다고 말하려다 속으로 삼켰다. 탤런트는 분명 '둘만 봤으면 좋겠다'라고 말했다.

"형. 나 그 화상 입은 여자 정체를 대충 알 것 같아요. 어설프게 엮이면 형도 위험해질 수 있어요."

종현은 소품이 무슨 말을 하는지 이해할 수 없었다.

"무슨 말이야? 내가 위험해질 일이 어딨어? 그 여자가 누군데?"

"아니, 이게 아직 정확하지는 않은데. 어쨌든 한 번 봐요. 형. 만나서 설명할게요."

5

결국 네 사람 모두 다시 모였다.

소품의 전화를 받은 후, 종현은 탤런트에게 전화했다.

"소품이 오늘 다 같이 봤으면 좋겠다네. 뭐 급한 일이 있는 것처럼 말하는데 어떻게 할까?"

탤런트는 잠시 생각하는 듯하더니 말했다.

"그래요. 그럼. 오늘 다 같이 보고 다음에 오빠가 내 고민 들어주면 되지 뭐."

네 사람은 다시 방배동 술집에 모였다.

크리스마스이브에 찾아온 산타 할아버지가 선물 보따리 풀어 놓듯 화상 입은 여자에 관한 이야기를 풀어 놓을 것이란 예상과 달리 소품은 화상 입은 여자에 대해 아무런 말도 하지 않았다. 술자리는 그저 아이의 피아노 교육을 걱정해 탤런트를 찾아와 고민을 늘어놓은 학부모 이야기와, 새로운 드라마 소품 담당을 맡았는데 무거운 물건이 너무 많아 힘들다는 소품의 푸념, 그리고 주문했던 안주 맛에 대한 백뚱의 타박만 지루하게 이어졌다. 종현은 가끔 추임새와 감탄사를 넣어가며 대화에 호응했지만 근본적으로 오늘 술자리를 왜 가지게 되었는지를 생각했다.

"아, 화장실 가야 하는데 갑자기 술이 올라 어지럽네. 오빠. 나 화장실 좀 데려다줘."

백뚱은 난데없이 종현에게 화장실 동행을 요구했다.

"뭐? 화장실? 너 지금 마신 술이 평소에 네가 먹던 양에 절반도 안 돼. 갑자기 어지럽긴 뭐가 어지러워."

종현은 퉁명스럽게 쏘아붙였다.

"아이잉, 오빠. 예쁜이가 쉬야가 마려워요. 근데 너무 어지러워. 나 쫌 화장실에 델따 주세용."

종현은 헛웃음이 나왔다.

"오빠. 백뚱이 오늘 컨디션이 안 좋은가 봐. 오빠가 좀 부축해 줘."

탤런트는 웃는 얼굴로 종현을 부추겼다. 종현은 한숨을 내쉬며 자리에서 일어섰다.

"갈 거면 빨리빨리 가자. 큰 거면 나 안 기다리고 먼저 자리로 온다."

백뚱은 '헤헷' 소리를 내며 종현의 팔뚝에 매달렸다. 그러자 백뚱의 스웨터를 경계로 물컹한 감촉이 종현의 팔까지 건너왔다. 예상하지 못했던 감촉에 종현은 당황했다.

"야, 너……."

종현은 백뚱을 보며 말했다.

"왜? 나 진짜 어지러워서 그러는데."

백뚱은 뭐가 문제냐는 듯 종현을 바라보며 말했다.

"아니다. 빨리 화장실이나 다녀오자."

백뚱은 종현의 팔에 매달려 한 걸음씩 걸었다.

"아휴, 어지러워. 오늘 왜 이렇게 술에 취하지?"

백뚱은 비틀거리며 필요 이상으로 종현의 몸을 더듬었다.

"야, 내 몸이 뭐 밀가루 반죽이냐? 그만 더듬고 빨리 들어가."

종현은 여자 화장실 앞에서 냉정하게 말했다.

"오빠. 여기서 잠깐만 기다리고 있어. 내가 화장실 갔다 나와서 바람 좀 쐬고 싶으니까. 나 좀 부축해줘. 알았지?"

백뚱의 부탁에 아랑곳하지 않고 백뚱이 화장실 안으로 사라지자 종현은 바로 자리로 돌아왔다.

"왜 오빠 혼자 왔어? 백뚱 올 때 같이 데리고 오지. 쟤 취했다잖아."

혼자 돌아온 종현을 보고 탤런트가 물었다.

"취하긴 뭘 취해. 너희 쟤 주량 몰라서 그래? 평소에 장비처럼 술을 들이켜는 애가 오늘 평소에 절반도 안 마시더구먼 다 거짓말이지 뭐."

종현은 볼멘 목소리로 대답했다. 그 말이 끝나자마자 바로 백뚱은 자기 자리로 돌아왔다.

"와, 이 오빠 매너 꽝이네. 내가 술 취해서 잘못되면 어쩌려고 화장실에 내팽개치고 혼자 오냐."

백뚱은 이미 자리에 앉아 있던 종현을 타박했다. 종현은 무심하게 백뚱을 바라보며 말했다.

"혼자서도 멀쩡히 잘 걸어오는구먼 뭘."

백뚱은 '칫' 소리를 내며 계속 맥주를 마시기 시작했다.

"그런데 탤런트 너는 이렇게 저녁마다 우리 만나도 괜찮아? 남자 친구가 뭐라고 안 해?"

종현이 탤런트에게 물었다.

"괜찮아. 오빠가 왜 그런 것까지 신경 써. 걱정 안 해도 돼."

탤런트는 별것 아닌 것처럼 대답했다. 종현은 탤런트가 퉁명스럽게 대답하자 하지 않아도 되는 쓸데없는 걱정을 한 사람이 된 것 같아 머쓱해졌다.

"그 사람 요즘 바빠서 얼굴 본 지도 오래됐고, 우리 커플이 안 보면 죽고 못 사는 애틋한 커플도 아니고, 여러 가지 이유도 좀 있고."

종현이 머쓱해 하자 탤런트는 미안함을 느꼈는지 변명하듯 설명을 곁들였다.

"누나 남친은 뭐 하는 사람인데요? 누나 정도 만나려면 엄청 대단한 사람일 것 같은데."

소품이 물었다. 탤런트는 소품의 질문에 입꼬리가 반만 올라가는 샐쭉한 웃음을 지었다.

"그냥, 법에 관련된 일 해. 우리끼리 모여 즐거운 자리에서 없는 사람 얘기 그만하자."

탤런트는 남자 친구에 관한 대화는 중단하기를 원했다.

'소품이 탤런트에게 관심이 있나?' 종현은 생각했다. 탤런트 정도로 빼어난 미모를 가진 여자에게 관심이 가지 않을 남자는 별로 없을 것 같다. 소품과 백뚱 사이에서 일어났던 일은 마치 없었던 일처럼 느껴졌다. 두 사람 모두 처음 만난 날 벌어졌던 일은 머릿속에서 지워 버린 것처럼 행동했다.

그때 종현은 테이블 아래에서 무언가 자기 종아리를 스치고 지나가는 것이 느껴졌다. 맞은편에 앉아 있던 백뚱과 다리가 부딪힌 것으로 생각한 종현은 다리를 본인 쪽으로 끌어당겼다. 종현이 다리를 피했지만 부딪힌 다리는 계속 종현의 다리를 따라왔다. 부딪히는 것 같던 느낌은 시간이 지나자 확실히 고의로 종현의 다리를 쓰다듬는다는 느낌이 들었다.

"그만하자. 화내기 전에."

종현이 싸늘한 목소리로 말하자 탤런트와 소품은 의아한 눈초리로 종현을 바라봤다. 이유를 몰라 당황한 탤런트나 소품과 달리 백뚱은 여전히 의미심장한 미소를 입에 떠올리며 자기 발로 종현을 희롱하고 있었다.

"야, 족발 치워. 내 다리에 왜 네 발 고린내를 묻히려 그래. 확 족발로 한 대 때릴까 보다."

종현은 백뚱에게 단호히 말했다. 탤런트와 소품의 시선이 백뚱에게 향했다. 종현에게 모욕당했다고 느낀 백뚱의 표정이 순식간에 싸늘하게 변했다.

"흥, 칫. 별꼴이야."

백뚱은 벗어놨던 패딩을 입고 소지품을 챙긴 후 자리를 박차고 일어나 나가 버렸다.

"형, 쟤 왜 저래요? 따라가서 달래야 하는 거 아녜요?"

소품이 의아한 표정으로 말했다.

"아니. 그러지 마. 분위기가 갑자기 이렇게 돼서 미안한데 내가 방금 음란 마귀한테 강간당할 뻔한 위기에 처해 있었거든. 어쨌건 음란 마귀는 사라진 것 같다. 미안해, 애들아."

'음란 마귀'라는 단어에 의미를 알아챈 소품이 큰 소리로 웃었지만, 탤런트는 여전히 무슨 뜻인지 몰라 눈만 동그랗게 뜨고 있었다.

"그런데 나도 오늘은 이제 그만 일어나야 해. 내가 가면서 백뚱 잘 달래 줄게. 오빠. 소품이랑 좀 더 마시다 들어가요."

갑자기 탤런트도 약속이 있다며 나가자 종현은 소품과 둘만 남았다. 백뚱과 탤런트가 나가자 종현은 소품과 오늘 만나게 된 본론에 관해 이야기했다.

"그런데 그게 무슨 말이야? 화상 입은 여자에 대해 뭐 좀 알아냈어? 내가 위험하다는 말은 또 무슨 말이야?"

"그게요. 형. 사실 원귀가 힘이 셀수록 자세히 보이거든요. 저번에도 얘기했지만 갑자기 눈앞으로 무슨 홀로그램이 생성된 것처럼 보이기도 하고, 꿈으로 보이기도 하고, 여러 종류로 알게 돼요. 사실 탤런트 누나하고 관련된 원귀가 힘이 꽤 세다는 건 이미 눈치챘어요. 서로 떨어져 있는 온라인상에서 채팅하는데도 보일 정도면 보통 센 원귀가 아닐 거예요."

"그거야 저번에도 네가 말했던 거잖아. 새삼스럽게 왜 그래?"

"아니, 그런데 이번에는 그게 조금 더 이상해요. 제가 어제 드라마 때문에 밤에 스튜디오 안에 있었거든요. 촬영 끝나면 소품을 빼야 하니까. 스튜디오 어두운 구석에 쌓아 놓은 포맥스 위로 혼자 앉아 드라마 촬영한 것을 보고 있는데 갑자기 눈앞에 선명하게 어떤 장면이 펼쳐지는 거예요."

"갑자기? 선명하게?"

종현은 상황을 되물었다. 종현으로서는 그런 상황을 겪어 본 적이 없으니 어떤 상상이든 피상적으로 그려졌다.

"네. 낭떠러지 위에 어떤 여자가 운전하고 가는데 여자 얼굴이 낯익어 자세히 보니 화상 당한 여자더라구요. 그런데 표정이 굉장히 화난 표정이에요. 조수석 쪽을 보니까 한 남자가 타고 있었어요. 운전하고 있던 그 여자가 옆에 남자랑 뭔가 큰 소리로 계속 싸우면서 운전을 하는 거예요. 그러다 여자가 갑자기 굉장히 무서운 얼굴로 낭떠러지 쪽으로 핸들을 꺾으니까 차가 낭떠러지 쪽으로 확 꺾이더라고요."

이야기하며 다시 환영이 떠올랐는지 소품은 몸을 작게 떨었다.

"그럼, 운전하던 그 여자가 처음 채팅할 때 환영으로 봤던 그 여자가 확실해?"

"예. 확실해요. 제가 여러 번 환영을 보긴 했지만, 이번처럼 선명하게 어떤 상황이 보이는 건 처음이에요. 분명히 차 안에 있던 두 사람이 탤런트 누나 전생하고 어떤 연관이 있을 것 같아요. 아마 그렇게 낭떠러지에서 떨어지면서 여자는 얼굴에 화상을 입거나 하지 않았을까요? 화상을 입은 후 사망했을 수도 있고. 운전하는 모습에선 얼굴이 깨끗했거든요. 꽤 잘사는 부잣집 여자처럼 보였어요. 혹시 그 여자가 탤런트 누나 전생 아닐까요?"

"그래?"

종현은 소품의 말을 듣고 생각에 잠겼다. 가게 안 손님은 소품과 종현만 남았다. 겨울밤 추운 날씨로 사람들은 술보다 따뜻한 집으로 일찍 향한 듯했다. 아직 자정이 되려면 한참의 시간이 남았는데 종업원들은 슬슬 업장을 정리하기 시작했다.

"그런데 그게 말이 돼? 전생에 죽은 내가 현생에 나타나 나를 괴롭혀?"

"그러게요. 생각해 보니까 또 그게 말이 안 되네요. 그런데 아무리 생각해 봐도 무슨 연관이 있는지 알 수가 없어서. 그럼 전생에 차에 타고 있었던 두 커플이 있었고 탤런트 누나가 그 남자를 뺏었던 게 아닐까요? 그 일로 그렇게 사고가 나게 됐고, 원한을 품은 원귀가 탤런트 누나를 따라다니면서 괴롭히게 되는?"

"그렇게 생각하는 게 합리적이긴 하지. 그런데 전생에 생겼던 일에 대해 원한이 안 풀려서 현생까지 괴롭히는 거면 원한이 엄청나게 큰가 보네."

"그렇죠. 형. 이게 저한테까지 그렇게 선명하게 보이는 거 보면 보통 센 영가가 아니에요. 그래서 제가 형도 조심하셔야 한다고 말한 거예요. 그 정도로 힘이 센 영가들은 주위 사람들한테도 해코지하거든요. 제가 보기엔 탤런트 누나가 형한테 마음이 좀 있는 거 같던데……."

소품은 말하려다 말고 급하게 멈췄다. 종현은 생뚱맞은 표정으로 소품을 바라봤다.

"누가 그래? 말도 안 되는 소리 하지 마."

종현은 단호한 목소리로 말했다. 쓸데없이 오해받는 일에 기분 좋을 리 없다.

"아, 예. 그건 그냥 그렇다 치고. 어쨌든 조심하셔야 해요. 저도 이번 환영을 보고 난 후에는 겁이 많이 나요. 이 정도로 영기가 센 영가는 제가 마주쳐본 적이 없거든요."

종현은 남아 있는 술을 빨리 비우기 위해 소주잔을 들었다. 종현이 소주잔을 들자 소품도 같이 들면서 잔을 부딪쳤다.

"그런데 그러면 아무리 빨라도 50년대나 60년대에 생긴 일이겠네? 탤런트 나이가 있으니까. 그때 우리나라에서 자가용 가지고 돌아다닌 사람은 흔치 않을 텐데? 거기다 그 시절에 젊은 여자가 운전할 정도면 도대체 얼마나 잘사는 집 여자라는 얘기야? 이상하지 않아? 우리 집도 나름 꽤 살았는데 아버지가 차를 갖게 된 건 70년대 후반이거든. 그때 우리 아파트에 자가용 있는 집이 단 두 집밖에 없었어."

종현은 잔을 부딪치던 손을 멈췄다. 종현의 동공이 순식간에 팽창하고 전신에 소름이 돋기 시작했다. 온몸이 얼어붙은 듯 꼼짝하지 않고 입만 벌린 채 소품을 바라봤다.

"그럼, 전생이 아닌 거네. 현생에서 일어난 일이네."

6

종현과 소품은 환영에서 봤다는 장면들을 복기해 보기 시작했다. 여자와 남자가 드라이브 중이다. 차의 기종은 자세히 알지 못하겠으나 옛날 차종은 아닌 것 같다. 여자와 남자의 복장도 현대 복장처럼 세련되고 고급스럽다. 그때만 해도 여자의 얼굴은 화상을 입지 않았고, 깨끗하다. 의도적이든 아니든 그 차량은 절벽 아래로 떨어졌지만 그 절벽이 얼마나 높고 경사진 절벽인지는 보이지 않았다. 소품의 추측에 의하면 사망했을 것으로 추정된다.

"현생에서 있었던 일 맞네."

종현이 혼잣말하자 소품이 동의하듯 고개를 끄덕였다.

"가만있어 봐. 탤런트가 지금 남친 얼마나 만났다 그랬지? 꽤 오래 만났다 그러지 않았나? 한 5~6년 됐다 그랬지?"

"예. 형. 그 정도 됐다고 했어요."

"그럼 그전에 만났던 남자하고 무슨 일이 있었나? 뭐가 됐던 탤런트가 스스로 말하지 않으면 우리는 아무것도 모르는 거 아냐? 그냥 영문도 모르는데 우리까지 그 원귀한테 해코지당할 수 있는 건가? 이걸 막거나 피해 가거나 아니면 원한을 풀어 줄 수 있는 무슨 방법이 있지 않나?"

"저도 잘은 몰라요. 저는 그냥 어쩌다 볼 수 있을 뿐이지 무당들처럼 액막이한다거나, 영매와 접촉한다거나 그럴 수 있는 게 아니잖아요. 그런데 그 정도 원한을 가진 영과 연계가 되면 어떤 방식으로든 같이 해코지당할 확률이 높죠."

어쩐 일인지 소품도 잔뜩 겁을 먹은 듯했다.

"그런데 처음 만난 날 네가 나는 수호령이 워낙 세서 주위에 웬만한 잡귀는 얼씬거리지 않는다며? 그럼 별로 위험하지 않은 것 아냐?"

"형, 그건 웬만한 잡귀나 지박령처럼 하급 영가를 말하는 거였고요. 이렇게 힘이 센 영가들은 체급이 달라요, 체급이. 이 정도 힘이 센 영가들은 웬만한 무당들도 당해내기 힘들어요."

종현은 한숨이 나왔다. 소품의 말들에 반신반의하면서도 정체를 알 수 없는 공포감이 밀려왔다.

있는 그대로 믿자니 허무맹랑한 이야기일 수도 있고, 그대로 무시하자니 소품과 탤런트의 이야기가 유화로 그린 듯 선명하다.

종현과 소품은 술집을 나왔다. 소품은 며칠간 잠을 제대로 자지 못해 너무 피곤하다며 택시를 잡았다. 홀로 남겨진 종현은 아직 끊기지 않은 전철을 타기 위해 전철역을 향해 걷기 시작했다. 1월 밤 얼음처럼 차가운 냉기가 도심을 점령해 있었다. 손을 무스탕 안으로 꼭 숨긴 채 종종걸음으로 전철역을 향했다. 도대체 왜 이런 일이 자신의 주위에서 벌어지고 있는지 생각했다. 종현은 단지 서버의 자료를 내려받아야 하는 12시까지 무료했을 뿐이었다. 가벼운 마음으로 채팅방을 열었을 뿐이고 다른 누군가와 인연을 맺고 싶지도, 어떠한 일에도 연루되고 싶지도 않았다. 우연히 알게 된 세 사람도 종현과 전혀 다른 삶을 살아왔던 사람들이고 어떠한 접점도 찾기 힘들다. 소품의 말에 겁을 집어먹어 버린 것일까? 스스로 생각했지만, 그마저도 어느 쪽으로 단정하기 힘들었다. 그렇다고 인정한다면 스스로 비겁하게 여겨졌고 아니라고 한다면 거짓말이었다. 그때 누군가 종현의 뒤에서 다가와 팔짱을 꼈다. 종현은 깜짝 놀라 걸음을 멈추고 팔짱 끼고 있는 사람을 바라봤다. 백뚱이었다.

"어? 너 뭐야? 집에 안 갔어?"

종현은 토끼 눈이 되어 백뚱을 바라봤다.

"히히, 나 저 앞 카페에서 기다리고 있었어. 오빠들 언제 나오나 쳐다보고 있었지."

종현은 너털웃음이 나왔다. 도대체 종잡을 수 없는 아이라고 생각했다.

"탤런트가 너 달래 준다고 나갔는데? 안 만났어?"

"만났어. 언니는 일 있다고 먼저 갔지. 왜? 탤런트 언니가 아니라 내가 나와서 실망했어?"

백뚱은 샐쭉한 표정으로 말했다.

"아냐, 그런 거. 오늘 애들이 단체로 왜 이래? 소품은 조금 전에 택시 탔는데 어떡하냐?"

"그 오빠가 택시 타든 말든 나랑 무슨 상관이야? 오빠. 그러지 말고 우리 술 한 잔만 더 먹고 들어가자. 나 오빠한테 단둘이 할 말 있어."

백뚱의 목소리에 진분홍색 포장지 끈이 달린 것처럼 느껴졌다. 종현은 화를 내야 한다고 생각했지만 그냥 웃음이 나왔다. 종현은 백뚱이 자기를 감싸놓은 진분홍색 포장지 끈을 풀고 싶은 마음이 전혀 없었다.

"왜? 오늘은 나 데리고 조용한 데 들어가서 방 잡고 술 먹고 싶어?"

종현은 베슬베슬 웃음 띤 얼굴로 말했다.

"뭐야? 소품 오빠가 다 말했어?"

"그럼, 다 들어서 알고 있지. 야, 그 발상 아주 참신하고 좋더라 10점 만점에 한 8점 줄게. 2점은 모텔비까지 소품한테 계산하라 그랬다 그래서 뺀 거야. 모텔비는 모텔 가자고 했던 사람이 내야 지 그건 너무 비양심이잖아."

종현은 웃는 얼굴로 비아냥거리며 말했다. 그러자 백뚱은 붙 잡고 있던 종현의 팔을 휙 뿌리치며 말했다.

"사내놈들이 입도 아주 더럽게 싸요. 오빠. 솔직히 말해 봐. 오 빠도 탤런트 언니한테 마음 있지?"

"무슨 소리야. 난 탤런트한테 흑심이라고는 요만큼도 없다구. 그런데 '오빠도'라니 무슨 소리야. 소품이 탤런트 좋아해?"

종현은 백뚱의 영문 모를 소리에 물었다.

"이 오빠 그렇게 안 봤는데 둔한 거야, 멍청한 거야? 눈치 빠른 줄 알았는데 이제 봤더니 완전히 허당이네"

"무슨 말이야. 곰이라니! 너 이렇게 날렵한 곰 봤어?"

종현은 계속 장난스러운 말투로 백뚱의 말을 받았다.

"곰 맞네, 곰 맞아. 탤런트 언니가 오빠 좋아하는 거 진짜 몰라 서 그래?"

"무슨 소리야. 걔 사귄 지 오래된 남자 친구도 있는데. 아무렇 게나 함부로 넘겨짚고 말하지 마."

종현은 백뚱의 말을 무시하기 위해 애썼다. 그러다 문득 처음 만난 날 '사람의 인연은 타이밍이 제일 중요한 것 같아요'라고 탤 런트가 말했던 것이 떠올랐다.

"그런데 그 언니 만나지 마. 오빠는 그 언니 감당 못해."

감당? 무슨 감당을 말하는 거지? 종현은 도대체 백뚱이 무슨 말을 하는지 감이 잡히지 않아 혼란스러웠다.

"무슨 감당을 말하는 거야? 너도 소품한테 무슨 얘기 들었어?"

"소품 오빠한테 무슨 얘기? 그 오빠가 뭘 알기는 안대?"

소품에 관한 이야기가 나오자 백뚱은 유치원생을 지칭하는 듯한 어투로 바뀌었다. 대학 교수가 갓 대학에 입학한 신입생에 대해 말하는 말투였다.

"그 언니가 시달리고 있는 영가가 어떤 영가인지 알기나 하고 말하는 거야? 괜히 나중에 땅을 치고 후회하지 말고 아예 시작도 하지 않는 게 좋을걸?"

백뚱의 표정에 담겨 있는 미소가 무엇을 의미하는지 이해하기 힘들었다. 평소에 알던 백뚱과 달리 말에 무시할 수 없는 힘이 실려 다른 사람을 대하는 것 같았다.

"오빠. 오빠는 내가 뭐 하는 사람으로 보여?"

백뚱은 의미심장한 웃음을 띤 채 종현에게 물었다. 백뚱의 갑작스러운 질문에 종현은 대답이 막혔다. 백뚱은 뭐 하는 친구였지? 그리고 보니 백뚱에 대해서 아는 것이 하나도 없었다. 백뚱은 탤런트나 소품과의 만남에 언제나 풍경처럼 존재했다. 이야기의 중심에 서 있거나 관심을 가지지 않아도 백뚱이 우리 곁에 풍경처럼 앉아 있는 모습은 자연스럽게 느껴졌다. 백뚱에게 타박을 놓거나 농담거리의 대상으로 삼아도 백뚱은 언제나 깔깔거리는 웃음으로 우리 농지거리를 간단하게 무력화시켰다. '얘는 도대체 뭐지?' 종현은 갑작스럽게 백뚱의 존재가 궁금했다. 멍한 얼굴로 백뚱의 얼굴을 바라보고 있는데 도시의 차가운 바람이 종현의 뺨을 휘갈기고 지나갔다. 어두운 길 위로 지나가는 승용차의 헤드라이트가 백뚱의 얼굴로 길게 드리웠다가 오렌지색 음영을 남기며 빠르게 사라져갔다. 백뚱은 까치발을 들더니 종현의 귀를 잡아당겼다. 종현의 귀를 입에 가까이 댄 백뚱이 말했다.

"오빠, 나 사실, 이 바닥에서 꽤 알아주는 무당이야."

7

30여 년을 살며 종현이 마주했던 공포감은 현실적인 문제들이었다. 시험성적이나 진학에 대한 문제들, 부모님이나 가족의 건강이나 친구들의 건강 문제 그리고 군대에서 M16 A1 자동 소총에 첫 실탄 장전 후 과녁판을 바라보며 사격 대기할 때, 학창 시절 느꼈던 취업에 대한 불확실성, 취업하게 될 회사 간판으로 결정되는 사회적 위치, 취업 후 꼬박꼬박 정기적으로 찾아오는 카드 결제일.

그때까지 마주했던 공포감은 대부분 사람이 경험하는 실체적인 것들이었고 형태는 명확했다. 그 감정은 '공포심'이라기보다 '두려움'에 가까웠다. '누구나' 경험하는 일이라는 것은 아주 강력한 힘을 전해준다. 누구나 경험하는 일이고, 열심히 노력하면 누구나 해결할 수 있는 문제들이라면 별다른 문제가 되지 않는다. 그것은 공포심이라기보다 그저 조금 두렵다거나 번거로운 일에 가까울 수 있다.

　그렇지만 '나만 겪게 되는 일'은 이야기가 다르다. 북풍한설 몰아치며 영하 20도까지 내려가는 겨울은 모든 사람이 다 같이 맞이하기에 당연하게 여길 수 있다. 하지만 다른 이들에게 봄, 여름, 가을만 순환되고 내게만 겨울이 찾아온다면 이건 다른 문제의 이야기가 된다. 종현은 미증유의 사태가 두렵기도 했지만, 본인이 왜 이런 상황에 맞닥뜨려야 하는지 의아했다.

　"오빠. 오빠는 왜 탤런트 언니랑 만났는지 모르지?"
　백뚱은 점점 알 수 없는 말을 했다.
　"모르긴 왜 몰라. 내가 채팅방 만든 죄로 만났지."
　종현은 몰려오는 두려움을 최대한 유머러스하게 희석하고 싶었다.
　"참, 나 띨띨하기는. 사람 인연이라는 게 오빠 생각처럼 그렇게 단순하지 않아."
　백뚱은 거침없이 단어를 선택해 말했다. 백뚱이 말하는 함의를 파악조차 하기 힘든 종현은 화를 내야 하는 건지 그냥 듣고만 있어야 하는 건지 판단할 수 없었다.
　"그럼 잘됐네. 네가 탤런트 굿을 해주거나 그거 뭐냐? 그래, 천도재인가? 그런 거 좀 해줘서 탤런트한테 붙어 있는 귀신 떼 주면 되겠네."
　종현은 생각나는 대로 말했다.
　"어휴, 뭘 좀 아는 사람하고 말해야지. 그게 오빠 말처럼 그렇게 쉬운 문제는 아니고……"

백뚱은 말끝을 흐렸다. 말없이 도로를 바라보고 있던 백뚱은 종현을 보며 다시 씨익 웃었다.

"아무튼 오빠. 사람은 자기한테 도움이 될 사람은 본능적으로 알아보고 이끌리기 마련이야. 나중에 내가 무슨 말 했는지 오빠도 다 알게 될 거야."

백뚱은 말을 마치며 슬며시 다시 종현의 팔짱을 끼며 말했다.

"오빠. 나 춥다. 여기서 이러지 말고 우리 어디 따뜻한 데 가서 얘기하자."

백뚱은 한 걸음 걸어 나가며 종현에게 말했지만, 종현은 한 걸음도 꼼작하지 않고 백뚱을 바라봤다.

"너 솔직히 말해 봐. 지금 술이 문제야, 네 몸에 붙어 있는 이상한 마귀가 문제야?"

종현은 소품이 했던 이야기를 떠올리며 말했다.

"뭐, 마귀? 무슨 마귀?"

백뚱은 이해하지 못하겠다는 듯 물었다.

"너 이렇게 나 끌고 가서 어떻게 한번 해보려고 이러는 거지? 나도 다 안다고."

종현이 뻣뻣하게 말하자 백뚱은 종현을 째려봤다.

"어휴 저질, 말하는 것 좀 봐."

"저질은 지금 네 대가리에 들어가 있는 게 저질이지. 나는 순결한 사람이고."

"어휴 관둬라, 관둬. 술 한잔하자는데 더럽게 비싸게 구네. 오빠 나중에 후회하지 마."

백뚱은 잡고 있던 종현의 팔을 휙 뿌리치며 말했다. 때마침 빈 택시가 지나가고 있었고 백뚱은 택시를 잡고 뒷문을 열었다.

"오빠. 내가 인심 써서 말해 주는 건데 당분간 물 조심해."

"뭐? 물? 무슨 물?"

종현은 택시 안으로 들어가는 백뚱에게 다급하게 물었지만 백뚱은 대답 없이 뒷좌석으로 난딱 들어가 버렸다. 백뚱을 태운 택시는 황금색 가로등 아래를 벗어나 재빠르게 도로를 내달렸다. 종현은 멍하게 서서 멀어지는 택시 뒤꽁무니를 바라봤다. 그리고 멍하게 혼자 서서 백뚱이 순식간에 쏟아놓고 떠나간 정보들을 머릿속으로 생각했다. 그러면 이 모임이 전생에 이어진 어떤 인연 때문에 이루어진 것인가? 아니면 현재 네 명이 얽히게 되는 어떤 인연 때문에 모이게 된 것인가? 상식과 과학의 영역에서 벗어난 질문들이 머리에서 쏟아지자 뭐가 진짜고, 어떤 게 가짜인지 도저히 구분되지 않았다.

종현은 시계를 보며 전철이 끊기지 않았음을 확인한 후 다시 걸음을 옮겼다.

문득 탤런트가 겪고 있다는 괴로움에 대해 생각했다. 잠을 제대로 자지 못하고 어쩌다 선잠이 들어도 화상 입은 여자 모습이 나타나 괴롭다고 했다. 만난 지 얼마 되지 않았지만, 시간이 지날수록 탤런트 얼굴이 수척해지고 있다는 걸 느낄 수 있을 정도였다. 탤런트 얼굴이 수척해지고 낯빛이 어두워졌음을 느낄 때마다 탤런트가 겪고 있는 고통이 거짓말이 아니라는 것쯤은 가늠할 수 있었다. 그렇지만 도와줄 수 있는 것과 별개로 탤런트와 가까이 있는 것만으로 종현도 화를 입을 수 있다는 전제는 선뜻 수용하기 힘들었다. '하긴 탤런트하고 나는 아무런 사이도 아닌데 왜 이런 걱정까지 해야 하지?' 종현은 생각했다. 종현이 돕고 싶다고 도울 수 있는 문제도 아니거니와 탤런트와의 관계로 보자면 자신에게 그럴 자격조차 없는데 말이다.

그날 이후 종현은 채팅방 모임을 의도적으로 피했다.

탤런트와 소품은 종종 종현에게 전화를 걸어 모임을 희망했으나 종현은 바쁜 업무를 핑계 삼아 나가지 않았다. 종현이 빠진 가운데 세 명이 따로 몇 번 모임을 가진 듯했다. 모임이 끝난 후 가끔 탤런트에게 전화가 오기도 했지만, 업무가 너무 밀려 숨 쉬기조차 힘들 지경이라고 하소연했다. 탤런트는 격무에 시달린다는 종현의 건강을 걱정했다.

"밥은 꼭 챙겨 먹고 일해요."

탤런트는 덤덤한 목소리로 말했다. 그건 마치 직장 상사가 출장 나간 부하 직원에게 으레 인사차 건네는 안부처럼 느껴졌다.

"그래. 나야 그렇다 치지만, 요즘은 어때? 꿈은 여전히 그대로고?"

탤런트는 한동안 대답하지 않았다. 종현의 질문에 4초에서 5초 정도 침묵의 공백을 두고 "괜찮아요. 그럭저럭"이라고 말했지만, 몇 초간의 공백은 탤런트가 겪고 있는 상황을 고자질했다. 그렇게 보름 정도 시간이 지나자 채팅방 인원은 종현의 머릿속에서 빠르게 흐려져 갔다.

탤런트에게 전화가 온 것은 금요일 두 시경이었다.

"오빠. 오늘 몇 시에 퇴근해요? 많이 늦어요?"

탤런트는 인사나 안부도 묻지 않고 퇴근이 몇 시인지 물어
봤다.

"오늘? 아니 특별히 늦게 퇴근할 것 같지는 않은데?"

종현은 무의식적으로 생각할 시간도 없이 대답했다.

"다행이다. 늦게 끝나면 끝날 때까지 오빠 회사 근처에서 기다
리려고 했는데."

늦게 끝나지 않는다는 종현의 말에 탤런트의 소리 없는 웃음
소리가 수화기 너머로 들려 오는 듯했다.

"오늘 좀 봐요. 저번에 내가 상담하려다 못 했던 고민 상담도
좀 해주고."

탤런트는 종현의 약속 여부도 묻지 않고 만남을 정해 버렸다.

퇴근 후 약속된 방배동 커피숍에 종현이 도착했을 때 탤런트
는 이미 와 있었다. 종현은 탤런트 맞은편에 앉았다.

"다른 애들은 언제 온대?"

종현은 백뚱과 소품에 관해 물었다.

"다른 애들은 오늘 안 올 거예요. 그냥 오늘은 내가 오빠한테
여러 가지 상담할 것도 있고 해서……."

"그래, 그럼."

종현은 대수롭지 않게 고개를 끄떡이며 대답했다.

"어떡할래? 여기서 계속 얘기할까 아니면 다른 데로 옮겨서 얘
기할까?"

"나가요. 오빠. 술 한잔하면서 얘기해요."

종현은 탤런트와 밖으로 나와 방배동 거리를 걸었다. 둘이 나

란히 걸으며 종현은 적당한 거리를 유지하기 위해 신경 썼다. 결국 네 사람이 항상 모이던 술집으로 다시 향했다.

술잔을 나누며 탤런트는 평소 심장 쪽 지병을 앓고 계시던 어머니의 악화된 건강과 그 문제 때문에 부쩍 말수가 없어지셨다는 아버지에 대해 이야기했다. 레슨을 진행하는 아이 중 유독 재능이 없는 한 여자아이와 그와 반비례해서 피아노로 허황하게 성공시키려고 하는 학부모에 대한 이야기도 했다. 주행하지 않고 너무 오래 주차장에 세워둬 방전된 독일제 승용차에 관해 이야기했고, 키우는 래브라도 리트리버 뭉치가 집 정원 화단을 물어뜯어 엉망진창으로 만들어 놓은 이야기를 하며 웃었다.

탤런트의 이야기는 지구를 맴도는 인공위성처럼 땅 위로 안착하지 못했다. 내뱉는 이야기들은 종현의 가슴으로 향하지 못하고 허공만 부유하다 술집 테이블로 낙하해 버렸다. 종현은 허수아비 같은 웃음으로 화답했다가 앵무새처럼 추임새를 넣으며 탤런트의 수다에 화답했다. 사십여 분 넘겨 혼자 수다를 떨던 탤런트의 수다가 느닷없이 그쳤다. 종현과 탤런트가 마주하고 있던 테이블 사이로 술집 스피커에서 흘러나오는 브라운아이즈의 '벌써 일년' 멜로디와 왁자한 테이블 소리만 밀려들었다.

"그런데 소품이나 백뚱이 별 얘기 안 해? 화상 입은 여자의 정체 같은 거?"

종현이 물었다.

"아니, 그냥."

사십여 분 넘게 탤런트 얼굴 위를 감싸고 있던 미소가 순식간에 사라졌다.

"모르겠어. 귀신이나 전생 같은 얘기들도 허황된 이야기가 아닐까 하고."

이야기를 하다 만 탤런트는 다시 침묵했다.

"나 차라리 정신과에 가서 치료받아 볼까 해. 확실히 이건 정신적인 문제가 아닐까? 우주를 날아다니고 지구 반대편으로 순식간에 이메일을 보내는 시대에 귀신이라니. 오빠가 생각해도 허황되지 않아?"

'그럴지도.' 종현은 들릴 듯 말 듯 혼잣말하며 고개를 끄떡였다. 탤런트는 소주를 연달아 들이켰다. 그녀가 마셔대는 속도에 종현은 걱정이 앞섰다.

"천천히 마셔. 그러다 취할라."

종현의 제지에도 탤런트는 연신 술을 마셨다.

"이렇게 술이라도 마시면 오늘은 잠을 좀 푹 잘 수 있지 않을까?"

탤런트는 비어 있는 술잔을 흔들고 웃으며 말했다.

"그래라 그래. 네가 취하지 뭐 내가 취하냐."

종현은 체념한 듯 말했다. 잔에 술을 채우자 또다시 단숨에 들이켰다.

"야, 야. 그만 마셔. 나가자. 술도 깰 겸 나가서 좀 걷자."

종현은 자리에서 일어서며 말했다.

"왜, 나 아직 더 마실 수 있어. 취할까 봐 걱정돼서 그래?"

탤런트는 종현에게 눈을 흘기며 말했다.

"알았어, 알았어. 그럼 바람 좀 쐰 다음에 다른 데 가서 마시든지 하자."

텔런트는 칫, 하며 코트를 챙겨 입었다.

금요일 밤 방배동 거리는 활기가 넘쳤다. 이십 대 젊은 연인은 펀칭기 앞에서 연신 펀칭을 쳐대고 있었고 도로에는 MX 바이크 네댓 대가 시끄러운 소리를 내며 질주하고 있었다. 종현과 텔런트는 걸음을 나란히 했다. 텔런트가 비틀거리지 않을까 종현은 걱정스러웠지만, 나란히 걷던 텔런트는 종현의 팔짱을 끼었다.

"오빠. 나 오빠한테 좀 기대서 걸을게. 미안."

"괜찮아. 그러게 내가 술 좀 천천히 마시랬잖아."

종현은 가벼운 타박을 했다. 둘은 한동안 말없이 걸었다. 팔짱을 끼고 몸을 밀착한 채 걸어가자 텔런트 머리에서 재스민 샴푸 향기가 종현에게 전해졌다. 종현은 심장 박동이 빨라짐을 느꼈다. 방배동 거리 네온사인이 어쩐 일인지 아주 맑고 투명하게 느껴졌다. 방배동을 거니는 모든 사람이 즐거워 보였다. 텔런트는 종현의 팔에 꼭 매달린 채 색색 숨을 몰아쉬었다.

"고민 상담할 게 있다며? 저번부터 이야기했잖아. 얼굴에 화상 입은 여자 고민 말고. 그건 내가 해결할 수 없는 문제니까. 종류가 다른 고민이라면 얘기해 봐. 해결해 줄 수 있을지 없을지 모르지만 들어주는 건 자신 있으니까."

침묵을 깨고 종현이 말하자 텔런트는 고개를 들어 종현의 얼굴을 바라봤다. 종현은 텔런트의 시선을 마주하지 않았다. 한동안 종현의 얼굴을 바라보던 텔런트는 피식 웃으며 고개를 떨궜다.

"오빠 알고 보니 겁쟁이구나?"

"글쎄, 그럴지도 모르지."

탤런트 말의 의미를 파악하지 못한 종현은 빠르게 수긍했다.

"나, 남자 친구에게 헤어지자고 말했어."

탤런트는 담담한 목소리로 말했다. 종현은 아무 반응 없이 묵묵히 듣고 있었다.

"나, 남자 친구랑 헤어지자고 했다니까."

종현이 아무 반응이 없자 탤런트는 걸음을 멈추고 종현의 팔을 잡고 흔들었다.

"알았어, 알았다고. 알아들었으니까 팔 좀 그만 흔들어. 이러다 내 팔 빠지겠다. 가뜩이나 얼굴도 앞뒤 안 가리고 즐겁게 생겼는데 팔까지 빠지면 나중에 내가 장가라도 갈 수 있겠냐?"

종현은 취한 탤런트를 달랬다.

"아니, 내가 남자 친구한테 헤어지자고 말했다 그러면 나한테 뭔가 물어볼 게 있을 거 아냐?"

종현은 당황스러웠다. 평소 탤런트의 연애에 관해 관심을 표한 적도 없고, 말하고 싶지 않아 해서 굳이 별다른 질문을 하지도 않았다. '도대체 뭘 물어봐야 하는 거지?' 종현의 머릿속에 물음표가 가득 찼다.

"오래 사귀었다며? 육 년 동안 사귀었다고 했나?"

탤런트는 고개를 끄떡였다.

"그렇게 오래 사귀면 지겨워서 헤어지고 싶나? 난 그렇게 오래 연애해보지 않아서 잘 모르겠다."

"엄밀히 말하면 사귀었다고 말하기도 애매해."

"육 년 동안 사귀었다며? 네가 말한 거잖아. 육 년 동안 사귀었다고. 그럼 스물한 살 때부터 사귄 거니까 성인이 된 후에 계속 쭉 사귄 거네. 그런 걸 애매하다고 말하면 안 되지!"

말을 마친 종현은 어쩐 일인지 자신의 말이 화난 사람 말투처럼 들리지 않았을까 걱정했다. 그런 생각이 들자 정말 자신이 화가 나 있는 건지, 아닌 건지 판단하기 힘들었다. '내가 화가 났나? 설마.'

"그냥, 보통 연인들이 사귄 것처럼 그렇게 사귄 건 아니고. 아빠가 그 남자하고 결혼하기를 원했어. 옛날에, 나 어릴 때 예술의 전당에서 연주회를 한 적이 있거든. 독주회는 아니었고, 그냥 여기저기 수상 경력 있는 연주자들 차례대로 나와서 연주하는 그런 거. 그때 그 사람은 따로 사귀던 여자가 있었어. 그 여자 바이올린 연주 응원하고 꽃다발을 주려고 왔다가 엄하게 피아노 연주하는 여자한테 빠진 거지. 나는 누가 나한테 반했다는 걸 알지도 못했는데 말이야."

"그럼 그때부터 사귄 거야?"

"그건 아니고. 그때 내가 열아홉 살이었어. 시간이 조금 더 흐르고 우리 아빠가 고소당하는 일이 있었어. 입시 비리 문제로. 우리 아빠 교수시거든. 한동안 언론에서도 좀 시끄럽게 떠들던 사건에 연루되서 여러 가지 조사를 받으신 적이 있는데 그때 아빠가 그 사람한테 도움을 많이 받았어."

"그래? 그것도 참 인연이라면 인연이네."

"그러게. 인연이긴 한데 악연이라고 보는 게 맞지. 아빠가 고마운 마음에 저녁 대접했는데 엄마까지 정말 고마우신 분이라면서 가족이 다 나가서 인사해야 한다고 우기지 뭐야. 그래서 거기서 다시 만나게 됐어."

"고마운 사람 맞는 거 아냐? 그 사람이 너희 아빠께 도움을 많이 줬다며."

"그 일만 보자면 그런데 그냥……."

탤런트는 갑자기 말을 감췄다. 뭔가 더 말하기 껄끄러운 사정이 있는 것 같았다. 매서운 겨울 밤바람이 쌩 하고 종현과 탤런트를 치고 달아났다. 영하의 추운 날씨에 오랜 시간 걸은 탓에, 체온이 떨어져 종현의 몸이 덜덜 떨려 왔다.

"오빠 추운가 보네? 많이 떠는 거 보니."

"그러게. 오늘 유난히 춥네."

종현은 감추지 않고 솔직히 말했다. 그러자 발걸음을 멈추고 탤런트가 말했다.

"우리 어디 따뜻한데 들어가자."

종현을 주위를 둘러봤다. 술집들은 많았지만, 탤런트는 이미 많이 취해 있는 것 같아 들어가선 안 될 것 같았다. 차가운 아스팔트 냉기가 올라와 발가락이 시렸다. 종현이 발을 동동 구르며 방배동 거리를 바라보는데 '비디오 방' 간판이 눈에 들어왔다. 지금은 비디오 방이 제일 적당할 것 같았다. 적당한 시간 동안 술도 깰 수 있고 덤으로 영화도 볼 수 있다. 문제는 이곳이 공식적인 연인들이 드나드는 공간이라는 점이었다. 말이 영화를 보는 곳이지 실상 커플들은 밀폐된 공간에 자리 잡고 농밀한 행위를 나누는 곳이라는 인식이 팽배했다. 객관적으로 판단했을 때 현재 상황에 아주 적합한 곳이지만 보통의 시선으로 보자면 남자가 여자에게 음란한 행위를 시도하기 위한 빌미를 주는 장소

이기도 했다.

종현이 그동안 만나 왔던 여자들 같았으면 아무 일 아니라는 듯 가자고 권했을 것이다. 여자가 눈을 흘긴다면 '따뜻한데 들어가서 영화나 보고 술 좀 깨고 나오려는 건데 뭐가 문제야?'라고 반박하면 된다. 그러나 탤런트에게는 비디오 방을 가자는 말이 떨어지지 않았다. 이유 없이 오해받는 건 질색인데다, 어쩐지 탤런트 같은 여자에게 '비디오 방' 같은 곳에 들어가자고 말하는 건 커다란 불경죄를 행하는 기분이었다. 하지만 망설이기에는 너무 추웠다. 종현은 들숨과 날숨을 크게 쉬며 심호흡을 가다듬었다.

단번에, 자신 있게, 또박또박 큰 소리로 당당하게 말해야 한다. 비디오 방 제안에 탤런트가 정색하거나 종현을 타박한다면 그때는 그냥 추워서 못 견디겠으니 집으로 가자고 말하면 된다. 종현은 배에 단단히 힘을 주고 말했다.

"저…… 저…… 저기…… 와, 비…… 비…… 비디오 방이 있네? 비, 비…… 비디오 방이 여기 왜 있지? 하하…… 저기 엄청 따뜻하다 그러던데……. 야잇, 씨, 너 서…… 설마 나 의심하는 건 아니지? 난 그냥 너무 추워서."

탤런트는 종현이 하는 말을 듣지도 않고 반대편을 바라보고 있다가 말했다.

"오빠. 저기 모텔 있다. 우리 저기 가서 방 잡자."

8

　모텔 방 안 벽지는 온통 까만색으로 덮여 있었다. '아니 모텔 방 안은 보통 화려한 벽지로 도배 되어 있지 않나?' 종현은 의아한 생각이 들었지만 상관없었다. 영하의 날씨에 계속 시달려야 하는 상황을 모면한 것만으로도 감사할 일이다. 모텔 방 바닥을 밟자 온돌의 따뜻한 기운이 올라왔다. 종현은 온기를 전해 주는 따뜻한 바닥에 절이라도 하고 싶었다. 입고 있던 무스탕을 벗자 옷에서 겨울의 냉기가 뚝뚝 떨어지는 것 같았다. 종현은 편의점에서 사 온 맥주를 테이블 위로 꺼냈다. 탤런트도 입고 있던 코트를 벗어 옷걸이에 걸었다.

　"오빠 맥주 더 마시게?"

　"어? 당연히 맥주 마시려고 사 온 거 아냐?"

　종현은 뜬금없는 탤런트 질문에 말했다.

　"그럼 오빠는 맥주 마셔. 나는 피곤해서 침대에 좀 있을게. 추운 데 있다가 들어오니까 술이 좀 오르네."

　탤런트는 옷을 입은 채 침대 속으로 들어갔다. 종현은 맥주를 마셨다. 맥주를 마시다 문득 안주를 하나도 사 오지 않았다는 사실을 알게 되었다. 종현은 자리에서 일어나 옷걸이에 걸려 있던 무스탕을 집어 들었다.

　"왜 오빠? 어디 가려구?"

　"잠깐만 있어 봐. 안주를 하나도 안 사 왔어. 내가 근처 편의점 가서 새우깡이라도 금방 사 올게."

"오빠 술 계속 마시게?"

"어? 그럼 사 왔는데 안 마셔?"

"술 그만 마셔. 무섭게 여자 혼자 모텔에 놔두고 어디 갈라 그래. 그러지 말고 오빠도 이리 와서 같이 누워."

탤런트는 자신이 덮고 있던 이불의 옆쪽을 제치며 말했다.

"어? 그…… 그런가?"

종현은 머뭇거리며 탤런트 옆자리로 다가간 후 옷을 입은 채 침대로 들어가려 했다.

"오빠. 불 끄고 들어와. 눈부셔."

"그…… 그래. 누워서 형광등 바라보면 눈 버리지. 암."

종현은 벽으로 다가가 방 안의 불을 껐다. 빛이 사라지자 온통 까만색 벽지로 둘러싸인 방은 기묘한 분위기를 자아냈다. 창밖에서 빛나는 네온사인 불빛들이 방으로 들어와 검은색 벽지와 부딪히자 형형색색 어두운 파스텔처럼 색깔이 번졌다. 종현은 침대로 들어가 반듯하게 누워 손을 가지런히 가슴으로 모았다.

"오빠. 나 팔베개 안 해줘?"

"팔베개? 그래, 팔베개해줘야지."

종현은 탤런트 머리로 팔을 내줬다. 탤런트는 다가와 종현의 팔을 베고 종현의 가슴 위로 손을 올렸다.

종현의 가슴이 쿵쾅거리며 울리기 시작했다. 입 안에 침이 분수처럼 솟구쳐 올랐다. 침을 삼키자니 소리가 너무 크게 나 탤런트에게 들키지 않을까 걱정됐다.

"오빠 어디 아파? 오빠 심장이 터질 것 같아."

탤런트가 종현의 심장 쪽으로 손을 얹으며 장난스레 말했다.

"그래? 아, 내 심장이 무슨 재생 타이어도 아니고 그렇게 쉽게 터지진 않을 거야. 걱정하지 마."

종현은 말하는 타이밍에 침을 꿀꺽 삼켰다.

"괜찮아 오빠. 사실 나도 지금 심장이 터질 것 같아."

"그래? 멀쩡해 보이는데. 근데 터지면 안 되지. 너 보험은 들어 놨어? 그런데 이렇게 있다가 심장이 터지면 보험 처리가 되나?"

종현이 앞뒤 맞지 않는 말을 이어가자 탤런트는 '풋' 하고 웃음을 터트렸다.

"진짜야, 만져 볼래?"

탤런트는 종현의 손을 잡고 자기 심장 쪽으로 끌어당기려 했다.

"야잇. 씨. 심장이, 심장이, 거길 만지면. 알았어! 믿지, 믿는다고. 와, 탤런트 심장 뛰는 소리가 여기까지 들린다. 야."

종현이 당황해 소리를 지르자 탤런트는 큰 소리로 웃었다.

"오빠 엄청 순진하구나. 처음 봤을 때 순 날라리처럼 봤는데."

"아냐. 무슨 소리야. 내가 왜 순진해. 나이가 몇인데. 그냥 지금 순진한 척하는 거야. 봐, 봐, 지금. 너한테도 잘 먹히고 있잖아."

종현은 너무 큰 소리로 말한 건 아닐까? 하는 걱정이 들었다.

"아! 지금 이게 컨셉인 거였어?"

"그럼, 그렇지. 그렇다고 할 수 있지."

종현이 큰 소리로 말할수록 탤런트는 킥킥대고 웃었다.

"요즘 잠은 좀 잤어?"

종현이 물었다.

"계속 그래."

"그래, 그럼 오늘은 내 옆에서 좀 자. 조금 자다 가면 되지."

종현은 습습하게 말했다. 술도 꽤 마셨고 옆에 누군가라도 있으면 오늘은 잠이 조금 오지 않을까? 종현은 생각했다.

"무슨 말이 그래. 옆에 남자가 있으면 더 못 자야 하는 게 정상 아냐?"

"그런가? 그래도 우리는 그냥 아는 오빠 동생이니까. 걱정하지 말고 자."

종현은 아무렇지 않은 척 말을 뱉어 놓고 방금 자신이 한 말이 야말로 어불성설 아닌가, 생각했다.

"오빠. 나 그런데 불편해."

"불편해? 어디가? 불편하면 안 되지."

"옷을 그대로 입고 누워 있잖아. 거기다 나는 스커트에 잘못하면 구겨지는 블라우스까지 입고. 당연히 불편하지 않겠어?"

"아! 그렇네. 그러면 어떡하지?"

탤런트는 상체를 일으켜 입고 있던 블라우스와 스커트를 벗기 시작해서 스타킹까지 벗고 속옷 차림으로 침대에 다시 누웠다. 종현은 형형색색으로 변하는 조명에 탤런트 몸 색깔이 바뀌는 걸 바라봤다.

"오빠도 답답하니까 벗어."

탤런트는 종현에게 말했다.

"응? 나? 난 안 답답한데."

"벗으라면 벗어. 지금 나 혼자 벗고 있잖아."

"알았어. 왜 화를 내고 그래."

종현은 일어나 입고 있던 스웨터와 바지를 벗고 속옷까지 벗은 채 침대 속으로 들어갔다.

"아, 뭐야. 이 변태야. 누가 속옷까지 벗고 들어오래."

탤런트가 웃으며 소리쳤다.

"알았어. 알았어. 벗으라니까 벗었지. 다시 입으면 되잖아."

종현은 다시 침대 밖으로 나가 주섬주섬 속옷을 찾아 들었다.

"아냐, 됐어. 이미 벗었는데 뭐, 그냥 들어와."

"왜 자꾸 이랬다저랬다해. 사람 헷갈리게."

종현은 다시 침대로 들어갔다. 팔베개해주자 탤런트는 종현에게 안겨 왔다. 탤런트의 따뜻한 온기와 부드러운 살결이 느껴졌다. 방 안에 침묵이 찾아왔다. 종현은 '어쩌다 갑자기 이렇게 돼버렸지?'라는 생각이 들었다. 침대에 누워 탤런트에게 팔베개해주고 있다는 사실이 비현실적으로 느껴졌다. 종현은 눈을 감은 채 탤런트 머리에서 나는 재스민 샴푸 향을 음미했다. 탤런트는 종현의 가슴을 쓰다듬었다.

"그런데 나는 다 벗었는데 너는 왜 다 안 벗어?"

종현이 짐짓 진지한 척 물었다.

"내가 벗으란 말도 안 했는데 오빠가 다 벗은 거잖아."

"아니, 난 네가 벗으라니까 벗은 건데."

"내가 언제 속옷까지 다 벗으라 그랬어? 답답한 겉옷만 벗으라 그랬지."

탤런트는 종현에게 안겨 눈을 감은 채 대답했다.

"그래, 그랬지. 가만 보면 너 참 논리적이고 말도 잘해."

종현의 말에 탤런트는 웃었다.

"근데 너 그거 알아? 여자 브래지어가 속은 아주 부드러운데 겉은 아주 꺼끌꺼끌하다는 거. 그래서 스치면 아주 아파."

"무슨 말이 하고 싶어서 그래?"

"아니 뭐, 무슨 말이 하고 싶은 게 아니고. 그냥 그렇다구."

탤런트는 한동안 말없이 누워 있었다. 그러다 이불 속에서 조용히 팔을 뒤로 둘러 브래지어를 풀어 버렸고 아래 입고 있던 속옷까지 벗었다.

둘은 말없이 천천히 껴안았다. 이불 속으로 두 사람의 온기가 가득했다. 종현의 팔을 베고 있던 탤런트가 천천히 고개를 들어 종현의 입술을 찾았다. 두 사람은 천천히 입을 맞췄다. 모텔 창밖으로 몇 대의 바이크가 시끄럽게 지나갔다. 종현의 입술은 탤런트의 가슴을 찾았다. 가슴을 입에 넣으며 천천히 조심스럽게 탤런트의 몸을 어루만졌다. 종현의 손이 탤런트의 샅으로 향하는 순간 탤런트는 종현의 손을 잡았다.

"오빠. 잠깐만."

종현은 탤런트를 바라봤다.

"오빠. 시작하기 전에 나 먼저 할 말 있어."

"무슨 말?"

종현은 의아한 표정으로 물었다.

"나 사실 남자 경험이 없어. 솔직히 말하면 남자랑 이런데 들어오는 것도 처음이고, 침대에 남자랑 같이 누워 있는 것도 처음이야."

종현은 갑자기 누군가 나타나 뒤통수를 한 대 후려갈기고 간 기분이었다. 지금 이런 상황을 어떻게 받아들이고 행동해야 할지 판단이 서지 않았다.

"너 남자 친구랑 육 년을 사귀었다며."

"내가 말했잖아. 정상적인 연인으로 볼 수 없었던 사이라고. 부모님 강요가 워낙 심하니까 나는 그냥 등 떠밀리듯 만난 거였고. 결혼 전 육체관계는 절대 안 된다고 못 박아 놓았던 상태였고."

종현은 말을 잃은 채 멍하게 탤런트를 바라봤다. 그런 애가 어떻게 이렇게 쉽게, 그것도 자기가 먼저 모텔에 가자고 말할 수 있었지? 하는 생각만 머리에서 맴돌았다.

탤런트는 이불로 가슴을 가리며 일어나 앉아 종현을 바라봤다. 그리고 천천히 종현에게 얼굴을 가져가 키스했다.

"오빠, 책임질 자신 있으면 지금 나 가져도 돼. 이건 진심이야."

종현은 탤런트를 빤히 바라봤다. 문득 '오빠는 그 언니 감당 못해'라고 말하던 백뚱이 떠올랐다. 그런데 감당하지 못한다니, 무슨 감당을 말하는 거지? 사회적 감당을 말하는 건가? 아니면 지금 탤런트를 괴롭히고 있는 원귀를 말하는 건가? 그건 그렇고, 백뚱은 뭘 알고 그런 말을 내게 했던 거지? 갑자기 종현의 머릿속이 복잡해지기 시작했다.

"그건 좀 이상해."

종현이 말했다.

"뭐가 이상해?"

"책임진다는 말 말이야. 지금 이런 상황에 놓인 남자는 이성적으로 판단하고 대화할 수 있는 상황이 아니잖아. 가장 비이성적인 상황을 만들어 놓고 이성적인 대답을 하라는 건 말이 안 돼. 남자가 이런 상황에 몰리면 일단 모든 걸 책임지겠다고 대답하고 덮어 놓고 일을 저지르고 본다구."

"난 남자가 아니라서 잘 모르겠는걸?"

텔런트 대답은 진지했다. 종현은 텔런트가 장난을 치는 게 아닐까? 생각했지만 장난기는 없어 보였다.

"이렇게 하자. 내가 지금 무슨 말을 하든 그건 신뢰할 수 없는 말이야. 나는 너를 책임져야 할 대상으로 생각해 본 적이 단 한 번도 없어. 생각해 본 적이 없으니 지금 당장 대답할 수가 없지. 뭘 책임져야 하는지 잘 모르겠지만 타인에 대한 책임이 문제가 아니라 나에 대한 문제에서도 책임을 질 수 있을지 없을지 잘 모르고 현실을 살아가는 사람이야. 그래서 지금 내가 너를 책임지겠다고 말하는 건 나조차도 믿기 힘들어. 내가 육체적 욕망을 해결하기 위해 책임지겠다고 장담하는 건 내 자신에게도 끔찍할 정도로 한심한 대답이 될 거야."

말을 마친 종현은 텔런트를 바라봤다.

"그럼 어떡해?"

텔런트가 물었다.

"어떡하긴 뭘 어떻게. 오늘은 그냥 푹 자. 내가 계속 끌어안고 팔베개해줄 테니까."

종현은 다시 누워 텔런트에게 팔베개를 해줬다. 텔런트는 종현의 가슴팍에 머리를 묻었다.

"오빠. 그런데 괜찮아?"

"뭐가?"

텔런트의 손이 종현의 몸 중심으로 향했다.

"여기 말이야. 남자들은 이런 거 못 참고 그러지 않아?"

"야, 어딜 만져. 그러지 마."

종현이 정색하고 말하자 텔런트가 킥킥대고 웃었다.

"와, 근데 정말 이거 아까랑 많이 달라졌어. 이렇게 돼도 괜찮은 거야?"

"야야, 손 떼. 너 자꾸 만지면 걔 울어. 조용히 잠만 자자. 너 지금 내가 얼마나 초인적인 인내력을 발휘하고 있는지 상상도 못할 거다."

탤런트는 다시 손을 종현의 가슴께로 가져갔다.

"남자들은 이런 상태가 되면 참기 힘든가?"

탤런트가 순진한 얼굴로 물었다. 종현은 기가 찼다. 도대체 이 아이는 남자를 어디까지 알고 있는 거야?

"너 지금 내가 어떤 상태인지 알아? 호나우두 알지? 진짜 유명한 축구 선수 호나우두. 호나우두가 동네 조기 축구회에 참가해서 혼자 현란한 단독 드리블로 상대 선수 모두를 따돌렸어. 정말 현란한 드리블로 말이야. 중앙 미드필더진도 재끼고, 센터백도 재끼고, 아무튼 상대 선수를 혼자 다 재꼈어. 심지어 일대일로 맞서던 골키퍼까지 딱 재꼈어. 응? 응? 무슨 말인지 알지? 이제 골문 안으로 공을 툭 차 넣기만 하면 돼. 그럼 경기가 끝나. 공은 골라인 바로 앞에 놓여 있어. 근데 그때 호나우두 엄마가 집에서 호나우두를 부르는 거야. '호나우두야, 김치찌개가 다 됐다. 빨리 집에 와서 밥 먹어.' 그 얘기를 들은 호나우두가 툭 차 넣기만 해도 들어가는 공을 남겨 두고 '네. 엄마' 대답하고 집으로 그냥 들어가 버리는 거야. 말하자면 말이야. 지금 내가 그런 상황이라는 거지."

탤런트가 고개를 들어 멍하게 종현을 바라봤다.

"그게 도대체 무슨 말이야?"

"아무튼 그런 상황인 거야. 얘가 남자만 모르는 게 아니라 무식하게 축구도 전혀 모르는구먼."

종현은 혀를 끌끌 찼다.

"뭐, 무슨 말인지 잘 모르겠지만 대충 의미는 알겠어."

"그러니까, 일단 좀 자. 거기서 손 떼고. 오늘은 네가 자는 게 우선이니까."

종현이 탤런트 어깨를 토닥이자 탤런트는 팔을 밴 채 고개를 끄떡였다.

"그런데 오빠랑 이렇게 있으니까 생각보다 기분이 훨씬 좋다."

종현은 대답 없이 한동안 가만히 있다가 '나도'라고 작게 대답했다.

탤런트의 숨소리는 점점 고르게 이어졌다. 종현은 탤런트를 안은 채 천장을 바라보며 골대 앞에서 단독 찬스를 맞은 호나우두가 김치찌개를 먹으러 집으로 들어가 버리는 상상을 했다. 모텔은 천장까지 새까맸다. 팔에 안긴 탤런트를 보니 조금씩 잠에 빠져들고 있는 것 같았다. 술기운이 오르는지 걱정과 달리 생각보다 빨리 잠드는 것처럼 보였다. 그때 탤런트의 다리가 움찔하고 경련이 일었다. 갑자기 불안한 느낌이 종현을 덮쳐왔다. 탤런트의 몸 전체에 경련이 일었다. 종현은 탤런트를 깨워야 하나, 고민했다. 종현을 안고 있던 손에 움찔움찔 힘이 가해지며 움직이기 시작했다.

"어, 어, 어, 저리 가, 저리 가."

탤런트는 갑자기 소리를 질렀다. 종현은 탤런트를 깨워야 한다고 생각했다.

"아아악!"

탤런트는 소리를 지르며 일어났다. 온몸은 식은땀으로 뒤덮여 있었다. 상체를 일으켜 앉은 탤런트는 헉헉 소리를 내며 숨을 몰아쉬었다.

"괜찮아?"

종현이 물어보자 탤런트는 커다래진 눈으로 종현을 바라봤다. 탤런트가 잠든 지 오 분도 채 되지 않았던 것 같다. 종현은 탤런트를 안아줬다.

"괜찮아, 괜찮아. 내가 옆에 있잖아."

탤런트는 숨을 헐떡이며 종현에게 안긴 채 고개를 끄떡였다.

"매일 이런 식으로 시달리는 거야?"

종현이 물어보자 탤런트는 짧게 '응'이라고 대답했다. 종현은 탤런트의 어깨를 토닥였다. 탤런트의 긴장을 풀어 주기 위해 종현은 회사에서 벌어졌던 여러 가지 재미있는 이야기를 해줬다. 탤런트는 말없이 품에 꼭 안겨 종현의 목소리를 들으며 마음의 안정을 찾기 위해 애썼다. 삼십 분 정도 지나자 탤런트의 숨소리가 다시 고르게 변했다. '다시 잠든 건가?' 종현이 생각하는 순간 다시 탤런트의 다리에 경련이 일었다. 종현은 긴장했다.

"어, 어, 저리 가, 저리 가."

탤런트는 뭔가를 밀어내듯 공중에서 손을 밀쳐댔다.

"저리 가, 저리 가, 저리 가란 말이야."

시간이 지나자 탤런트의 목소리가 커지고 몸짓도 거칠어졌다. 종현은 탤런트의 몸을 흔들었다.

"야, 야. 일어나 봐. 왜 그래?"

아무리 흔들어도 탤런트는 잠이 깨지 않았다. 비명은 점점 거칠어졌다.

"아아 아악, 저리 가! 저리 가란 말이야. 싫어. 싫다구!"

종현은 상체를 일으켜 세운 다음 흔들었다.

"일어나 봐. 정신 차리라고."

종현이 탤런트를 흔들면서 한참 실랑이하자 '아아악!' 비명을 지르며 눈을 떴다. 눈을 뜬 탤런트는 여기가 어딘지 기억이 나지 않는 듯 커다래진 눈으로 모텔 방을 둘러봤다.

"괜찮아?"

종현이 묻자 멍한 눈으로 숨도 쉬지 못한 채 한참을 바라봤다. 그러다 휴우, 크게 한숨을 쉬었다. 종현은 식은땀으로 범벅이 된 탤런트의 몸을 꺼안았다.

"괜찮아, 괜찮아."

종현은 탤런트의 등을 토닥거렸다.

"매일 이런 식으로 시달리면 많이 힘들었겠다."

종현의 말에 탤런트는 말없이 고개를 끄떡였다. 탤런트가 잠든 지 십 분이 채 되지 않았던 것 같다. 십 분도 채 되지 않은 시간에 그 여자가 찾아와 괴롭히는 것이라면 꽤 심각한 문제인 듯했다. 종현의 품에 안겨 있던 탤런트는 '헉' 하고 울음을 터트렸다. 종현은 탤런트의 울음이 진정되기를 기다렸다. 차츰 울음이 잦아들 때 둘은 다시 나란히 누웠다.

"밤새 이렇게 시달리면 잠은 언제 자?"

종현은 탤런트의 얼굴을 쓰다듬으며 말했다. 탤런트는 종현의 얼굴을 말없이 바라보며 고개를 저었다.

종현은 탤런트를 꼭 끌어안았다. 그 순간 종현은 가슴 한쪽으로 탤런트가 한 발 들어왔음을 깨달았다. 따뜻하고 안온하게 연결된 육체 더 깊은 곳으로 마음이 와 닿았다. 둘은 말없이 한참을 끌어안고 있었다. 종현은 다시 잠을 시도해 보라는 말도 하지 않았다. 그저 탤런트를 알몸으로 꼭 끌어안은 채 시간의 나룻배를 탔다.

그러다 문득 지금 이게 현실인 건가? 하는 기묘한 생각이 들기 시작했다. 종현의 상념이 생각지도 못했던 길로 들어서자, 여태껏 누워 있던 방 안의 모든 것이 현실 세계의 균형과 묘하게 뒤틀려 있다는 느낌이 들었다. 그러다 거리 도로를 지나다니는 자동차 소음이 이제 전혀 들리지 않는다는 걸 깨달았다. '지금 몇 시나 됐지? 이제 열한 시가 조금 지난 시간일 텐데?' 종현은 언제부터 모텔 밖 거리의 소음이 끊어진 건지 궁금했다. 그러다 또 '여기는 어디지? 지금 여기 왜 들어와 있는 거지?'라는 생각이 들기 시작했다. 그때였다.

종현의 등 뒤로 존재한 화장실 쪽에서 한 방울씩 떨어지는 물방울 소리가 들렸다.

'똑…… 똑…… 똑…… 똑'

처음에는 아주 멀리서 들리는 듯했다. 그것은 마치 누군가 의도적으로 볼륨 스피커를 아주 조금씩 천천히, 공들여 소리를 높이는 것처럼 들렸다. '뭐지? 화장실에서 물이 떨어지는 건가?' 종현은 생각했지만, 모텔 방에 들어온 후 종현과 탤런트는 욕실을 사용한 적이 없다. 종현의 몸이 서서히 경직되기 시작했다. 한 방울씩 떨어지던 물소리 간격이 조금씩 줄어드는 것이 느껴졌다.

'똑······ 똑······ 똑······ 똑'

소리는 선명했고 간격은 빨라졌다. 분명하다. 소리를 잘 못 들은 것이 아니다. 지금 화장실에서 물소리가 나고 있다. 점점 빨라지던 물방울 소리는 이제 누가 샤워기를 틀어 놓은 것처럼 '솨아아아' 하는 큰 소리로 변해 있었다. 종현은 고개를 돌려 화장실쪽을 보려 했으나 몸이 말을 듣지 않았다. 샤워하는 물줄기 소리에 맞춰 누군가 허밍으로 노래하는 소리가 욕실에서 들려오기 시작했다.

'음~~~ 음~~~~~ 흠흐흠~~~~~'

종현의 몸에 존재하는 솜털들이 일직선으로 솟구쳤다. 갑자기 전신에서 식은땀이 쏟아져 내리기 시작했다. 그때였다.

'찰박'

욕실에서 걷는 소리가 났다.

'찰박'

그 소리는 방을 향해 걸어나오는 듯했다. 발소리는 아주 조금씩 가까워지고 있었다.

'찰박'

종현의 동공이 팽창했다. 누군가 굵은 밧줄로 꽁꽁 동여맨 것처럼 몸을 옴짝달싹할 수 없었다. 입은 벌어져 있는데 아무 소리도 낼 수 없었다. 숨도 쉬어지지 않는 것 같았고 온몸에 피가 한꺼번에 거꾸로 역류하는 것처럼 느껴졌다. 그러다 문득 탤런트의 몸도 온통 식은땀으로 젖어 있다는 게 느껴졌다. 그제야 종현은 탤런트에게 신경이 쓰였다. 종현의 몸에 안겨 있는 탤런트의 몸은 사시나무 떨듯 떨고 있었다.

종현은 천천히 고개를 돌려 화장실 쪽을 바라봤다. 방 안 까만 벽지는 모텔 밖에서 흘러 들어온 네온사인의 잔상으로 기묘한 색 조합을 만들어 내고 있었다. 그때 화장실 앞에 어떤 여자의 형체가 서서 이쪽을 바라보고 있는 것이 느껴졌다. 그 형체가 명확히 사람이었는지 묻는다면 아니라고 답했을 것이다. 사람이라고 하기에는 농도가 너무 옅었다. 살아 있는 사람 몸을 투과해 건너편 벽이 보일 리 없다. 하지만 그건 분명 그 자리에 존재했다. 입고 있던 옷이 온통 젖어 온몸에서 물을 뚝뚝 흘리는 것까지 느껴진다.

탤런트도 그 형체를 인지한 듯하다. 탤런트는 '꺄아아악' 하고 머리를 감싸 쥔 채 비명을 질렀다.

탤런트는 덜덜 떨리는 손으로 종현의 손을 잡고 말했다.

"오…… 오빠. 나 너무 무서워. 살려줘."

탤런트 얼굴은 눈물범벅이 되어 있었다. 탤런트의 '살려 달라'는 말에 종현은 몸속 어딘가 꼭꼭 숨어 있던 용기들을 최대한 끌어모았다. 종현은 온 힘을 다해 침대 밖으로 튕겨 일어섰다. 덜덜 떨리는 손으로 벽에 있는 전등 스위치를 눌렀다. '띠릿' 하는 소리와 함께 천장 형광등 불빛이 방 안을 차지하고 있던 어둠을 순식간에 몰아냈다.

방이 빛으로 가득 차자 정체 모를 욕실 소음도 어둠과 함께 어디론가 쫓겨 나갔다. 정체를 알 수 없는 소음이 물러난 그 자리를 다시 모텔 밖 거리를 지나다니는 자동차들의 소음이 메웠다.

둘은 누가 먼저랄 것도 없이 바닥에 떨어져 있던 옷들을 주섬주섬 입었다. 종현이 먼저 착복을 마친 후 탤런트가 옷을 입는 것을 기다렸다. 탤런트의 손은 덜덜 떨리고 있었다. 옷을 다 입은 걸 확인한 종현은 탤런트의 손을 잡고 현관으로 나가기 위해 천천히 화장실 앞을 지나갔다.

화장실 안은 샤워기 쪽이 온통 물바다였다. 그리고 샤워기 쪽에서 욕실 문까지 누군가 걸어 나온 듯한 발자국이 선명하게 찍혀 있었다.

9

집으로 가는 택시 안에서 탤런트는 말이 없었다. 그녀는 전신의 기운이 어디론가 모두 흘러나간 듯 뒷좌석에 몸을 푹 파묻은 채 멍하게 창밖을 바라봤다. 종현도 말이 없기는 마찬가지였다. 처음 겪게 된 상황에 무슨 말을 해야 할지 적절한 단어를 찾아낼 수 없었다. 종현이 무슨 말을 한다고 해도 탤런트에게 위로가 되거나 용기를 주는 건 불가능할 것 같았다. 자정이 가까워져 한산한 거리는 두 사람이 탄 택시를 안양에 있는 탤런트의 집까지 빠른 시간에 안내했다.

"조심해서 들어가. 그런데 정말 괜찮겠어?"

탤런트는 말없이 고개를 끄떡였다.

"놀라게 해서 미안해 오빠."

탤런트는 들릴 듯 말 듯 한 목소리로 땅을 보고 말했다. 종현은 말없이 탤런트를 꼭 끌어안았다.

"나, 갈게. 데려다줘서 고마워. 조심히 들어가요."

탤런트는 발걸음을 돌려 걸어갔다. 종현은 축 처진 어깨로 가로등 아래를 걸어가는 탤런트 뒷모습이 사라질 때까지 바라봤다. 골목길을 돌아 탤런트의 모습이 사라지자 종현은 시계를 봤다. 시계는 11시 40분을 가리키고 있었다. 종현은 핸드폰에서 소품의 전화번호를 찾았다.

소품은 새벽녘에 잠든다고 했다. 11시 40분이면 그렇게 실례되는 시간은 아닐 것이란 생각이 들었다. 아주 긴 신호음이 이어졌다. 소품이 이미 잠든 것 같아 종현이 통화를 포기하려는 순간 통화가 연결됐다.

"여보세요."

전화 속 상대가 소품 목소리가 확실했지만, 평소 소품의 활기찬 목소리가 아니었다.

"아, 잤니? 미안하다. 늦은 시간에 전화해서. 난 또 아직 네가 안 자는 줄 알고."

종현은 늦은 시간 전화에 대한 사과를 건넸다.

"아녜요. 형. 괜찮아요. 잠들었던 건 아닌데 몸이 많이 안 좋아서 그래요."

"몸이 안 좋아? 왜? 어디 다쳤어?"

"아뇨. 다치거나 그런 건 아닌데…… 그런데 형은 괜찮아요?"

"나는 멀쩡하지. 감기 같은 것도 걸릴 일이 없고. 그런데 다치거나 하지도 않았는데 갑자기 왜 몸이 아파?"

"그게 형, 저……"

소품은 선뜻 말을 꺼내지 못하고 주저했다. 종현은 소품이 말을 꺼낼 때까지 인내심을 가지고 기다렸다.

"화상 입은 여자가 저한테까지 나타나요."

"화상 입은 여자가? 너한테?"

종현은 숨이 멎는 것 같았다. 그렇다면 소품도 탤런트와 가까이 지냈다는 이유로 화를 입은 것일까? 종현은 모골이 송연했다.

"밤마다 그 여자가 나타나서 저를 밤새 화난 얼굴로 쫓아다녀요."

소품의 목소리는 기어들어 갔다.

"형은 괜찮죠?"

"나? 어, 그래. 나는 괜찮은 것 같아."

"예. 형, 제가 지금 몸이 너무 좋지 않아서 통화를 오래 하기 힘들 것 같아요. 어떻게 해결 방법을 찾아내든지 해서 몸을 좀 추스르고 다시 제가 전화드릴게요."

통화를 끝낸 종현은 멍하게 밤거리를 바라봤다. 소품은 언제나 탤런트에게 해코지하는 원귀가 워낙 강력하니 종현도 조심하라고 말했다. 정작 현실에서 원귀에게 해코지당하는 사람은 소품이 된 꼴이다. 마침 빈 택시가 지나가 택시에 올라탔다. 목적지를 말한 다음 백뚱에게 전화를 걸었다. 통화 대기음이 몇 번 울리지도 않았는데 백뚱은 바로 전화를 받았다. '여보세요'라고 말하는 백뚱의 목소리 뒤로 빠르고 강한 비트의 음악 소리와 왁자한 사람들 소음이 크게 들려 왔다.

"너 지금 집 아니구나?"

종현은 백뚱에게 물었다.

"어머, 이게 누구야. 우리 잘난 오빠가 이 시간에 웬일로 나한테 전화를 다 했대?"

백뚱의 말투는 반가움과 비꼬임, 그 중간 경계선 어딘가에 놓여 있었다.

"자지 않아서 다행이다. 내가 뭐 좀 급하게 물어보려고 전화했는데. 그런데 어디길래 이렇게 시끄러워?"

"어디긴 어디야. 이 시간에 술 마시러 나왔지."

수화기 너머 젊은 남녀의 낄낄대는 소리가 들려 왔다. 배경처럼 섞여 들어오는 음악 소리가 너무 커 종현이 타고 있는 택시 안까지 점령하는 것 같았다.

"통화 좀 하게 어디 조용한 곳으로 옮기면 안 돼?"

"안 돼, 나 지금 좋은 시간 보내느라 바쁘다고. 내가 따로 얘기 좀 하잘 때는 그렇게 도도하게 굴더니. 갑자기 이러는 거 보니까 뭔 일 있었나 보네?"

"그래. 무슨 일이 있긴 있지. 그런데 이걸 해결해 줄 사람이 없는 것 같다."

종현은 자신도 모르게 한숨을 크게 쉬었다.

"아무튼 오빠가 아무리 급해도 지금은 얘기할 상황은 못 되고 차라리 내일 전화해. 내일 들어줄게."

백뚱은 크게 인심 쓰듯 말했다.

"그러지 말고 내일 얼굴 보고 얘기하자. 방배동에서 보든지 아니면 내가 너희 동네 근처로 갈게. 빠를수록 좋으니까 낮에 봐도 좋아."

"흐음, 이 오빠 이렇게까지 서두르는 거 보니까 무슨 일이 있어도 크게 있었나 보네. 알았어! 그럼 내일 노원역으로 두 시까지

와. 어디서 만날지는 내가 생각해보고 문자로 보내줄게.”

전화를 끊은 종현은 택시 창밖으로 스쳐 가는 겨울밤 풍경을 바라보며 긴 한숨을 내쉬었다.

그리고 결국 그날, 종현은 꿈속에서 화상 입은 여자와 마주하게 되었다.

꿈속에서 종현은 어디인지 알 수 없는 높은 천장 위에 올라가 있었다. 이곳이 어디인지 왜 이곳에 와 있는지는 알 수 없다. 까마득하게 먼 아래를 내려다보니 파란 물의 수영장인데 수영장에 온 사람들이 즐겁게 놀고 있었다. 내려가는 길을 찾으러 사방을 둘러보았지만 내려갈 수 있는 문이나 계단 같은 것은 존재하지 않는다. 오직 발 디딜 수 있는 공간만 덩그러니 있는 곳에 갇혀 있었다. 까마득히 먼 아래에 대고 소리를 질렀지만, 소리가 입 밖으로 나오지 않았다. ‘왜 내 목소리가 나오지 않는 거지?’ 위를 올려다보는 사람은 아무도 없었다. 점처럼 작게 보이는 그들은 서로 즐거운 듯 머리 위로 시선을 주지 않았다. 제일 먼저 당황스러운 마음이 부지불식간에 종현의 뺨을 치고 지나갔다. 그 뒤를 따라온 감정의 정체가 공포심인지, 외로움인지 분간하기 힘들었다.

그때 종현과 조금 떨어진 어두운 곳에 누군가가 서 있는 것이 느껴졌다. 반가운 마음에 그 사람에게 한걸음에 달려가 출구를 물어보고 싶었지만, 종현의 발아래를 지탱하는 바닥은 얇디얇은 베니어판 소재로 만들어진 것 같아 쉬이 움직일 수 없었다. 그때 그 사람이 종현 쪽으로 천천히 발걸음을 옮겼다. 한걸음, 한걸음 정체 모를 사람이 발을 내딛을수록 그 사람에게 쓰여 있던 어둠이 조금씩 벗겨졌다. 하얀 광목천으로 만든 것 같은 펑퍼짐한 원피스를 입고 있던 그 사람의 긴 머리가 드러나고 몇 걸음 더 앞으로 나오자 얼굴이 드러났다. 여자의 얼굴은 절반이 화상으로 덮여 있었다. 종현은 입을 손으로 틀어막았다. 여자는 한걸음, 한걸음 얼굴에 웃음을 띤 채 천천히 다가왔다.

'헉' 하고 외마디 소리를 내며 종현은 잠에서 깨어났다. 그동안 숨 쉬지 못했던 듯 가쁘게 들숨과 날숨을 몰아쉬었다. 온몸이 땀에 흥건히 젖어 있었다.

백뚱은 약속 장소에 이십 분이나 늦게 나타났다. 백뚱이 정한 약속 장소는 노원역 근처에 있는 즉석 떡볶이집이었다. 종현은 주말, 학생들이 바글거리는 즉석 떡볶이집에 혼자 앉아 데워지고 있는 떡볶이를 휘젓고 있었다.

"아, 씨. 어제 술 많이 먹어서 쉬어야 하는데 왜 오늘 같은 주말에도 불러내고 난리야."

술이 깨지 않은 얼굴로 나타난 백뚱은 투덜거렸다. 백뚱은 두꺼운 회색 후드 티에 빨간 패딩, 머리에는 야구 모자를 쓰고 나타났다. 화장은커녕 세수도 하지 않은 것 같은 얼굴이었다.

"야, 백뚱이 쉬어야 할 정도로 많이 마신 거라면 도대체 어제 술을 얼마나 마신 거야?"

종현이 장난스레 말하자 백뚱의 입꼬리가 살짝 올라갔다.

"어머, 이 아저씨 좀 봐, 난 또 어제 통화할 때 다 죽어 가는 사람처럼 불쌍하게 굴길래 당장 만나 줬더니 아직 살만 한가 보네?"

백뚱은 종현을 놀렸다. 말장난으로 백뚱의 상대가 되지 않는다는 현실을 인지한 종현은 빠르게 본론으로 들어갔다. 종현은 자신의 꿈에 얼굴 반이 화상으로 뒤덮인 여자가 나타난다고 말했다. 더불어 소품의 꿈에도 그 여자가 나타나기 시작했다는 소식도 전했다. 전날 탤런트와 있었던 이야기는 털어놓지 않았다. 백뚱은 소품에게도 화상 입은 여자가 나타나기 시작했다고 말하자 테이블을 치며 크게 웃었다.

"야, 너는 지금 나하고 소품에게까지 꿈속에 그 여자가 나타나기 시작했는데 웃음이 나오냐."

종현은 백뚱에게 찌증을 냈다.

"꿈? 그래 오빠는 꿈이라 치고 소품 오빠는 아닐걸."

백뚱은 의외의 말을 했다. 종현은 무슨 말인지 이해할 수 없었다.

"꿈이 아니라니? 그럼 소품은 현실에서 그 여자가 나타난다는 얘기야?"

"아마 그럴걸?"

종현은 심각하게 말했지만 백뚱의 목소리에는 장난기가 가득했다.

"아니, 소품은 자기가 영적 능력이 어느 정도 있다 그랬잖아? 그런 걸 해결하는 능력은 전혀 없는 건가?"

"영적 능력은 개뿔. 오빠, 소품 오빠 같은 사람들을 바로 '선무당'이라고 부르는 거야. 영적 능력 좋아하네. 당장 몸주 모셔야 할 사람이 자기 운명은 생각지도 못하고 쓸데없는 소리만 떠들고 다니는 거지. 근데 어떡하나. 내가 그 오빠 몸에 영가들 잘 보이게 아주 기를 빵빵하게 충전시켜 줬거든."

"뭐? 설마……"

"가만 보면 애매하게 신이 내린 사람들이 꼭 그렇게 까불고 돌아다니다 아주 크게 혼쭐이 나요. 소품 오빠도 딱 그런 경우였지. 빨리 신을 받아야 하는데 본인은 그것도 모르고 영적 능력이네 뭐네 떠들고 돌아다니니까 몸주가 잔뜩 화가 나 있었어. 내가 그 오빠 영 안을 확 트이게 해줬으니까 이제 당분간 오만 잡귀들까지 다 보일 거야. 신병이라고도 하지."

백뚱은 뭐가 그렇게 재미있는지 킥킥거리며 말했다.

"그럼 너, 첫날 소품한테 일부러 그런 거야?"

종현의 질문에 백뚱은 샐쭉하게 눈을 떴다.

"오빠. 이쪽 세계는 일반인들이 모르는 규율이나 법칙 같은 게 우리들끼리 존재하는 법이야. 너무 많은 걸 알려고 하지 마."

"그런데 너 나한테는 왜 그랬어? 둘이 따로 술 한 잔 더 하자는 둥 수작질했잖아."

"어머, 이 오빠 좀 봐. 수작질이래. 내가 오빠한테 수작을 왜 걸어. 오빠는 이 모임에서 빠지라고 얘기하려 그랬지. 다른 사람들 있는 데서 얘기하기는 그렇잖아. 탤런트 언니는 원귀한테 당하는 당사자고, 소품 오빠는 아까 말한 대로 까불고 돌아다니니까 엮인다 치고. 난 암만 봐도 오빠가 이 인연에 왜 끼어 있는지 이해하기가 힘들었거든. 딱 보아하니 속도 여리여리해서 상처도 잘 받을 것 같고. 그래서 빠지라고 하려고 했지. 뭐 오빠가 듣지도 않아서 문제지만."

백뚱의 말을 듣고 종현은 가만히 백뚱의 행동들을 생각해 봤다. 일견 타당한 말도 있지만 한편으로 이해할 수 없는 행동들도 많이 존재했다. 하지만 지금 그런 걸 따질 계제가 아니었다.

"아니 그래, 그건 그렇고. 일단 얼굴 화상 당한 여자부터 해결을 좀 하자. 네가 무속인이니까 좀 버겁더라도 해결을 좀 해줄 수 있지 않아? 원한이 있으면 원한을 풀어 줄 방법이라던가. 굿이나 진혼제 같은 거 있잖아."

종현의 목소리는 애원 조로 바뀌어 있었다.

"안 돼. 그게 불가능해."

백뚱의 목소리는 단호했다.

"안 된다니? 왜 안 돼? 야, 너 이렇게 신통방통하게 상황을 꿰뚫어 보는 애가 왜 그런 것도 못 해?"

"진혼제로 해결할 수 있는 영가가 아니니까 그렇지."

"무슨 소리야. 나도 어머니 따라 절에 다니면서 이것저것 주위 들은 게 있어서 좀 알아. 돈이 많이 들어서 그래? 돈은 내가 어떻게든 해결해 볼게. 부탁 좀 하자."

"오빠. 그 영가 죽은 사람 영가 아냐."

누군가 굵은 각목을 들고 와 뒤통수를 한 대 내려친 것처럼 멍해졌다.

"무슨 소리야? 죽은 사람 영가가 아니라니?"

종현은 멍한 목소리로 말했다.

"탤런트 언니 따라다니는 그 영가, 생령이야. 아직 살아 있는 사람 영가라구. 원래 남한테 원한을 가진 생령은 일반적으로 죽은 사람 영가보다 힘이 훨씬 더 세."

종현은 이해하기 힘들었다. 이런 이야기는 그가 살아오면서 받아왔던 교육의 반대편 대륙에 있는 이야기들이다.

"그런 생령들은 굿이나 진혼제로 해결되기 힘들어. 직접적으로 그 원한을 풀어 주거나 달래 주거나 할 수밖에 없어."

"그럼 나는 이 모임에 어떻게 끼어들게 된 거야? 네가 그랬잖아. 이 모임에 있는 사람들은 뭔가 다 인연이 있는 거라고. 나는 무슨 인연이야? 화상 입은 그 여자가 나하고 무슨 인연이 있을 리는 없잖아?"

"우리를 모이게 한 건 그 화상 입은 여자가 아냐. 나도 처음엔 그 여자 때문에 우리가 모인 건 줄 알았거든. 그런데 시간이 지날수록 이상하더라고. 그런데 저번 주에 우리 할아버지가 나한테 말해줬어. 우리를 모이게 한 건 탤런트 언니 수호령이라고."

"탤런트 수호령이라고? 왜? 난 탤런트네 집안과는 아무런 인연도 없는데"

"그야, 탤런트 언니하고 오빠하고 이어주려고 그러는 거겠지. 아니면 탤런트 언니의 뭔가 큰 고민을 해결해 줄 수 있는 능력이 있든가. 나도 자세히는 몰라. 할아버지한테 들은 건 그냥 이게 다야."

백뚱의 말에 종현은 혼란스러워졌다. 아무리 생각해도 종현이 살아왔던 세계에서는 탤런트나 탤런트 가족, 혹은 화상 당한 여자와 인연을 맺을 수 있었던 계기가 없었다.

"혹시, 탤런트 남자 친구 얘기 알아? 6년 동안 사귀었다던 남자 친구 말이야. 얼마 전 헤어졌다던데?"

종현은 백뚱에게 물었다.

"어머, 언니 헤어졌대?"

백뚱은 깜짝 놀란 듯 종현에게 되물었다. 종현은 고개를 끄떡였다.

"대단하네. 저번에 소품 오빠랑 셋이 만났을 때 헤어지고 싶다고 말하긴 했는데."

종현의 말을 들은 백뚱은 한동안 생각에 잠겼다.

"사귀던 남자가 언니는 별로 마음에 안 드는데 부모님이 계속 결혼하라고 밀어붙이셨던 것 같아. 언니가 겉으로 보기에 그렇게 차갑고 도도해 보여도 속은 순하고 착하잖아. 그런데 언니 얘기 들어보니까 남자가 좀 이상했대. 열 살 이상 차이 나는 건 둘째 치고 언니 부모님들 앞이나 다른 사람들 앞에선 정말 예의 바르고 착한데, 언니랑 둘이 있을 땐 굉장히 폭력적이고 막 대했나 봐. 왜 그런 인간들 있잖아. 겉으로 보기엔 돈도 많고 엄청 성공했는데 내면 인성은 개차반인 그런 사람. 그런 사람이었나 봐."

"그래? 직업이 뭐라는데 법 쪽 일 한다면 변호사인가?"

"변호사는 아니고 검사 아니면 판사였던 것 같은데? 힘이 꽤 있는 사람이라 그랬는데 술 취했을 때 들어서 자세히 기억은 안 나."

종현은 말없이 고개를 끄떡였다. 일단 어디서부터 원인을 찾아야 할지 단서는 잡은 것 같았다.

"아마, 오빠가 해결해 줘야 하지 않을까 싶네. 그러니까 언니 수호령이 그렇게 애타게 오빠를 나타나게 했겠지."

집으로 향하는 종현은 어떤 방식으로 접근해야 할지 골똘히 생각했다. 전날 그렇게 몰아치던 추위가 한풀 꺾여 있었다. 종현은 집으로 가는 길에 종로에 들렀다. 조계사 근처 상점에 들어가 부처님에 관련된 상품들을 잔뜩 샀다. 작은 부처님, 달마대사 그림, 향, 큰 염주, 작은 염주, 작은 목탁, 염불이 녹음되어 있는 불경 테이프.

집으로 돌아온 종현은 구매해 온 부처님 관련 용품들을 방에 잔뜩 늘어놓았다. 방이 온통 불교에 관련된 물품들로 도배되자 이곳이 자기 방인지, 어느 암자 사랑방인지 분간하기 힘들었다. 카세트에서 흘러나오는 노스님 염불 소리가 이렇게 마음 편하게 다가오는 날이 있을 줄 몰랐다.

엉터리 같은 종현의 처방이 효과가 있었던 것 같다. 그날 밤 꿈에, 얼굴에 화상 당한 여자는 나타나지 않았다.

10

일요일 오후 두 시, 종현은 탤런트와 방배동 어느 커피숍에 마주 앉아 있었다.

"혹시 말이야, 전에 사귀던 남자 친구가 너 만나기 전에 이미 만나고 있던 여자가 있었다고 했잖아. 그 여자 누군지 알아?"

종현의 질문에 탤런트는 어리둥절한 표정을 지었다.

"아니. 나도 그 정도만 알고 자세히는 모르는데 그건 왜?"

종현은 어제 백뚱과 만나 나눴던 이야기들을 탤런트에게 대충 들려줬다.

"물론, 나도 백뚱의 말들이 전부 다 믿기지는 않아. 그런데 지금 상황에서는 네 전 남친의 여자 친구였던 사람이 가장 의심스러워. 그러니 그 여자가 어떤 여자였는지, 지금은 뭘 하고 있는지 정도는 알 수 있지 않을까?"

종현은 조심스럽게 물은 후 탤런트의 표정을 살폈다.

"전에 사귀던 남자 친구 있잖아. 헤어지자고 통보하고 나서 한 번도 안 만났어? 아예 연락 끊은 거야?"

탤런트의 시선은 테이블 위 커피로 고정되어 있었다.

"네가 만나기 껄끄러우면 내가 대신 통화하거나 만나 봐도 될까?"

종현이 묻자 탤런트는 고개를 들어 종현을 바라봤다.

"오빠가 왜?"

"어떻게든 실마리를 찾아서 해결해야 할 것 아냐? 너도 계속 이렇게 살 수 없잖아?"

"그 사람 어제도 우리 집에 찾아왔었어."

"아, 그래?"

아무래도 탤런트가 이별을 통보했지만 남자가 완전히 받아들이진 않은 듯했다.

"이런 말 하긴 부끄러운데, 어제 우리 집 좀 시끄러웠어. 그 남자가 소란을 좀 피웠거든."

탤런트는 단순히 '소란'이라고 했다. 종현은 소란이라는 단어 뒤에 숨겨진 폭력의 정도를 가늠해 보기 위해 애썼다.

"설마 너희 부모님이 다치시거나 한 건 아니지?"

"우리 부모님은……"

탤런트의 대답은 아주 긴 시간을 요했다.

"우리 부모님은 그 사람 편이야. 사실 나 요즘 부모님하고도 사이가 좋지 않아."

종현은 고개를 끄떡이며 무언의 위로를 했다. 종현과 탤런트는 대화가 끊긴 채 서로 한동안 허공만 바라봤다.

"오빠 말이 사실이라면, 아니 참, 소품과 백똥 말이 사실이라면 그 사람이 나 사귀기 전 만나던 여자가 의심이 가긴 해. 나도 자세히 듣진 못했지만, 어느 건설 회사 회장 딸이었다는 정도만 알아. 그 사람을 꽤 좋아했고, 당연히 결혼까지 생각하고 있었다는 걸로 알고 있어."

종현은 탤런트 입에서 '그 사람'이라는 호칭이 나올 때마다 누군가 옆에서 바늘로 몸을 쿡쿡 찔러 대는 듯한 기분을 느꼈다.

"오빠한테 미안해. 괜히 나 때문에 오빠까지 피해를 당하는 것 같아서."

"무슨 소리야, 나한테 미안할 게 뭐가 있어. 신경 쓰지 마."

종현은 담담한 척 대답했다. 탤런트가 이런 일로 괴로워하는 것을 보자 소품에게도 화상 입은 여자가 나타난다는 이야기를 꺼낼 수 없었다.

"오빠 말대로, 피하거나 도망갈 수 없는 일이라면 정면으로 해결할 방안을 찾아봐야지. 신경 써줘서 고마운데 내가 그 사람 만나서 직접 물어보고 해결할게."

창백한 얼굴로 말했지만, 탤런트 말에 결기가 느껴졌다.

"그래, 그렇긴 한데, 그 남자가 또 폭력을 행사한다거나……"

"아냐, 오빠. 괜찮아. 괜찮아. 내가 해결할게. 미안해 오빠."

종현은 탤런트 눈을 바라봤다. 햇살에 비친 갈색 눈은 투명하고 고요했다. 카페를 나온 종현은 탤런트와 나란히 걸었다. 걷는 중에도 탤런트와 어느 정도 거리를 유지하고 걸어야 할지 몰라 주춤거렸다.

"가자. 내 차 저 위 주차장에 세워 뒀어. 집까지 바래다줄게."

"아냐 오빠. 오늘은 그냥 택시 타고 갈게. 날도 이렇게 밝은데 뭐."

종현은 탤런트를 바라봤다.

"정말 괜찮겠어?"

"괜찮아. 혼자 생각할 것도 있고."

탤런트는 종현을 바라보며 싱긋 웃어 보였다. 종현은 빈 택시를 잡기 위해 도로를 바라봤다.

"오빠. 그런데 저번에 우리 둘이 있을 때 내가 물어봤던 거 있잖아."

"어? 물어봤던 거? 물어봤던 거 뭐?"

종현이 되묻자 탤런트는 한동안 망설였다.

"나 책임질 수 있으면 가져도 된다고 했던 말 있잖아."

종현의 머릿속에 모텔 안에서의 대화가 떠올랐다. 탤런트 몸 안으로 들어가기 위한 행위를 하고 있을 때 탤런트는 '책임질 수 있으면 가져도 된다'고 말했었다.

"그랬지."

"그때 왜 안 하고 갑자기 포기했어? 나 사실 오빠 들어오길 기다렸는데."

종현은 무슨 대답이 가장 적합한지 찾기 위해 머릿속에서 수

많은 답안지들을 쏟아냈다. 그것은 책임지는 것과 무책임한 것에 대한 문제가 아니었다. 종현은 누군가에게 마음의 감정이 시작된다면 그것은 언어의 유희로 전달되는 문제가 아니라 행동과 마음의 신뢰로 자연스럽게 상대가 알게 되는 문제라고 생각했다. 단지 종현 스스로 탤런트에 대한 마음의 확신을 얻기 전에 조금 에로스적인 관계가 한발 먼저 시작되었을 뿐이다. 플라토닉이 한발 앞서가든, 에로스적인 사랑이 한발 앞서가든 종현은 상관없었다. 다만 모텔과 같은 상황에서 탤런트 의견을 먼저 존중해 주고 싶었을 뿐이다.

어떤 부분부터 말하고 설명해야 할지 종현이 난감한 틈을 타 빈 택시가 그들 앞에 섰다. 종현이 말릴 사이도 없이 탤런트는 뒷문을 열고 택시 안으로 들어가 버렸다.

"오빠. 잘 들어가요. 고마웠어."

탤런트는 짧은 인사를 남기고 택시 문을 닫았다. 종현이 무엇을 해야 할지 판단도 내리지 못하고 어정쩡하게 서 있는 동안 택시는 떠나가 버렸다.

종현은 빠르게 일상으로 돌아왔다. 회사에는 종현의 복잡한 심경을 까맣게 잊게 만들어줄 일이 차고 넘쳐났다. 전국 지점을 돌며 서버를 검토하는 일에 자진해서 지원했다. 일주일 동안 전국을 한 바퀴 돌아야 하는 그 일은 모든 인원이 기피하는 업무였다. 작고 오래된 회사 차를 끌고 전국 지점을 돌아야 하고, 일주일이라는 짧은 기간에 업무를 수행해야 하기 때문에 모텔 방을 전전해야 하는 괴로움도 있었다. 종현은 일주일 내내 여섯 시 반에 일어나 밤 열 시까지 전국을 떠다녔다. 지점에 있는 서버 이상 유무를 검토했고, 밤이면 모텔 방으로 들어가 이상 유무 보고서를 작성해 메일로 보내면 언제나 12시가 훌쩍 넘어 있었다. 몸은 파김치처럼 무거웠으나 그 덕인지 얼굴에 화상을 입은 여자는 나타나지 않았다. 그 여자도 파김치처럼 늘어진 샐러리맨에게는 흥미를 잃은 듯했다.

한참 정신없이 일할 때 소품과 백뚱에게 전화가 왔지만 받지 못했다. 정작 업무를 마무리하고 수다를 떨 시간이 생겼을 때는 자정을 훌쩍 넘긴 시간이었다. 방배동 모임은 종현의 머릿속에서 빠르게 색을 잃어 갔다. 햇볕 아래 놓인 인화물처럼 색이 바래진 상태로 일주일이 지나자 그들과 만났던 모든 일들이 현실이었는지 꿈이었는지조차 애매하게 느껴졌다. 전국 서버 점검 업무가 거의 막바지에 다다랐을 때 탤런트에게 전화가 왔지만, 종현은 한참 점검 결과지를 놓고 지점 전산팀과 회의 중이었다.

"오빠. 바빠요?"

탤런트 목소리는 힘이 없었다.

"어? 나 지금 바쁜데. 회의 중이라 통화하기가 힘들 것 같아. 나중에 내가 전화할게."

종현은 서둘러 전화를 끊었다. 탤런트에게 전화를 해줬어야 한다고 깨달은 건 서울로 복귀해 모든 업무를 마무리하고 집에 들어간 새벽 두 시였다. 종현은 문자라도 보내 놓을까 하다 핸드폰을 내려 놓았다.

아무래도 탤런트와 다시 만나기 전에 스스로 마음부터 확실하게 정리하고 싶었다. 탤런트에게 향한 마음이 진심인지, 탤런트에게 다가갔을 때 벌어지는 일들에 대한 두려움을 감당할 자신이 있는지 가늠하기 힘들었다. 비겁해지기 싫지만 그렇다고 그런 감정들 때문에 탤런트에게 마음이 향해 있다고 착각하고 있는 건 아닌지 어느 쪽도 단정하기 힘들었다.

11

점심시간, 서초동은 언제나 인파로 북적거렸다. 탤런트는 준규와 자주 만나던 커피숍 구석에 앉아 있었다. 큰 커피숍 내부 가장 안쪽으로 구부러져 외떨어진 공간이다. 타인의 눈을 피하기 쉬운 곳이어서 준규와 만날 때 자주 애용하던 장소였다. 심장은 제어가 불가능할 정도로 쿵쾅거렸다. 커피 잔을 드는 손이 덜덜 떨려 잔에 놓인 커피에 파장이 일 정도였다. '청심환이라도 먹고 올 걸 그랬나?' 생각했지만 이미 늦은 일이다. 준규와 마주했을 때 커피 잔을 들지 말아야겠다고 생각했다. 그때 준규가 나타났다. 정장 차림의 그는 무표정하게 불쑥 나타나 맞은편 자리에 앉았다.

"웬일로 귀한 몸이 여기까지 행차하셨나? 그래 이제 마음이 바뀐 건가?"

준규가 갈그랑거리는 목소리로 말했다. 탤런트는 준규의 갈그랑대는 목소리 자체가 싫었다. 준규의 목소리는 대나무가 이중 삼중으로 갈라져 새어 나오는 것 같았다. 윤기란 찾아보기 힘들고 파생되는 잔향들은 불쾌한 파장을 전해준다. 준규 목소리는 듣는 이 마음을 불편하게 긁어대는 재주가 있었다. '아니, 나만 그렇게 느낄지도 모르지.' 탤런트는 생각했다.

"궁금한 게 있어서 찾아왔어요. 꼭 좀 대답을 들어야 할 일이 있어서."

탤런트는 젖 먹던 힘까지 끌어모아 말했다. 목소리 떨림을 들키지 않기 위해 허리를 꼿꼿이 세우고 가슴을 한껏 내민 자세를 유지했다. 막상 말을 시작하니 갈증이 났지만 물은 마시지 않기로 했다.

"제가 말했던 결정들은 바뀌지 않아요. 절대. 그건 미리 말해 두고 시작할게요."

준규는 탤런트의 말을 듣는 둥 마는 둥 오른손을 들어 엄지로 중지를 긁기 시작했다. 손톱에 있던 각질이 떨어지자 '후' 하고 공중으로 불어 버렸다.

"나 만나기 전에 오빠가 만났던 여자 연락처 좀 알려 줘요. 오빠하고 관련된 일이 아니라 개인적인 일 때문에 그래요. 오빠하고는 아무 상관 없어요. 다만 나에게는 아주 중요한 일이에요."

손톱만 바라보던 준규는 눈을 치켜뜨고 탤런트를 노려봤다. 고개를 왼쪽으로 돌리고 피식 웃었다.

"네가 아주 미쳐도 단단히 미쳤구나. 네가 걔를 왜 만나? 뭐 잘못 먹었어?"

"미친 것도 아니고 잘못 먹은 것도 아녜요. 어차피 내용을 말해줘도 오빠는 이해 못할 내용들이에요."

"하, 나 이거 시발. 어째 어제 꿈자리가 영 뒤숭숭하더라니. 갑자기 나타나서 미친 소리를 하고 있어."

준규는 한쪽 다리를 자기 허벅지 위로 올리며 비스듬히 앉아 탤런트를 바라봤다. 그 자세는 지금 준규가 몹시 화가 나 있다는 증거였다. 탤런트와 둘만 있었다면 벌써 뺨으로 손이 올라오고도 남았을 터다.

"왜요? 그 여자도 연애할 때 오빠한테 맞았는지, 그 집 부모님이 오빠 사시 볼 때 어디까지 뒷바라지했는지 물어볼까 봐 겁나요? 그런 말 입 밖으로 꺼내지도 않을 거니까 걱정 안 하셔도 돼요."

"야. 입 조심해. 너 지금 여기 사람들만 없었으면 벌써 한 대 처맞았어. 도대체 왜 그래? 너 요즘 비리비리하고 기생오라비처럼 생긴 놈 하나 만나고 다닌다며? 그놈하고 연관 있는 거야?"

탤런트의 눈이 커졌다. 준규의 말에 분노가 활화산 터지듯 솟구치기 시작했지만, 겉으로 표시 내지 않기 위해 안간힘을 다했다.

"왜요? 이제 강 수사관님 업무에 내 뒷조사까지 포함됐나 봐요?"

탤런트는 몸에 힘을 바짝 주고 말했다.

"아니, 됐고. 내 그냥 한번 장난쳤다 생각하고 용서해 줄 테니까 이제 그만 해. 이게 무슨 꼴이야? 창피하게. 어머님, 아버님도 얼마나 걱정하시는데. 철 좀 들어라, 철 좀."

"엄마, 아빠 이야기는 꺼내지 마세요. 우리 부모님은 내가 알아서 해결할 거니까."

"아, 그러세요? 그럼 내 전 여자 친구도 내가 알아서 해결할 테니까 관심 끄세요. 언제 적 얘기를 꺼내는 건지 기억도 안 나요. 야, 너 그 요즘 만나는 비리비리한 놈 평범한 직장인이라며? 너

미쳤냐? 너희 부모님 아시면 기절하셔. 너 이제 갈 때까지 막 나가는구나? 내가 요즘 좀 심심한데 그 친구한테 한번 관심 가져 볼까? 혹시 알아? 아주 재미있는 게 나올지?"

텔런트는 잠시 말없이 준규를 노려봤다. 노려보는 텔런트 눈빛을 바라보며 준규는 능글맞게 뱀 같은 미소를 지어 보였다. 어차피 이런 식의 대화가 이어질 것이라는 걸 예상하지 못했던 게 아니었다.

"그 여자 지금 정상적으로 살아 있는 거 아니죠?"

텔런트는 가능한 한 정확하고 또박또박하게 말하려 애썼다. 그 말이 효과가 있는 것 같았다. 준규의 눈이 황소처럼 커졌다. 능글거리던 눈빛에 분노의 불씨가 당겨진 것이 느껴졌다.

"야, 시발, 까불면 맞는다. 너 어디서 무슨 소리 주워들었어? 그만 까불어."

말투가 험악해진다는 건 준규가 스스로 무시당했다고 느낄 때였다. 텔런트는 드디어 대화 주도권을 아주 조금 잡았다는 생각이 들기 시작했다.

"요 몇 달 동안 누군가 자꾸 내 꿈에 나타나서 날 괴롭혀요. 이렇게 말하니까 별것 아닌 것 같지만 난 삶에 위협을 느낄 만큼 많이 심각해요. 오빠가 사귀었던 전 여친이 그 사람인지 아닌지 확인만 해 볼게요. 다른 의도는 전혀 없어요."

텔런트 말에 준규는 비웃음이 가득한 표정을 지었다.

"하이고, 이제 나한테 소설을 써 와서 협박하네. 요즘 영화 시나리오라도 쓰나 보지? 그렇게 얘기하면 내가 '아이고, 여기 연락처 있습니다' 하고 넙죽 너한테 가르쳐 줄지 알았어? 예나 지금

이나 이렇게 대가리가 멍청해서 어디다 써먹냐?"

준규의 한껏 비아냥거리는 말투에도 분노가 일지 않았다. 욕과 악담이 심해질수록 마음이 더 덤덤해져 갔다.

"연락처를 주거나 만날 수 있게 해 주셔야 할 거예요. 제가 그랬잖아요. 저는 지금 삶에 위협을 느낄 만큼 절박하다고. 저도 오빠가 순순히 연락처를 줄 거라고는 생각하지 않아서 나름 대비책을 가지고 오긴 했어요."

"무슨 대비책?"

"오빠가 나 처음 폭행한 날부터 지금까지 진단서와 증거 모두 가지고 있어요. 내 방에 설치해 놨던 카메라 영상까지. 그리고 오빠랑 잦은 술자리를 가졌던 진성 토건 호영 아저씨, 우리 아빠 어렸을 때부터 친구였던 건 알죠? 그 아저씨 어릴 때부터 나를 아주 예뻐해 줬어요. 그 아저씨가 오빠한테 건넨 거 나 대충 알아요. 그 아저씨 술만 마시면 입이 아주 가벼워지거든요. 술 취해서 그런 건지, 취한 척하면서 나한테 보험용으로 이야기해 놓은 건지 잘 모르겠지만. 어쨌든 나도 듣는 얘기마다 꼼꼼히 메모해 놨어요."

준규는 무시하듯 웃었다.

"너 지금 나 협박하냐? 이게 상대가 누군지도 모르고 까부네. 야, 정신 차려! 이게 완전히 맛이 갔네."

"정신 차렸으니까 육 년 만에 오빠한테 또박또박 말하는 거예요. 사실 다른 사람들이 도와준 거, 우리 아빠가 도와준 것까지 대충 다 알아요. 그런데 어쨌든 나와 상관없는 일이니까 신경 쓰고 싶지 않아요. 오빠도 나하고 헤어지고 우리 아빠하고 해결할 일 있으면 우리 아빠랑 얘기하세요. 딸이 예비 신랑한테 맞아서 얼굴에 시퍼렇게 멍이 든 걸 두 눈으로 똑똑히 보고도 못 본 척하면서 '여자가 남자 말을 고분고분 잘 들어야지'라고 말할 정도로 오빠를 좋아하는 사람이잖아요?"

"알아요. 내가 이런 거 시끄럽게 떠든다고 오빠 눈썹 하나 다치게 하기 힘들다는 거. 그런데 사생활로 꽤 시끄러워지면 오빠도 그쪽에서 승진은 이제 다 물 건너간 거 아니에요? 지금 당장 머릿속에서 그 계산하고 있다는 거 알아요. 그러니까 대범한 척, 별거 아닌 척 허세 좀 그만 떨어요. 팔자에도 없는 변호사 개업하고 싶지 않으면."

준규는 입을 다물지 못하고 넋이 나간 표정으로 탤런트의 얼굴을 쳐다봤다. 탤런트는 커피 잔을 들어 여유 있게 입으로 가져갔다.

12

제법 따사로운 2월이었다. 아니 여전히 추웠지만, 그날만 따사로웠는지도 모르겠다. 종현은 퇴근 시간에 맞춰 바로 퇴근할 심산이었다. 한동안 정신없이 일에 파묻혔다. 업무에 매몰됐던 건지, 스스로 수많은 일들에 싸여 있기를 자청했던 건지 구분하기 힘들다. 한동안 바빴고, 방배동 모임은 기억에서 꽤 퇴색되었다. 도망친 것은 아니라고 강변하고 싶었다. 그저 일이 바빠졌노라고. 몇 번의 전화 이후 탤런트와 소품, 백뚱에게서는 연락이 오지 않았다. 안심하는 마음이 떠올랐는데, 두둥실 떠오른 감정의 정체가 안도감이었다는 것을 깨닫자마자 스스로가 혐오스러웠다.

"일찍 왔구나. 오랜만에 집에서 저녁도 다 먹네."

종현의 어머니는 저녁상을 차려놓고 그렇게 말했다. 종현은 '네'라고 짤막하게 대답하고 식탁에 앉아 밥을 먹기 시작했다.

어머니는 밥 먹는 종현의 앞에 앉아 물끄러미 그를 바라봤다.

"왜 그러세요? 갑자기 생뚱맞게 아들 밥 먹는 걸 보고 계시고."

종현의 어머니는 그저 물끄러미 미소만 지은 채 바라보기만 했다.

"요즘 무슨 고민 있니?"

"없어요, 그런 거. 걱정하실 거 아녜요."

종현은 짧게 대답하며 질문이 이어지지 않기를 바랐다.

"내가 너를 배 아파 낳아서 삼십 년이나 키웠다. 네 눈빛만 봐도 모르겠니? 뭔데? 어미한테도 말하기 힘든 문제야?"

"아녜요. 정말 걱정하지 않으셔도 돼요."

종현은 수저를 재게 놀렸다. 종현의 어머니는 가벼운 한숨을 내 쉬었다.

"어머니, 만약에 말이에요. 만약에, 그냥 물어보는 건데 생령이라는 게 진짜 있어요?"

"있겠지. 있으니까 사람들이 있다고 말하겠지."

"세상에 귀신도 못 믿는 판인데 생령이 어딨어요."

종현은 항변하는 말투로 되물었다.

"그럼 없겠지."

"에이 그게 뭐야. 방금 있다 그러셨다가 또 금방 없다 그러시네."

"있다고 믿는 사람이 있으면 그 사람들에게는 정말 존재하는 걸 테고, 너처럼 없다고 믿으면 없는 거지. 그걸 뭘 어미한테 물어보니?"

종현은 어머니를 바라봤다.

"우리 집에 황희 정승 후손이 살고 계셨네."

종현이 어머니를 바라보며 말하자 만면에 웃음을 띠었다.

"어머니. 만약에요, 만약에. 우연히 어떤 사람을 알게 됐어요. 알게 됐는데, 이 사람이 무슨 이상한 과학적으로 설명할 수 없는 일들에 시달리는 거예요. 이게 뭐랄까, 과학적으로 딱 설명할 수가 없어. 그래서 도대체 어떻게 해결해야 할지 가늠할 수도 없구요. 그런데 나도 이 사람 옆에 있으면 똑같이 이상한 일을 당하면 그럴 때는 어떻게 해야 돼요? 그냥 가까이하지 않고 도망가는 게 상책일까요?"

종현이 말하자 어머니는 길게 한숨을 푹 내쉬었다.

"이 미친놈이 비싼 밥 먹여 키워 났더니 이제 별 헛소리까지 다 하네."

종현은 머쓱해졌다. 괜한 이야기를 꺼낸 것 같아 순식간에 후회가 밀려들었다.

"야! 이 정신 나간 놈아. 할 수 있는 게 없으면 옆에서 손이라도 꼭 잡아 주면 되지. 귀신이 별거냐? 죽은 놈이 몽둥이라도 들고 와서 살아 있는 사람을 때리고 돈을 뺏기라도 한대? 사지육신 멀쩡히 살아 있는 놈이 죽어서 아무 힘도 없는 영가가 뭐가 무섭다고 그래? 애가 그렇게 안 키웠는데 왜 팔푼이가 됐어?"

종현은 어머니의 질타에 얼굴이 화끈 달아올랐다.

"아니, 그냥. 내 얘기는 아니고, 그냥 갑자기 그런 일이 있으면 어떨까 하는 생각이 나서요."

종현은 다시 묵묵히 밥을 입으로 가져갔다.

"아, 참. 어머니. 나 어릴 적 여름 방학 때 일주일 동안 포항 삼촌네 다녀왔던 거 기억나세요?"

"그럼 당연히 기억나지. 네가 태어나서 처음으로 엄마하고 일주일이나 떨어져 있었을 땐데."

"나 사실 여태까지 말하지 않았는데, 그때 어떤 여자한테 홀려서 물에 빠져 죽을 뻔했어요. 다시 생각해 보면 그 여자가 귀신이었는지도 모르죠."

종현이 어린 시절 포항에서의 기억을 떠올리며 말하자 어머니는 혀를 찼다.

"말 마라. 내가 너한테 그때 말을 안 해서 그렇지, 그 영가가 포항에서부터 집까지 너를 따라왔잖니. 내가 그때 날마다 절에 가서 얼마나 기도했는데."

종현은 눈이 휘둥그레졌다.

"그랬어요? 난 몰랐는데. 얘기하지 그러셨어요."

"그걸 뭐 하러 얘기해? 얘기하면 네가 해결이나 할 수 있고? 힘들게 키워 놓으면 그냥 지가 다 잘나서 그냥 큰 줄 알지 아주."

"그 여자가 나 데려가려고 따라왔던 걸까?"

종현은 고개를 갸웃거리며 말했다.

"데려가긴 어딜 데려가. 혹시라도 너 털끝 하나라도 다치게 하면 내가 지옥 끝까지 쫓아가서 사지를 다 찢어 놓을 텐데."

종현은 어머니의 말에 웃었다.

"이제 어서 들어가서 씻어. 이런 쓸데없는 얘기 그만하고. 해봐야 하나 도움도 되지 않는 얘기들은 아예 생각도 안 하고, 입 밖으로 꺼내지도 않는 게 좋다."

종현은 자리에서 일어나 방으로 향했다. 옷을 갈아입는 것도 잊은 채 침대에 앉아 최근 일어났던 일에 대해 골똘히 생각했다. 머릿속에서 일부러 퇴색시키기 위해 서랍 깊숙한 곳으로 넣어 두었던 기억을 꺼내자 탤런트의 웃는 얼굴이 가장 먼저 떠올랐다. 탤런트의 미소를 생각하자 가슴이 보라색 물감을 풀어 놓은 것처럼 물들었다. 종현의 팔짱을 끼기 위해 '너무 취했다'라는 변명을 대던 탤런트의 작은 속삭임이 떠올랐고 '저기 있는 모텔 가자'라고 당당히 말하던 모습도 떠올랐다. 그리고 그 말을 태연스럽게 하기 위해 얼마나 많은 고민을 했을지 생각했다. 종현에게 갑자기 부끄러움의 감정이 거대한 파도가 되어 밀려왔다. '옆에 서서 손이라도 잡아 줬어야 했다.' 종현은 얼굴이 화끈거리며 달아올랐다. '책임질 자신이 있으면 들어와도 돼'라는 말이 떠오르며 귓속에 맴돌았다. 그 말은 종현을 향한 고백이자 은유였다. 종현은 허리를 숙여 머리를 잡아 뜯었다.

핸드폰을 들고 탤런트의 번호를 찾았다. 탤런트의 번호를 띄운 종현은 크게 심호흡을 한 후 통화 버튼을 눌렀다. 신호가 가며 생뚱한 안내 멘트가 흘러나왔다.

"지금 거신 번호는 사용자의 사정으로 착신이 금지된 번호입니다."

종현은 번호를 잘못 누른 것은 아닌지 핸드폰을 바라봤다. 분명히 탤런트 번호였다. 다시 한번 전화를 걸었으나 여전히 같은 안내 멘트가 흘러나왔다. 무언가 잘못되었음이 느껴졌다. 혹시 병원에 가지 않았을까? 하는 생각이 들었다. 탤런트는 정신과 치료를 받아 보려는 의지를 피력했었다. 헤어진 전 남친이 뭔가 해코지를 한 것은 아닐까? 머릿속이 어지러웠다. 종현은 소품의 전화번호를 다시 찾아 통화 버튼을 눌렀다. 소품은 신호가 울리자마자 전화를 받았다.

"아, 형. 오랜만에 전화하셨네요? 안 그래도 전화 기다렸는데."

소품은 여의도에 있다고 했다. 지금 퇴근할 참이니 방배동에서 만나자고 했다. 방배동 선술집으로 들어가자 소품은 이미 나와 있었다. 종현과 소품은 오랜만에 만난 것에 대해 반가움을 이야기했다. 간단한 안부 인사 단계를 빠르게 뛰어넘은 종현은 탤런트 행방에 대해 물었다. 탤런트와 연락하지 않은 지 몇 주가 되었고, 전화해 보니 착신이 금지된 것 같다고 말했다.

"형. 누나 미국 갔어요."

"미국? 왜? 여행 갔어? 언제 온대?"

"아뇨, 여행은 아니고. 미국 가려고 준비는 꽤 오래전부터 했었대요. 여기서 여러 가지 꽤 골치 아픈 일들도 많았고, 잘 몰랐는데 누나네 집안도 꽤 복잡한 사연이 있나 봐요. 그러다 우리를 만났고 그동안 갈까 말까 고민을 많이 했다고 하더라구요. 거기 언니가 산대요."

"연락처는? 연락처 같은 건 안 남기고?"

종현의 질문에 소품은 고개를 저었다.

"예. 언제까지가 될지 모르겠지만 연락처는 남기고 싶지 않대요. 백뚱하고 저한테 미안하다 그러더라고요. 그러면서 말도 안 되는 인연으로 만났었으니까 또 인연이 되면 언젠가 다시 만날 수 있지 않겠냐고……"

종현의 머릿속이 진공 상태처럼 순식간에 텅 비어 버렸다. 웃는 목소리와 종현의 팔에 매달려 색색거리며 숨을 몰아쉬던 잔상이 머릿속에 떠올랐다.

"그 화상 입은 여자요. 정체를 알아냈어요."

"그래?"

"그 여자, 탤런트 누나 사귀었던 남자 전 여친이었대요. 제가 봤던 영상이 맞았던 거 같아요. 전 남친이 탤런트 누나한테 반해서 다짜고짜 헤어지자 그랬었대요. 그 남자 공부하던 거 오랫동안 뒷바라지까지 다 한 여자였는데, 그 말을 듣고 같이 죽으려고 차 몰고 가다가 절벽으로 핸들을 틀었나 봐요. 그런데 조수석에 타고 있던 남자는 멀쩡하고 여자는 얼굴 절반에 화상까지 입고 식물인간 상태래요. 탤런트 누나한테 숨기고 있었는데 누나가 어떻게 알아냈나 봐요. 그 여자 병실까지 찾아갔대요. 식물인간으로 누워 있는 여자한테 미안하다고, 나는 몰랐다고 사과까지 하고 그랬나 봐요."

종현은 소품이 하는 말들을 멍하게 듣고 있을 뿐이었다.

"누나 미국 가기 전 백뚱이 그 여자를 위해서 뭔지 모르겠지만 굿 같은 것도 해줬어요. 형. 백뚱이 무당인 건 아시죠?"

종현은 고개를 끄떡였다.

"아무튼 누나도 이제 그 여자에게 시달리거나 하지는 않을 거예요. 형. 괜찮아요?"

소품은 낯빛이 하얗게 변해버린 종현을 걱정하며 물었다.

"아, 그래. 괜찮아, 응. 난 괜찮아. 걱정 안 해도 돼."

종현은 애써 웃으며 대답하고 앞에 놓인 술잔을 연신 들이 켰다.

"누나가 형 많이 좋아했는데 그것도 아셨어요?"

"그랬어?"

종현은 몰랐다는 듯 말했다.

"처음 만난 날부터 형이 좋았대요. 자기도 누군가를 처음 보고 좋아하게 된 건 처음이라고 당황해 하고 그랬어요. 누군가를 좋 아하는 마음이 드는 건 태어나서 처음이라 뭘 어떻게 해야 할지 모르겠다고. 사실 우리끼리 만났을 때는 형 얘기 많이 했었는데, 누나가 형한테는 절대 얘기하지 말라 그래서 못 했어요."

종현은 무슨 표정을 지어야 할지 몰라 웃는 표정을 얼굴에 띄 워 봤으나 지금 웃는 표정이 얼굴로 띄워진 건지 그냥 일그러진 표정이 얼굴로 새겨지는지 느껴지지 않았다.

"아, 참. 그리고 형한테도 그 얘기 좀 전해 달라 그랬어요. 자기 때문에 힘든 일 겪게 해서 미안했다고, 그리고 정말 형하고 자기 하고 이어질 인연이면 다음에 어떻게라도 만날 수 있게 되지 않 겠냐고."

소품의 말들이 윙윙거리며 뭉뚱그려져 종현의 머릿속을 떠돌 아다녔다. 종현은 웃기 위해 애썼지만, 입꼬리가 밑으로 처지는 것이 느껴져 끌어올리려 안간힘을 썼다. 술을 들이켜기 위해 든 술잔에 술이 수많은 잔파동을 일으키고 있었다. '오빠가 책임질 수 있으면 날 가져도 돼요'라고 말하는 탤런트의 말이 수많은 공진을 울리며 머릿속을 가득 메웠다. '형. 진짜 괜찮은 거죠?'라고 말하는 소품의 모습이 흐릿하게 보이기 시작했다. 웃기 위해 있는 힘을 다해 노력하고 있지만 어쩐 일인지 기괴하게 일그러진 표정이 지어지고 있다는 느낌이 들었다.

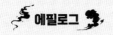

우리나라 괴담에 자주 등장하는 장소를 곱자면 학교, 군대, 폐
가, 원룸이나 오피스텔, PC방 같은 곳이 주 배경이 된다. 상대적
으로 우리나라보다 훨씬 다양한 괴담이 존재하는 일본에서 배경
은 주로 낯선 이웃, 스토커, 장례식장, 핸드폰, 컴퓨터, 신사, 구옥
등이 등장한다. 우리나라 괴담이 공간에 대한 공포를 중심에 두
고 이야기하는 방식이라면 일본 괴담은 그곳에서 마주치는 군상
의 인과관계에 관한 공포가 핵심을 이룬다.

이러한 특징을 알게 되자 우리나라 사람들이 사회에 가지는
근원적 두려움과 일본인들이 사회에 가지는 두려움의 기저가 다
르다는 것에 놀랐다.

공통점이 있다면 공포에 떨어야 하는 대상이 주로 사회적 약
자나 서민이라는 점이다.

나는 청담동 80평짜리 고급 빌라에서 목 꺾인 귀신이 나타났

다는 괴담을 들어본 적 없고, 페라리나 포르쉐 창문에 귀신 손바닥이 찍혀 있었다는 이야기를 들은 바 없다.

괴담은 언제나 힘없는 약자나 서민의 삶에 궤를 맞춘다.

90년대 유행했던 홍콩 할매 이야기는 인신매매, 유아 납치 같은 강력 사건에 시민들이 얼마나 두려움에 떨었는지에 대한 방증이고, 야간 자율 학습 시간 나타난다는 거꾸로 튀어 다니는 귀신은 당시 입시 공포가 얼마나 심각했는지 말해주는 대표적인 예이다.

괴담은 시대를 사는 약자들이 무엇을 불안해하고 있는지 보여주는 바로미터이다.

현실적 불안이라는 불씨에 상상력이라는 화약을 쏟아부으면 '괴담'이 탄생한다. 괴담의 서사는 시대인이 향하는 불안과 맞닿아 있다.

상상력을 쏟아 부어야 비로소 힘을 발휘할 수 있기에 나는 무서운 이야기를 좋아한다. 발현하는 상상력에 기대어 많은 이야기를 핍진시킬 수 있다.

시대를 살아가는 현대인들이 무엇을 두려워하고 있는지, 사람들은 그 두려움에 어떤 식으로 대응하는지 지켜보는 것은 언제나 흥미진진하다.

주변 시세보다 저렴한 원룸에 들어갔다 벌어지는 일들은 손닿을 수 없게 치솟아 버린 주택 가격에 대한 불안감이나, 그저 안온하게 내 한 몸 누일 수 있는 방 한 칸 소망하는 소시민의 불안이 깔려있다. 군대나 학교는 말해 무엇하랴.

전설의 고향이나 설화에 단골로 등장하는 무덤가나 꼬리 아홉 달린 여우는 시대가 변함에 따라 더 이상 괴담 소재로 등장하지 않는다. 최근 등장하는 소재로 핸드폰이나 SNS, 내비게이션 등이 그 자리를 대체한 것은 바뀌어 버린 생활상을 대변한다.

괴담은 시대를 살아가는 사람들의 불안한 마음을 비춰주는 거울이다.

이 책에 실린 이야기들은 실제 내가 겪은 서사를 그대로 옮겨 적었거나, 조각조각의 경험을 씨줄과 날줄로 엮어 다른 이야기로 재탄생시킨 이야기도 있다. 무엇이 실재했던 이야기인지 혹은 가공된 이야기인지 상상은 독자분들께 맡긴다.

지혜가 넓지 못하고 혜안이 맑지 못하여 마음속 담아 뒀던 이야기들을 그저 묵묵히 활자로 바꾸는 방법밖에 없다.

책 속 내용이, 아니 단 한 문장이라도, 아니 그저 단어 하나라도 책을 읽는 당신 가슴에 무사히 안착할 수 있기를 바란다.

덧.
하늘에 계신 종수 형의 평안을 기원합니다. 그곳에서는 행복하시길.

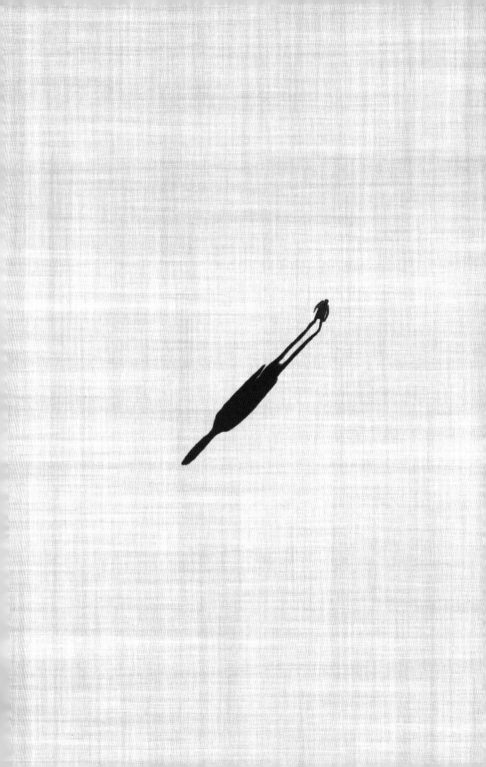